मेरी स्मृति में तीन कथाकार उभरते हैं, जिन्हें अपनी रचनाएँ लगभग कण्ठस्थ रहती थीं। एक तो स्वर्गीय शरद जोशी, जिन्हें अपना कथेतर गद्य भी याद रहता था और अपनी लोकप्रियता में वे मंच-कवियों से बराबरी की होड़ लेते थे। दूसरे थे ब्रजेश्वर मदान, जिन्हें इन्तज़ार हुसैन ने दक्षिण एशिया का महान कथाकार माना था और अमृता प्रीतम ने लिखा था कि उनकी कहानी का एक-एक अक्षर पढ़ते हुए, उसके दर्द से उनके नर्व्स बिखरने-टूटने लगते थे।

और तीसरे हैं प्रमोद द्विवेदी। उनसे मिलना हर बार एक कहानी के पाठ से मुलाक़ात होती है। कण्ठस्थ कथा के कथाकार।

अन्दाज़ा लगायें वे किस क़दर हर पल अपने समूचे अस्तित्व के साथ कहानी में निमग्न एक सच्चे कथाकार हैं।

पढ़कर देखें या उनसे मिलकर उनसे सुनें। किसी निश्छल शिशु के उत्साह और ऊर्जा से भरपूर कहानियाँ आपको घेर लेंगी।

–उदय प्रकाश

प्रमोद द्विवेदी ने देर से कहानियाँ लिखनी शुरू कीं, लेकिन बहुत जल्द ही सबका ध्यान अपनी ओर खींचने में कामयाब रहे। यथार्थवाद के नाम पर लगभग नीरस वर्णनात्मकता में बदली हुई हिन्दी कहानी की मुख्यधारा में उनका प्रवेश एक ताज़ा हवा की तरह होता है। उनके पास कमाल की क़िस्सागोई है। इस क़िस्सागोई में घटनाओं और किरदारों पर बहुत बारीक़ नज़र रखने की प्रवृत्ति और उन्हें ठीक से कहानी में पिरो सकने का हुनर शामिल है। लेकिन ये कहानियाँ बस दिलचस्प नहीं हैं, इनमें हल्का सा उतरते ही इनके भीतर सामाजिक विडम्बनाओं की बहुत सारी परतें खुलती दिखाई पड़ती हैं। ये कहानियाँ हमारी जातिगत सामाजिक संरचना की विसंगतियों और हमारी यौन कुण्ठाओं पर ख़ास तौर पर प्रहार करती हैं। व्यंग्य और बतकही की हल्की तराश इन कहानियों को एक अलग तेवर और धार देती है। इस संग्रह के लिए उन्हें बधाई।

–प्रियदर्शन

पिलखुवा की जहाँआरा

व अन्य कहानियाँ

प्रमोद द्विवेदी

वाणी प्रकाशन

प्रकाशन के उत्कृष्टतम 62 वर्ष

पेपरबैक पहला संस्करण : 2025

vaniprakashan.com

वाणी प्रकाशन

4695, 21-ए, दरियागंज, नयी दिल्ली-110 002

फ़ोन : + 91 11 23273167, 23275710

शाखाएँ

अशोक राजपथ, पटना-800 004, बिहार

कॉफ़ी हाउस कैम्पस, महात्मा गांधी मार्ग, प्रयागराज-211 001, उत्तर प्रदेश

महात्मा गांधी अन्तरराष्ट्रीय हिन्दी विश्वविद्यालय, वर्धा-442 001, महाराष्ट्र

sales@vaniprakashan.in

vaniprakashan@gmail.com

Pilkhuwa Ki Jahanara Va Anya Kahaniyan
by Pramod Dwivedi

ISBN : 978-93-6944-056-6
Collection of Stories

मूल्य : ₹ 299

जी.एस. ऑफ़सेट, दिल्ली-110 095 में मुद्रित

वाणी प्रकाशन का लोगो मक़बूल फ़िदा हुसैन की कूची से

कुछ अपनी भी

मेरे पाठक, मार्गदर्शक अक्सर यह नरम शिकायत करते हैं कि आपके पास विविध कथावस्तु और अनुभव संसार होने के बावजूद इतना कम क्यों लिखा। इसके जवाब में या सफ़ाई में, मैं सिर्फ़ इतना ही बहाना कर पाता हूँ कि अच्छी कहानी लिखने के लिए जिस विकट श्रमयोग और समय की ज़रूरत होती है, वह दरअसल पिछले तीन-चार सालों में ही नसीब हो पाया। ज़्यादातर लेखकीय ऊर्जा तो अख़बारी खानापूरी में लगी रही। ज़ाहिर है, जो अख़बार की आवश्यकता रही, उसी की पूर्ति में काफ़ी वक़्त लगता रहा। हाँ, यह ज़रूर है कि उस दौरान तीन-चार कहानियाँ प्रमुख साहित्यिक पत्रिकाओं में काफ़ी अन्तराल लेकर छपीं। उन्हें चर्चा भी मिली और यह जन-मशविरा भी कि आप लगातार लिखते रहिये। ख़ासतौर पर कहानियों के विषय और भाषा को लेकर लोगों की राय उत्साहवर्धक रही। एक तरह से यह सनद मिल गयी कि आप कथाकार तो हो ही। शायद उसी को ख़याल रखते हुए मैंने हाल में कथा-लेखन पर संजीदगी से ध्यान दिया। इस संग्रह में शामिल ज़्यादातर कहानियाँ वही हैं जो गुज़रे चार सालों में कहीं न कहीं छपी हैं। और इसके उत्प्रेरक रहे नयी पीढ़ी के कथागुरु उदय प्रकाश, हंस के सर्वप्रिय सम्पादक संजय सहाय और कथादेश के सम्पादक हरिनारायण। जानकीपुल के प्रवर्तक प्रभात रंजन, हरफनमौला क़लमकार प्रियदर्शन का ज़िक्र भी इसलिए ज़रूरी कि वे याद दिला-दिलाकर कहानियाँ लिखवाते रहे। साथ ही आभार उन मर्मज्ञ पाठकों का जिनके फ़ोन और पैग़ाम लिखने के लिए जगाते रहे। देखा जाये तो पाठकों की बातें ही सबसे ईमानदार प्रतिक्रियाएँ होती हैं। लेखक के लिए ये प्रतिक्रियाएँ ही रहबर बन जाती हैं।

इस संग्रह की तेरह कहानियों के बारे में थोड़े में यही कहा जा सकता है कि ये उन पात्रों की कथाएँ हैं जिन पर नज़र तो पड़ी, पर लिखा नहीं गया। या फिर किसी की नज़र ही नहीं पड़ी।

आशा है, ये कहानियाँ उन सभी पाठकों को पसन्द आयेंगी, जो आँखों देखी पर एतबार करते हैं, जो सरलता, सहजता और साफ़गोई को जीवन का सूत्र मानते हैं।

–प्रमोद द्विवेदी

अनुक्रम

अपना टोला

ये दंगों के दिन नहीं थे।

इस राहत भरे माहौल में बकरीद आयी तो कुंजन और सलोने की जीभ कई बार पनियायी। महमूद पाकिस्तान से लौटा था और कल ही दोनों को कराची का हलुवा देकर गया था। पर बकरीद की दावत के नाम पर कचक गया। बोला, "दारू की बात मत करना, अब्बा नरकसी पर चढ़ बैठेंगे। पिछली बार हरमपना कर गये थे तुम।" बात यहीं ख़त्म हो गयी।

कुंजन ने कहा, "तुम्हीं खाओ बकरे का पेल्हर, हमें नहीं आना तुम्हारे हियाँ।" सलोने ने समर्थन किया और मिसाल दी कि "ससुरों होली पर हम गगरा झलका देते हैं, हमारे तो कोई भगवानजी बुरा नहीं मानते।"

महमूद समझदार था। अपनी क़ुरैशी बिरादरी का अकेला लड़का जो मदरसे की बजाय अंग्रेज़ी तालीम वाले स्कूल में पढ़ा था। उसने इस संवेदनशील विषय से परे होकर कहा, "अबे गांडुओ हर बात में भगवान और अल्ला काहे घसीट लाते हो। ज़्यादा हाफ पैंटियाई मत करो...भले आदमी बन जाओ। बकरीद के दो दिन बाद इतना छकवा देंगे कि दो दिन मूत से रेड लेबल महकेगी...।"

मौन सहमति हो गयी। बात यहीं ख़तम हो गयी।

अब इज़रायल चिकवा ही सहारा था। उसे कोई परहेज नहीं था। मीठी ईद हो, बकरीद या कोई त्योहार। वह खटिकाने का एक चक्कर मारकर चरस की चार फुक्की भी मारता और शाम ढलते-ढलते दारू भी चढ़ा लेता। चाहे वह पहले फूल वाली हो, चाहे ह्विस्की-रम। वह अपने को धर्मनिरपेक्ष मुसलमान मानता था और बेपढ़ा होने के बाद भी कहता था–मन्दिर-मस्जिद बैर कराते, मेल कराती मधुशाला। कहीं से उसने सुन रखा था कि अमिताभ बच्चन के बापू ने यह बात कही है।

तो बात बकरीद की थी। इज़रायल ने सिर्फ़ एक ही बार कहा, "बकैतों, बकरीद पर गफलिया जमाते हैं।" कुंजन और सलोने तैयार हो गये। लेकिन आदतन

कह ही गये, "अबे इरादे ठीक हैं ना, कहीं ललवा ना खिला देना। तुम तुरुकों का भरोसा नहीं...।"

ललवा उनका कोड वर्ड था बीफ़ के लिए। ख़ास तौर पर गऊमांस के व्यंजन के लिए।

इज़रायल ज़ोर से हँसा, "तुमने सालों उस दिन पोर्क वाली पकौड़ी खिला दी, हमने कहा कुछ। तुम्हारी क़सम, कहो तो तुम्हारे सामने क़ुरबानी करवाते हैं। गंगाजल की तरह शुद्ध माल खिलायेंगे। तो दावत पक्की हो गयी।"

कुंजन ने कहा, "साला महमूदवा सोच रहा था कि इस बार पार्टी छूछी रह जायेगी।" सलोने ने कहा, "अरे छोड़ो, वैसे लौंडा जीदार है। बेचारा मज़हबी लौंडा है, कुछ तो नेम-धरम करना पड़ेगा।"

इज़रायल ने कबीरपन्थी अन्दाज़ में कहा, "मजहबी लौंडे को बकरीद के दिन भी फुद्दी से परहेज नहीं होगा, चाहे किसी नस्ल की मिल जाये। दारू से परहेज करेगा। अबे तो काहे जन्नत में हूरों से दारू पिलवाते हो। ठण्डई पिलवा दो ना।" इज़रायल बिना पिये, नशेड़ियों जैसी बात कर रहा था। वह महमूद से चिढ़ता इसलिए भी था कि वह चार-पाँच दिन में हबूड़ बस्ती से एक लौंडिया पटाकर ले आता था और नसीम चक्की वाले के अड्डे पर वीडियो लगाकर रात रंगीन की जाती। इज़रायल को पता तब चलता, जब सारा कार्यक्रम हो जाता।

कुंजन और सलोने ने तो घर में दो दिन पहले ही बता दिया था, "हम लोगों को इज़रायल भाई दावत दे रहे हैं। इसलिए खाना नहीं बनाना। घर से हमेशा की तरह डिमांड हुई–हुई सके तो चार-छह पीस परसादी के नाम पर पैक करवा लाना...।" यह माँग असामाजिक मानकर ठुकरा दी गयी।

इज़रायल ने बकरे के नरम छौने की क़ुरबानी दी थी। मांसाहार के माहिर की तरह वह व्यंजनों की तारीफ़ किये जा रहा था। बूढ़े बकरे के गोश्त और छौने के मांस के फ़र्क़ की गूढ़ मीमांसा हो रही थी। इज़रायल की बीवी अनीसा शराब पर अपना मज़हबी विरोध दर्ज कराने के बावजूद काम पर लगी थी, क्योंकि दो-चार क़रीबी मेहमान आ गये थे। बच्चों को गरम कलछुली का भय दिखाकर वह दूर कर चुकी थी। इज़रायल को मेहमानों से दूर कर बड़ी भण्डरिया जैसे कमरे में भेज दिया गया था।

इज़रायल आदतन मन्द और तेज सुरों में दो-तीन बार उसे कुतिया-कमीनी कहकर पनही तक दिखा चुका था। कोई और दिन होता तो उसकी कुटम्मस भी हो

जाती। पर आज त्योहार का दिन था। इस आड़ में वह वाणी की स्वतन्त्रता का हक़ लेकर कई बार भिड़ी और कुंजन और सलोने की ओर मुस्कराकर देखते हुए कहने लगी, "इनसे कहो सरऊ मनयी बन जायें।"

ये दोनों क्या बोलते। इज़रायल ने इशारा किया कि इस पगलैटिन की बात पर ज़्यादा ग़ौर मत करो। अपना काम करो।

आज अद्धे के बजाय पूरी बोतल खुली, मगर इज़रायल ने कुछ ख़ास मेहमानों के लिहाज़ में आज लगायी नहीं। वह होश में था, इसलिए चुंग हो रहे दोस्तों को छेड़ने का कोई मौक़ा नहीं छोड़ रहा था। वह कुंजन को कंजड़ की उपमा दे चुका था, क्योंकि उस पर सर्दियों में कई दिन तक ना नहाने का इल्जाम शोहरत पा चुका था। लेकिन आज सरे-महफ़िल इस आरोप ने उसे खिसिया दिया। उसने फनफने बच्चे की तरह पसरकर व्याख्या शुरू कर दी, "साले तुम म्लेच्छों की औलादो ...तुमसे घिनहा कौन...बचपन के भइया बाद में सइयां...वही गड़ुए से हगना-मुतना, वही से वजू...।"

सलोने मुस्की ढीलते हुए शिष्टाचारवश दोनों को थमने का संकेत कर रहा था। लरजते शब्दों में कह रहा था, 'आउट ऑफ़ कंट्रोल मत हो, लेडीजें सब सुन रही हैं, थोड़ी मरजादा रखो यारो..।' और इज़रायल बाती सुलगाये जा रहा था। अँगुलियों से अश्लील मुद्रा बनाकर चिढ़ाये जा रहा था, "अरे राज्जा, ई देखो शिवलिंग... धत्त तुम्हारी की, लिंगभक्त, गइया की मुत्ती मिला देई विस्की में...।"

अब बात कुछ ज़्यादा ही बढ़ रही थी। अपने मोहल्ले में होता तो कुंजन पक्का छुरा निकाल लेता। सलोने बात की नाजुकी समझकर ख़ामोश था। समझा भी रहा था, "अबे मजा ख़राब काहे कर रहे हो।"

ख़ैर बात अल्ला मियाँ या शंकर भगवान तक आती, अनीसा ने कंकड़िया मार टाइप की आवाज़ लगा दी, "ताहिर के बाबू खाना परसा धरा है। हम तीन बार आवाज़ लगा चुके हैं.. हाँ...।"

हालाँकि यह बुलावा बेअदब था। पर मेजबान और टुन्न हो चुके मेहमानों ने ज़्यादा ध्यान नहीं दिया। व्यंजनों की ख़ुशबू ने बात बना ली थी। सलोने नशे में गुनगुनाते हुए लौंडपने की धुन में आ गया था, 'तोरी अंगिया में बस गयी बहार रे...।' और कुंजन गा रहा था, 'अल्ला को प्यारी है कुरबानी...।'

अँधियारा गहराते ही जैसे उनकी विदा की वेला आ गयी। सलोने शराब के नशे में फुसकता ज़रूर था। इज़रायल बाहर तक छोड़ने आया तो वह सस्वर लिपट गया, "मेरा यार मुझसे बिछुड़ गया, माई बेस्ट फ्रेंड इज़रायल...।"

इज़रायल के लिए यह उनके बेकाबू होने का संकेत था। उसने सलोने का खुतरा गाल थपथपाते हुए कहा, "अरे जी ना कच्चा करो जफ़र साहब, बन्दा बिछुड़ेगा नहीं...।"

फिर वे बारी-बारी से लिपटे। फिर ईद की मुबारकें हुईं। याराना गालियों और शिकवों के साथ विदा हो गये।

सलोने और कुंजन पीरगंज की इस संकरैल कुलिया से एकदम तृप्त होकर निकले। एक-एक बोटी का मज़ा लेकर आये थे। पेट में भरपूर तरल और ठोस माल था। मसालेदार डकार आती तो उसका भी आनन्द लेकर कहते, "इज़रायल की औरत है तो कंजड़िया, पर हाथ में सिफत है। क्या तर माल बनाती है...अल्ला कसम...।" आख़िरी शब्द कंजन ने अदाकारी के साथ कहे कि सलोने को भी मज़ा आ गया। एक टीका अपनी ओर से जोड़ दी, "तीखी फर्रुखाबादी मिर्ची है। पाँच-पाँच निकालकर फिर से पेट फुलाये बैठी है।"

कुंजन ने राष्ट्रीय भावना जतायी, "अल्ला मियाँ की देन है...। एक गाना भी तो है, हर साल कलेंडर छाप दिया...ये मियाँइन क्या करें, उसी का पालन कर रही हैं।"

शराब के बाद सिगरेट तो ज़रूरी थी। कोने की दुकान में दुर्गाजी का कलेंडर देखकर कुंजन ने वहीं से चारमीनार का एक पैकेट ले लिया। दोनों ने सुलगाकर दुकानदार से दोस्ती बढ़ाई–कस गुरु यहाँ उसका इन्तज़ाम भी है...। दुकानदार समझ नहीं पाया, शायद उम्र ज़्यादा हो गयी थी, या सभ्य था।

कुंजन ने गहरा कश मारकर सीधे पूछ लिया, "यहाँ आसपास चपटी की व्यवस्था है क्या पहलवान...।"

दुकानदार को थोड़ा समझ में आ गया। उसके माथे पर लाल टीके की लकीर थी। फिर भी सलोने ने नाम पूछा, "योर गुडनेम भाईजान...।"

उसने बेहद धीमी आवाज़ में कहा, "किशोरी पाल।"

"हिन्दू हो ना...।"

वह समझ गया कि दोनों दारू पीकर मतियाए हुए हैं। उसने अंगोछा झाड़ते हुए कहा, "गुरु बढ़ ल्यो...यहाँ भले कस्टमर आते हैं।"

कुंजन चिढ़ गया, "अबे भले कस्टमर की झांट...। सीधे जवाब क्यों नहीं देते। अबे हम भी हिन्दू हैं। साले कटुओं के मोहल्ले में हवा लग गयी क्या...।"

दुकानदार ने धीरे से कैंची अपने हाथ में पकड़ ली और सिर्फ़ इतना कहा, "अरे भाई काहे हिन्दू-मियाँ कर रहे हो। हम तो कमाने के लिए बैठे हैं। हमसे सब अच्छे से बोलते हैं, इसलिए भले कस्टमर बोल दिये। आप काहे गुर्रा रहे हो।"

वे दोनों समझ गये इस विधर्मी से ज़्यादा बात नहीं हो सकती।

लेकिन दारू के नशे में लौंडिया के इन्तज़ाम के लिए थोड़ा भटकना उनकी फ़ितरत में था। कुंजन पर अनिवार्य छिछोरापन तारी हो रहा था। औरतों की कजरारी आँखें देखकर वह सनसनाने लगा। उसने सीटी से गाना निकालने का जतन किया। नशे में होने के बावजूद सलोने बार-बार उसे कोहनिया कर सरगोशी में कह रहा था, "अबे गांडू ज़्यादा नशियाओ नहीं, कटुओं का मुहल्ला है, खामखाँ खौखट हुई जायेगी...आज सामान भी नहीं है अपने पास।"

सामान मतलब घाटमपुरिया कट्टा जो कुंजन बीच-बीच में मुन्ना पण्डित के गाँव से लाकर चार-पाँच सौ रुपये में बेच देता था। दूसरे टोले में वे बिना सामान के नहीं जाते थे। लेकिन आज त्योहार था, इसलिए ख़ाली निकल पड़े। वैसे भी शहर में आजकल शान्ति थी। टूटी मस्जिदें बनवाने के लिए हिन्दुओं ने कमेटी बनायी तो अधजले मन्दिर दुरुस्त करवाने के लिए मुसलमानों ने पहल कर दी थी।

यह इस शहर की ख़ासियत थी कि साल में एक बार दंगे में आठ-दस गिरने के बाद इन्सानियत की नज़ीरें तलाश ली जातीं। जाको राखे साइयाँ टाइप की ख़बरें जागरण, आज और अमर उजाला छापने लगते। गणेश शंकर विद्यार्थी और हसरत मोहानी को याद कर लिया जाता। गंगा-जमुनी बातें इतनी होतीं कि मुसलमान ख़ुद ही कहते कि पाकिस्तान को बम से उड़ा दिया जाये। शहर काज़ी कुरान के हवाले से बताते कि मुसलमान को वतन और इन्सानियत से पहले मुहब्बत करनी चाहिए। और इस तरह अमन-चैन की बहाली हो जाती। सबको लगता कि संसार में हिन्दू और मुसलमानों से तहज़ीबदार नस्ल कोई और नहीं।

बहरहाल, इस शान्त इलाक़े में सलोने बड़ी देर से मुतासा था। अपना इलाक़ा या अपने लोगों का टोला होता तो वह कहीं भी कोना थाम कर धरिया देता। इलाक़ा पराया था। ऐसा इलाक़ा जिसे शहर का 'पाकिस्तान' कहा जाने लगा था। ख़ास तौर पर भारत-पाकिस्तान के वन डे के दौरान ज़रूर चर्चा में आ जाता। पीएसी वाले दो-चार को खींच लाते।

वह अपने मसाने के सब्र का इम्तहान लेते-लेते हार गया तो गली के बदबूदार कोने में नगर निगम के एक कूड़ेदान की आड़ लेकर पायजामे का नाड़ा खोलकर बैठ गया। गाँठ खोलने में ही वक़्त लग रहा था, इसलिए पहरेदार की तरह खड़ा कुंजन झल्ला गया, "कस भइया मूत रहे हो, या कुछ और ही करने लगे..। इकसठ-

बासठ ना करने लगना, हाँ तो..." कहकर वह सिगरेट सुलगाकर आगे बढ़ गया कोने की तरफ़।

पायजामे की गाँठ खुलते ही सलोने को ऐसे लगा कि ऊपर वाले ने उसकी मदद कर दी है। उसने सन्त भाव से आँख मूँदकर तलतलाते हुए धार छोड़ दी। एक-एक बूँद का हिसाब किया और इत्मीनान कर लिया कि एक बूँद भी सफ़ेद पायजामे पर नहीं रिसेगी।

'हरिओम', कहकर वह उठा और पलटने वाला ही था कि पाँव में कुछ गरम छींटे पड़े। अँधेरे में वह अकबका गया। सर उठाकर देखा–सफ़ेद जालीदार टोपी पहने दो लड़के ख़तरनाक मुस्कराहट को दबाते हुए उसके पीछे ही मूत रह थे और जान-बूझकर एक धार का रुख उसकी ओर मोड़ दिया था।

लड़कों की हँसी और हरकत हमलावर थी। सलोने ताड़ गया। वह इतना होश में था कि माहौल को समझ सके। कुंजन पास में दिख नहीं रहा था। उसने अपमान को पी लेने में ही भलाई समझी। लेकिन उसे एक योद्धा की तरह यह भी लगा कि इस बदमाशी की वजह तो पूछनी चाहिए।...लौंडे मुसलमान हैं तो क्या, कभी अपने इलाक़े में फँसे तो साले लिहास बनकर ही लौटेंगे...।

उसने पहले कुंजन को आवाज़ दी और उसके आने के पहले एक बहिरागत की तरह सहमकर थूक गटकते हुए पूछा, "भाईजान क्या तरीक़ा है, सामने तो देख लेते।"

दोनों लड़के बाढ़ छोड़ती उम्र के थे। पर चेहरे से लग रहा कि हथछुटई से उन्हें कोई परहेज नहीं। दोनों ने जालिम मुस्कान के साथ एक-दूसरे की आँख में देखा। समझ गये हिन्दू लौंडे हैं और दारू भी तगड़ी पिये हैं। एक ने सलोने के गाल पर हल्की चपत के साथ कहा, "बेटा सरक ल्यो पतली गली से, नहीं तो छितरा दिये जाओगे...।"

सलोने भी हथछुट था। पर मौक़े की नज़ाकत समझ रहा था। पहली बार ख़ौफ़ के मारे उसके पेट में गुड़गुड़ी दौड़ गयी। उसने हकलाकर इतना ही कहा, "भाईजान मैं तो इतना ही कह रहा हूँ कि आपने मेरा पैर छिछिया दिया। आपको सॉरी तो बोलना चाहिए।" इतने में कुंजन क़रीब आ गया, "क्या हुआ पहलवान..।" सलोने के बात समझाने के पहले ही कुंजन सवार होने को आया। झूठमूठ कमर पर हाथ धरा।

वे लड़के हँसे। एक ने कहा, "अशरफ़ भाई खींच लें क्या भोसड़ी वाले को...।" दूसरे ने कहा, "रहने दो।" अब वे दोनों कुंजन और सलोने को ऐसे देख रहे थे, जैसे क़ुरबानी के मिमियाते बकरे खड़े हों। कुंजन इतनी जल्दी मानने वालों में नहीं था। उसने सलोने के अपमान से आहत होने का भाव प्रकट करते हुए कहा,

"भाईजान आज बकरीद है। आपको मुबारक, पर सॉरी तो कहना ही पड़ेगा...।" उसकी बात पूरी होने के पहले ही अशरफ़ कहे जाने वाले लौंडे ने गले की चमकीली साफ़ी उसके गले में डाल कर फन्दा बना लिया। साफ़ी टेंटुए में कसी तो गले से घर्र-घर्र की आवाज़ निकलने लगी। उसके पैरों ने ज़मीन छोड़ दी। दूसरे ने सलोने की कमर में चाकू अड़ा दी।

सलोने बोल सकता था। उसने हाथ जोड़े, "प्लीज़ भाईजान छोड़ दीजिए ग़लती होती रहती है। हम सब भाई ही तो हैं ना।"

मुसलमान लड़कों ने दोनों को लातसेवा के साथ विदा किया। फिर हँसे–"सॉरी गंड़पुत्रो।"

इस अपमान ने दोनों को हिलाकर रख दिया। हराम की दारू मिलती तो वे एक और अद्धा चढ़ा जाते। एकबारगी मन में आया कि चलकर इज़रायल को सारा वाक़या बताया जाये। मोहल्ले में इज़रायल का हिसाब ठीकठाक था। पर दोनों इतना शर्म से टूटे थे कि घर लौटने में ही भलाई समझी।

पराये टोले की गलियाँ पार करते ही, उनका बहुसंख्यक आत्मविश्वास जाग पड़ा। कुंजन की गालियाँ जाग्रत हो चुकी थीं, "मादरचोद जब काटे जाते हैं, तभी ठीक रहते हैं...इनकी मइया की...।" वह भूल रहा था कि उसके बीसियों दोस्त मुसलमान हैं और इस बार दंगों में उसने ख़ुद कई मुसलमानों को खटिकों और गुसाइयों से बचाया था।

सलोने ज़्यादा आहत था क्योंकि बात उसकी वजह से यहाँ तक पहुँची। ना जाने क्यों मूतने बैठ गया। उसका गुमसुम होना कुंजन को अखर गया। सारे मुसलमानों को गरियाकर भी वह सलोने के होंठों पर हरकत नहीं पैदा कर पाया। बची हुई आख़िरी चारमीनार निकालकर उसने सुलगाई और सलोने के होंठों पर लगा दी। सलोने ने सिगरेट को फ़िल्मों वाले राजकुमार की तरह अँगुलियों में कसा और इतना गहरा कस लिया जैसे चिलम से लिया जाता है। सिगरेट के कोने में शोला लपक गया। कुंजन इस लाल दहकन से ख़ुश हुआ।

तीन कश मारकर उसने सिगरेट कुंजन को थमा दी। चेहरा भक्क लाल हो चुका था। आँखें पनीली दिख रही थीं। उसके मुँह से इतना ही निकला, "पता नहीं किस साइत में निकले।" फिर एक निष्कर्ष दिया, "कटुओं के मुहल्ले में बिना सामान लगाये आने का मतलब ही नहीं था।" सलोने ने कहा, "हाँ गुरु...लेकिन हमारी आँखों ने नागिन की तरह लौंडों की फोटू ले ली है। जिस दिन दाँव मिला, भगवान क़सम अतड़ियाँ निकालेंगे...।"

सचमुच दिनभर चलने वाले उनके पाँव में उत्साह नहीं रह गया था। पाँव जैसे दलदली ज़मीन पर थे और उठाने का मन ही नहीं हो रहा था। गहन विचार के बाद, जेब टटोलकर दोनों ने रिक्शा पकड़ लिया। अँधेरे में देखा भी नहीं उसकी तरफ़। ना पैसे की बात की। उसने भी बस इतना ही कहा, "बाबू जइस समझो, दई दीन्हों...।"

रिक्शेवाला ज़्यादा उम्र का तो नहीं था। पर उसकी परास्त शक्ल बता रही थी कि हँफा देने वाले इस पेशे ने उसकी जवानी की कलई उतार दी है। बात भी वह बूढ़ों जैसी करने लगा है। उसकी चिकवा छाप दाढ़ी की आधी स्याही क़ायम थी, इसलिए यह अन्दाज़ लगाया जा सकता था कि वह चालीस से ज़्यादा का नहीं। उसकी काया निहारकर कुंजन ने कहा, "चचा आराम से चलो...।" उसने हल्का-सा ब्रेक मारकर पीछे मुड़कर सवारियों को देखा, "काहे भइया अभी से चचा बना दिया।"

फिर सेहत के तत्त्ववेत्ता की तरह हाँफी मारता हुआ बोला, "खिलाई-पिलाई ढंग-मारग की ना होय तो उमर की बधिया बैठ जाती है लाला..समझ्यो।"

सवारियों में जिज्ञासा भाव ताड़कर वह जारी रहा, "समय बहुतै गन्दा है भइया...गाँव में गुजारा नहीं।" फिर वह गाँव की ठकुरैसी और बम्हनौटी की निन्दा पर उतर आया। सवारियों को समझ नहीं आ रहा था कि वह ठाकुर-बाभनों को गरिया रहा है, या हिन्दुओं को। वे चुप्पी साधे रहे।

असल में उसकी काया और बाना ऐसा था कि भरोसेमन्द वार्ता का माहौल बनते-बनते छिटक जाता। उसकी बानी ही थोड़ा बहुत विश्वास क़ायम रखे थी। शायद यही उसकी हिन्दुस्तानियत की चिन्हारी पेश कर रही थी। एक लम्बी ख़ामोशी का पालन कर उसने अपनी तालीम आठ दर्जा बतायी। फिर उसकी सेकुलर धुन शुरू हुई, "ठेलुआ लोग मरे जा रहे हैं अजोधिया में...अरे चूल्हे में जायें मन्दिर-महजिद हमें सुख की रोटी दई दो दाता, ऊपर वाले...।"

वह गहरी साँस में सब कह तो गया। फिर सवारियों की अनिच्छा भाँपकर सँभल गया, "हमारा मतलब बाबू-भूखे भजन ना होयं गोपाला, लइ ल्यो आपन कंठी माला।"

रिक्शावाला खड़ी बोली बोल रहा था। उसकी बोली में कहीं अवधी तो कहीं बुन्देली की हीक थी। सलोने बार-बार उसके शब्दों पर ग़ौर करता। पर उसकी चिकवा छाप दाढ़ी और चारखानेदार नीले पंचे को देखकर गाँव-गली पूछने की इच्छा रोक लेता।

आज रात सुहानी थी। आसपास कहीं फुहार पड़ी थी। अपने टोले की सरहद शुरू हुई तो वे रिक्शे पर तन कर बैठ गये। अब रिक्शवाला कोई विचार प्रकट किये बिना आगे बढ़ा जा रहा था। जैसे उसे मालूम हो कि मंज़िल कहाँ पर है।

घर से दूर उन्होंने रिक्शा रुकवा लिया। रास्ते में स्थापित हो चुके सम्बन्ध के आधार पर उसने दुखीमना सवारियों को बालक छाप बीड़ी पेश की और साथ में हिदायत भी कि 'बाबू थोड़ी हार्ड है..।' दोनों को इसी की ज़रूरत थी।

फटाफट बीड़ी के सुट्टे मारकर उन्होंने अपनी-अपनी जेब से पैसे निकालकर उसके हाथ में रख दिये।

रिक्शेवाले की आँखें विस्मय के साथ देख रही थीं, "बाबू ये क्या...। आप पर छोड़ दिया तो इतना अन्याय ना करो...पूरे तीस रुपये लगते हैं। आप बस दस दे रहे हो।"

कुंजन ने बुझ रही बीड़ी को नीचे फेंककर मसला, आस्तीनें मोड़ीं जिसका मतलब था–बेटा फूट लो, नहीं तो यह भी नहीं मिलेगा। जूतसेवा अलग से।

रिक्शवाला अब भी खड़ा था। सलोने अब नया विवाद खड़ा करने के मूड में बिल्कुल नहीं था। पूछा, "क्या हुआ चचा...हो तो गये, इतना ही लगता है। चलो निकल्लो...।"

रिक्शेवाला अडिग था तो सलोने ज़मीन पर पड़ा एक सोंटा उठा चुका था।

लेकिन यह क्या!

ऐसी उम्मीद तो उन्होंने मुसलमानों के मोहल्ले में भी नहीं की होगी। रिक्शेवाले का बेनूर और मजबूर चेहरा ग़ायब था। उसकी चिपरही आँखों में चिनगारी थी और भाषा में मान उतार लेने की पूरी ताक़त।

सलोने को लगा, अरे अब क्या हो गया, यह कैसी मनहूस नौबत है जो अपने टोले तक पछियाए चली आयी।

रिक्शेवाले की चिकवाछाप दाढ़ी और बांग्लादेशियों जैसी चारखानेदार तहमद उसे धमकाने लगी थी। उसे लगा–यह ख़तरा तो पूरे देश में व्याप्त होने वाला है। उसने सुन रखा था कि पूरे असम-बंगाल में लुंगी वाले ऐसे ही भिड़ जाते हैं। हमारे लोग मार खाते रहते हैं।

सलोने ने कुंजन की तरफ़ देखा और पूछा, कुछ और दे सकते हैं। उसने पाँच का एक नोट और निकाल लिया और कहा भी कि "बेईमानी का पैसा हजम नहीं होगा चचा।"

लेकिन वह पूरे पैसे लेने पर अड़ा था। इन दोनों ने कहा, "साले हरामुद्दौला... इतना काफ़ी है। शरीफ़ों को लूटते हो...पूरे देश को बरबाद कर दिया तुम लोगों ने...।"

इस कहासुनी में उस ग़रीब स्वाभिमानी ने उसूलन इतना ही कहा, "लो यह भी लो, बत्ती बनाकर अपनी गाँड़ में डाल लेना...।" यह उसके ग़ुस्से की पराकाष्ठा थी। असल में असंगठित ग़रीब का आख़िरी हथियार भी यही होता है।

लेकिन दूसरे टोले से हारकर आये इन बाँकुरों को यह धमकी मंजूर नहीं हुई। यह उनसे बर्दाश्त नहीं हुआ। वे इस कमज़ोर तुरुक से हारने को तैयार नहीं थे। वह भी अपने टोले में। अब उसे पीटने से लेकर जान से मारने तक के सारे बहाने और तर्क उनके पास थे।

वे उस ग़रीब को पीटने के साथ गरियाए जा रहे थे, "साले तुरुक की औलाद, ले तीस चालीस रुपइया...साले कटुए...।"

पिटने से शायद उसे ज़्यादा फ़र्क़ नहीं पड़ता, क्योंकि उसकी पीठ पिटते-पिटते मज़बूत हो गयी थी। पर अचानक जीवन में पहली बार बरसी इन गालियों ने उसे भयानक शोले की तरह भड़का दिया। इतना कि हमलावर भी सोच में पड़ गये।

मार से उसके साँवले मसूड़ों से बहा ख़ून दाँतों का रंग लाल कर चुका था। ज़मीन की मिट्टी उसके माथे तक लिथड़ गयी थी। उसका विलाप सियारों के रोने से ज़्यादा मनहूसी पैदा करने वाला था, "हे भगवान देखो ग़रीब की गत, मोर मइया... जगदम्बे...।"

लेकिन अपने टोले के योद्धा अब भी नहीं रुके तो उसने वह संदिग्ध चारखानेदार लुंगी भी उतार दी–"ल्यो मार डालो, ले आओ अपनी महतारी-बहिनी...सब चीन्हो बैठकर...ल्यो चीन्हो...।"

चाँद की गुमशुदगी वाले इस घोर अँधेरे के बीच वह नंगा खड़ा था एक ऐसा मूक बयान लेकर कि दोनों की आत्मा पर गोले बरसने लगे।

सलोने और कुंजन ने माथा पीट लिया। वे हारी हुई आवाज़ में एक साथ इतना ही बोल पाये, "अरे लड़ऊ सिंह अपना नाम पहले ही बता देते...।"

बीस पेटी माल

रात को दस बजे रणधीर चन्देल को ख़बर मिली कि गोपाल गंज में बीस पेटी माल लाया गया है।

ख़बर स्ट्रिंगर नरेश गौतम लेकर आया था। हुआ यह कि क़ुरैशी दलाल ने बांगरमऊ में पुलिस से एक ट्रक छुड़ाने के बदले उसे दारू और मछली की पार्टी दी थी। नशे के झोंक में फहीम क़ुरैशी पेटी वाली बात बता गया। यह भी बताया कि एक-दो बाहर भी बुक होने लगी हैं।

नरेश अद्धा चढ़ाने के बाद भी ख़बर की अहमियत नहीं भूला था। वह फटाफट रिक्शा पकड़कर दैनिक आवाज़ के दफ़्तर आया। आते ही भभका फेंका तो रणधीर पहले तो ग़ुस्साया, "अबे दफ़्तर है। सम्पादक सामने बैठा है...।" लेकिन नरेश पाँव छूकर माफी माँगने के साथ बोला, "भई अरंजेंट बात है। तगड़ी ख़बर है।" वह एक ही साँस में बता गया, "कच्ची उमर की बीस लड़कियाँ नेपाल से लायी गयी हैं, छाप ल्यो कल शहर में धमाका हुई जायेगा।"

अभी महानगर एडिशन के लिए गुजाइंश थी। सम्पादक राघवेन्द्र 'पारिजात' के कान में कुछ मन्त्र फूँककर वह दफ़्तर से निकल गया। गोपालगंज में उसके अपने भी सूत्र थे। थाना प्रभारी भी दोस्त था, लेकिन पुलिस से मदद माँगने पर ख़बर मारी जाती। उसने पुराने पतुरियाबाज प्रह्लाद लंगड़ को पकड़ा। एक अंग्रेज़ी पव्वा थमाया और सारी ख़बर सामने आ गयी। उसने बताया, "शान्ति बंगालन और महमूदा के कोठों पर नयी लौंडियों के चेहरे दिखे हैं। रातभर रोआपीटी की आवाज़ आती है। बाबू खत्री के आदमी भी दिखने लगे हैं।"

बाबू वैसे तो मर्ग़ी फार्म का मालिक था। पर रण्डियों की दलाली में माहिर था। उसके सूत्र नेपाल से लेकर मुर्शिदाबाद तक फैले थे। नयी लड़कियों को बैठाने के लिए सारी कोठा मालकिनें उसकी मदद लेती थीं। कभी लखनऊ तक लड़कियाँ भेजनी होती थीं तो खत्री की मेटाडोर ही काम आती थी। नवमी और अष्टमी के लंगर

और गर्मियों में छबील लगवाने में वह आगे रहता था। ईद मुबारक के बैनरों में भी उसकी चौड़े मुँह वाली तस्वीर दिख जाती थी।

तो ख़बर पक्की हो चुकी थी। वह कल इत्मीनान से लिखना चाहता था। पर सम्पादक तो अड़ गया, "काल करे सो आज कर..। दूसरा छाप देगा तो पछताना पड़ेगा।"

सुबह अख़बार का बॉटम यानी एंकर था–गोपालगंज की बदनाम गलियों में बीस पेटी माल लाया गया।

ऊपर से नीचे तक पुलिस महकमा खलबला गया। दोपहर तक बदनाम बस्ती में पुलिस ही पुलिस थी। चकलेघर के दड़बों यानी बदबूदार कमरों से किसी तरह बीस नयी उमर की लड़कियाँ निकाल ली गयीं। पुलिस की दबिश ने ऐसा आतंक मचाया कि आधे ग्राहक कन्धे पर पैंट, लुंगी और पायजामा लादे भागे। जो अधवयसे या बूढ़े थे, वे नाली में गिरकर, गन्दगी से सन कर निकल पाये। कुछ सिपाहियों के हाथों में बीस-बीस के नोट रख कर सरक लिए। कई बंगाली और मद्रासी लड़कियाँ कूदकर नाके की तरफ़ भाग गयीं, जहाँ उनके लिए छिपने की व्यवस्था रहती थी।

ये लड़कियाँ शान्ति और महमूदा के कोठों से मिली थीं, जिन्होंने नाच-गाने के नाम पर लाइसेंस ले रखा था। पकड़े जाने पर दोनों ने ख़ूब नंगनाच किया। पेटीकोट-घाघरा उठाकर दरोगा और सीओ को गालियाँ दीं, "अरे टाइम पर पैसा पहुँचाते हैं। तुम्हारे ईमान पर पथरा पड़ें...। लड़कियाँ नहीं रहेंगी यहाँ तो तुम्हारे घर में लँगोटा खोल कर घुसेंगे लोग...।" पुलिस अफ़सर चुपचाप सुनते रहे तो हेड कांस्टेबल शालिनी जायसवाल ने मोर्चा सँभाला, "अरे बहुत मत बोलो मौसी। अभी थाने में ये गगरा जैसे चूतर लाल करेंगे तो पता चल जायेगा।" अब महिलाएँ ही महिलाओं से भिड़ रही थीं। सबसे तगड़ी, पाँच फ़ुट नौ इंच लम्बी सिपाही प्रेमवती उपाध्याय ने बढ़कर दो थप्पड़ जमाकर पुलिस की सत्ता स्थापित की। उसके डर के मारे सारी नन्ही रंडियाँ और उनकी मालकिनें मुँह में कपड़ा डाले थाने की ओर बढ़ गयीं।

हर दबिश के बाद की परम्परा निभाते हुए पुलिस ने जैन रोड से होते हुए थाने तक इनकी परेड करवायी। वहाँ के मजमे को हर महीने ऐसी परेड देखने को मिल जाती थी। एक ज़माने में यहाँ ठोंकू चौधरी नामक थानेदार आया था। वह हर दस दिन में रेड डलवाता था। और ग्राहकों की तस्वीरें लेकर अख़बारों में छपवा देता था। कोठे वालियों ने पचास हज़ार एसएसपी तक पहुँचाये और उसका तबादला कर हरदोई भेज दिया। उसके जाने के बाद कोठे फिर लहलहा गये। बांग्लादेशी लड़कियाँ लायी जाने लगीं। पर डिमांड चिकनी नेपाली लड़कियों की ज़्यादा होती थी।

ज़ाहिर है, इस बार मंज़र ख़ास था। लड़कियाँ नेपाली थीं। एकदम दूध में सने मैदे की लोई जैसी सफ़ेद। पहले गंधैली, काली, बदमिज़ाज और थुलथुल रंडियाँ ही परेड में दिखती थीं। पर इस बार परेड कम, शोभायात्रा ज़्यादा लग रही थी। मौक़े पर पकड़े गये कस्टमर एकदम पीछे थे जो रुमाल या अंगोछे से मुँह छिपा रहे थे। अख़बार के फ़ोटोग्राफर मौज लेते हुए फ़ोटो खींचे जा रहे थे। शरारतन पूछ भी रहे थे, "पहलवान काम बना कि बीचै में धर लिए गये...।" वे बेचारे क्या करते। क्या जवाब देते। बस मौत ही नहीं आ रही थी उन्हें। एक-दो ने शोभायात्रा से सरकने की कोशिश की, मगर सिपाहियों ने पीठ में डंडे जमाकर लाइन में कर दिया।

हौले-हौले चलती ये गोरी और नाटी लड़कियाँ पहली बार ऐसी परेड का हिस्सा बनी थीं। अभी धन्धे में उतरे एक महीने भी नहीं हुआ होगा। सारे करम हो गये। लपलापाती जीभों वाली भीड़ पुलिस से नज़रें बचाकर उन्हें अश्लील मुद्राएँ दिखा रही थी। लेकिन वे तो इस लायक भी नही थीं कि अँगुलियों और आँख की पूरी भाषा समझ पायें। एक 'बैठना' शब्द ही उन्हें सिखा दिया गया था। 'जल्दी बैठ और फुट्ट यां से ...' यह पहले दिन ही उन्हें सिखा दिया गया था।

फ़िलहाल दो तगड़ी महिला सिपाही बीच-बीच में लड़कियों की कमर के आसपास बेंत छुआते हुए बढ़ रही थीं। थानेदार-चौकी इंचार्ज महामण्डलेश्वर जैसी गम्भीर मुद्राएँ बनाकर आगे चल रहे थे। बीच-बीच में भीड़ का हिस्सा बन रही औरतों को हिदायत दे रहे थे, "अरे आप लोग अपना काम कीजिए, जाइए..।" बच्चों को देखकर सिपाही डंडे पटकते हुए कह रहे थे, "काहे बहुत मज़ा आ रहा है हियाँ..चलो फूटो।" बूढ़े तमाशबीनों की ज़्यादा मुसीबत थी। सिपाही सरला सचान ने जुमला फेंका, "काहे बाबा आज एकादसी है का... लग रहा है, कुछ मसाला शेष है जीवन में।" बेचारे बूढ़े खिसियाकर सरक गये...।

कुल मिलाकर यह ऐसा तमाशा था, जिससे हर कोई बच-बचकर रस ले रहा था।

शाम चार बजे तक ये अभागी लड़कियाँ थानेदार आरके शुक्ला के दरबारे-ख़ास में थीं। मौक़ा पाकर क्षेत्राधिकारी यानी सीओ शरद सक्सेना लड़कियों पर नज़र डाल गया। अपनी थानेदारी के ज़माने में वह रंडियों से तफ़्तीश के लिए काफ़ी प्रख्यात था। बताते हैं कि अपने ऊपर वाले अफ़सरों की इच्छापूर्ति के कारण वह तरक़्क़ी पाकर सीओ बन गया और आजकल कोतवाली में जमा बैठा था। असल में जिस थाने में लड़कियाँ लायी गयीं, वह सबसे महँगा उठता था। कांग्रेस राज में इसकी क़ीमत दस लाख थी। बाद में और महँगा हो गया। लेकिन पहली बार ऐसा थानेदार

आया जो था तो एनकाउंटर स्पेशलिस्ट, लेकिन लग गया बदनाम गली को सुधारने में। थानेदार शुक्ला प्रदेश की सहकारिता मन्त्री रजनी तिवारी का ममेरा भाई था। उसे तैनाती के लिए पैसा तो नहीं देना पड़ा, पर सूचना दे दी गयी कि इस थाने से हर महीने एसएसपी दफ़्तर और उससे भी ऊपर तक दस लाख का चढ़ावा जाता है।

थाने का मुख्य कक्ष ठीकठाक बड़ा था। लतखोर भीड़ खिड़कियों तक आकर नज़र मार जाती थी। लड़कियों को बैठाल कर ग्लूकोज के बिस्किट दिये गये। जिसकी इच्छा थी वह बैठ गयी। जो खड़ी थीं, उन्हें खड़े रहने दिया गया।

अब उत्सव जैसा माहौल बन रहा थ। कुछ रिपोर्टर और फ़ोटोग्राफर आसन ले चुके थे। बाक़ी को बुलाने के लिए मुंशी खूबचन्द संखवार अख़बारों को फ़ोन किये जा रहा था–एक ही भाषा, एक ही धुन में, 'माननीय थाना प्रभारी आरके शुक्ला के नेतृत्व में आज दोपहर दो बजे पुलिस दल ने गोपालगंज में रेड मारी और बीस अल्पवयस्क लड़कियों को मुक्त कराया गया।'

ऐसी शानदार ख़बरों पर स्थानीय अख़बारों और संवाद एजेंसियों के ख़बरची-फ़ोटोग्राफर ज़रूरत से ज़्यादा सरगर्म हो जाते थे। पूरा रस लेते। मुक्त कन्याओं से वार्तालाप का पूरा प्रयास करते। जिनको अदालती आदेशों के बारे मे पता था, वे सिर्फ़ पुलिस का वर्जन लेकर लौट जाते।

रणधीर चन्देल आज की ख़बर का हीरो था। संयोग यह भी था कि थानेदार शुक्ला और वह एक साथ ही सुभाष नगर के सरस्वती शिशु मन्दिर में पढ़े थे। शुक्ला ने थानेदारी पाते ही सबसे पहले दारू की पार्टी उसे ही दी थी। उसने रणधीर को ख़ुद फ़ोन लगाया, 'बेटा सारी लेथन तुम्हारी फैलाई है, अब अपनी पेटी के दर्शन तो कर जाओ ठकुरऊ।'

एक घण्टे में छोटे-बड़े संवाददाताओं, फ़ोटोग्राफरों का मेला लग गया। थाने की सारी कुर्सियाँ खप गयीं तो एक तख़्ता डाल दिया गया। बीस पेटी माल यानी बीस बच्चियाँ मर्द संसार के अवैध प्राणियों की तरह सिर और नज़र झुकाये बैठी थीं। उनकी मालकिनों के फैले हुए पेट बता रहे थे कि यह दैहिक समृद्धि कहाँ से उड़ाई है। शुक्ला ने निन्दासी दिख रही लड़कियों को पानी के गिलास देने का इशारा किया।

अब ज़्यादातर लड़कियों ने चेहरे से कपड़े हटा दिये थे। छोटी आँखों वाली एकदम दूधिया रंग की सुन्दरियाँ जिनके नाक-नक्श तो पारम्परिक थे, पर एक साफ़-सुथरी रंगत ने उनके बाज़ार भाव बढ़ा रखे थे। चार-छह की नाक में छोटी नथ या नकबेसर पड़ी थी। वे बार-बार अपने होठ पर जीभ फेरकर या दाँत से काटकर सामान्य बनने की कोशिश में थीं।

मोटी सिपाहिनों की व्यस्तता बढ़ती जा रही थी। वे ग़ुस्से में थीं। जब-जब हरकत में आतीं, उनके कान में पड़े बाले भी उसी तरह हिलोरे मारते। डंडे, ग़ुस्से, खीझ और खाकी बाने ने भरी जवानी में उनका औरतपना छीन लिया था। कपोल भी आदमियों जैसे खुरदुरे हो रहे थे। ख़बरचियों को मज़ा आ रहा था। वे सोच रहे थे कि घर में ये सिपाहिनें कैसे रहती होंगी। अभी तो वे कबूतरों-सी सहमी लड़कियों की मददगर बनने की भूमिका में थीं। उन्हें पता था कि दो पैरों वाले कई लकड़बग्घे आसपास हैं। निरपेक्ष भाव से खड़े होने के साथ उन्होंने कई व्यवस्थाएँ ठीक कीं। एक लड़की के खुले ब्लाउज़ को देखकर चुन्नी डलवायी। बेहयाई से फ़ोटो सेशन में लगे फ़ोटोग्राफरों को लिहाज़दारी और क़ानून की याद दिलायी। ख़ासतौर पर सबसे लफंगे छायाकार अकील रिज़वी और रंजन बिसारिया की तरफ़ इशारा कर सन्तोष सैनी ने कहा, फ़ोटो घर पर चपकइयो...पता है ना माइनर हैं जे लौंडियाँ, नाम, फ़ोटो देने पर रोक है। रिज़वी खिसियाकर किनारे हो गया। रंजन 'अरी दइया' कहकर कैमरा गोद में धरकर नीचे बैठ गया।

थोड़ी शान्ति स्थापित होते ही शुक्ला ने कहा, "गुरु वह ज़माना चला गया, जब जो चाहे छाप लिए। आजकल कोर्ट बहुत सख़्त है। लखनऊ में एक सम्पादक जेल की हवा काट रहा है, ट्रिक फ़ोटोग्राफी से फ़ोटो बनवाकर अख़बार में छाप दी और लिख दिया–दारुल सफा में नेता के घर से पकड़ी गयी कालगर्ल...। तो भइया हम पर किरपा बनाये रखना। हम भी कोर्ट से बँधे हैं। हमें लग रहा है कि कहीं आपको बुलाकर ग़लती तो नहीं कर दी। सीधे पीआरओ से विज्ञप्ति भिजवा देते..ख़ैर।" शुक्ला ने बिस्किट पकड़ाकर छायाकारों को विदा कर दिया।

अब इन्दराज वाला रजिस्टर सिपाही नरेश सचान के पास था। वह लेखपाल के अन्दाज़ में खड़ा था। उसकी कार्रवाई शुरू होने से पहले शुक्ला का अध्यक्षीय भाषण शुरू हुआ, "वरिष्ठ पुलिस अधीक्षक आलोक यादव ने दैनिक आवाज़ में छपी ख़बर पर स्वत: संज्ञान लेते हुए त्वरित कार्रवाई का निर्देश दिया। गोपाल गंज थाने की पुलिस ने कोतवाली पुलिस के सहयोग से त्वरित कार्रवाई करते हुए दोपहर दो बजे कोठों पर दबिश दी। हमने बीस लड़कियाँ मुक्त करायीं जो जिस्मफरोशी के लिए नेपाल से लायी गयी हैं। कल प्रात: दस बजे इन लड़कियों को माननीय अदालत के समक्ष पेश किया जायेगा।"

छुटभैये ख़बरची बड़ी तन्मयता से ख़बर के प्वाइंट नोट कर रहे थे, जैसे संसद की कार्रवाई नोट कर रहे हों। रणधीर, शुक्ला के पास वाली कुर्सी पर बैठा हुआ था। शुक्ला की भाषण शैली पर ग़ौर करते हुए वह मुस्कराये जा रहा था। उसकी हरकत

देखकर शुक्ला, मोटे होंठों और पतली मूँछ पर रसीली मुस्कराहट लाते हुए धीरे-से बोला, "ठाकुर ज़्यादा हरामीपन नहीं, पायजामे में रहना।"

इसके बाद नये स्ट्रिंगरों और साखदार संवाददाताओं ने कुछ उत्साही सवाल किये। शुक्ला 'हाँ-हाँ' करके बिस्किट बढ़ाता और 'ठीक बात' कहकर आगे बढ़ जाता। 'ठीक बात' उसका तकिया कलाम था। इस बीच चाय आ गयी। एक अल्पविराम हुआ। सचान शुक्ला के संकेत का इन्तज़ार कर रहा था। रणधीर और उसके साथियों की निगाह इस बीस पेटी माल से गुज़रती किसी ख़ास पर अटक पड़ी थीं। मध्यकालीन दास युग होता तो शायद वह इस लड़की को, बोली लगाकर उठवा लेता। एक बेसब्रे बावले ने कह दिया, एकदम माधुरी दीक्षित लग रही है। रणधीर ने अँगुली होंठ पर रखकर चुप रहने का इशारा किया। चौकी इंचार्ज रामलाल सरोज भी सारी लड़कियों को ताड़ने के बाद वहीं अटक रहा था। इस लड़की को देखकर उसे अभी शराब पीने की तलब होने लगी। तन्दुरुस्त सिपाहिनें अब अलसा रही थीं।

सचान फिर हरकत में आया और पान मसाला मुँह में डाल चुके शुक्ला से पूछने लगा, "सर एंट्री कर दें?" मसाले की तरलता से फूले हुए गालों को पिचका कर उसने आँखें घुमाकर इजाज़त दे दी और गुड़-गुड़ करते इतना ही बोला, "ज़्यादा कहानी की ज़रूरत नहीं।"

सचान इस थाने का सबसे पुराना सिपाही था। जब भी रेड के बाद वेश्याएँ या धन्धेवाली लायी जातीं, वही साक्षात्कार लेते हुए पीटी मास्टर की तरह तीखी आवाज़ में रजिस्टर में एंट्री करता। वह अपने काम में सिद्ध हो चुका था। कई बार चुहुलबाज़ सिपाहिनें कहतीं, "सर, सचान साहब को ओवरटाइम मिलना चाहिए...।"

सचान ने सवाल शुरू किये, "नाम?"

"सीता...", पहली लड़की पत्ते की तरह काँपते बोली।

एक ठहाका हुआ। किसी सड़कछाप ख़बरची की एक मिनमिनी आवाज़ निकली, "जय हो सिया दुलारी की।"

इस घटिया परिहास पर बेनियाजी और सुस्त दिख रही सिपाहिनें भी खिखिया उठीं।

फिर अधीर हो रहा सचान एक ही साँस में पूछ गया, "मर्ज़ी से आयी....नहीं... कोई भगा के लाया...बाप का नाम, गाँव शहर मुलुक...।" घुटनों से ऊपर वाली लाल स्कर्ट पहने बच्ची की आँखों की पुतलियाँ अनभिज्ञता में घूम रही थीं। शायद वह समझ ही नहीं पा रही थी कि क्या पूछा जा रहा है।

अपनी भूमिका समझती सिपाहिन नैना निषाद गुर्रायी, "दीदा काहे फाड़ रही है, जवाब दे साहब को...।"

अनुभवी और खेला-खाया चौंकी इंचार्ज सरोज समझ गया कि लड़कियाँ धन्धे में उतर गयी हैं, पर हिन्दी अभी सीख नहीं पायी हैं।

उसने शुक्ला का ध्यान खींचा, "पंडिज्जी, लौंडियाँ अभी कुछ बता नहीं पावेंगी। ससुरे दिलबहुदरा को बुलायें क्या...।"

जवानी में नेपाली रंडियों का भड़वा रहा दिल बहादुर थापा आगरा के किसी डॉक्टर से सिफलिस का इलाज करवाने के बाद काँटे जैसा हो गया था। अब गोपालगंज से तौबा कर चाय-मठरी का ठेला लगाता था। ऊपरी कमाई के लिए बहराइच से आयी चरस की गोटियाँ और मलंग नाम का गाँजा बेचता था। सिपाहियों की कृपा थी, इसलिए ज़िन्दगी पटरी पर आ गयी थी और एक जनता क्वार्टर लेकर रह रहा था। मुखबिरी से भी उसकी थोड़ी बहुत कमाई हो जाती थी।

आते ही उसने गोरखा सैनिक के अन्दाज़ में शुक्ला को सलाम ठोंका। कुर्सी पर मस्ती से झूलने की मुद्रा में आ चुके शुक्ला ने गब्बर सिंह वाली आवाज़ में कहा, "आओ बहादुर, सरऊ तुम्हारा ही इन्तज़ार था।"

"अबे पहले इधर आ...।" बोर हो रहे सचान ने रजिस्टर हिलाते हुए गुहार मारी। बहादुर फुदककर लड़कियों के सामने आ गया। सचान का काम आसान हुआ। "शा,ब नोट करते जाओ।"

'नाम सुखमनि, गाँव देवटी, वीरगंज...नाम चन्दा अधिकारी, गाँव भगवानपुर... नाम रूपा नारायण पुर, गाँव शंकरपुर, भैरहवा...'

और जिसकी सूरत से किसी की नज़र नहीं हट पा रही थी, उसने अपना ब्योरा यों बताया बहादुर को, 'शर्मिला, बाप हर बहादुर, गाँव विष्णुपुर, वीरगंज...बोलता है काम वास्ते आया, नौतनवा से एक दलाल आया था। एक गारमेंट फैक्टरी में काम को बोला, गोरखपुर तक छोड़ गया। फिर नया मालिक मेटाडोर में दो लड़कियों के साथ इधर लाया..। कुछ दिन एक मसाला फैक्ट्री के गोदाम में रखा...।'

शुक्ला ने बीच में रोककर उसे कुछ मर्दाना संकेत किया, तो बहादुर ने आँख झपकाकर पुष्टि की और बोला कि लड़की बोलती है कि "कई बार पिटाई भी हुआ है। इदर-उदर सिगरेट से भी छुआया है...।"

पहली बार सिपाहिनों के रूखे गाल थरथराये। एक ने कहा, "सर मेडिकल कराएँगे...देखो तो फूल जैसी लौंडियों की क्या गत बनाकर धरी है हरामियों ने।"

कहकर, वह पसरकर बैठी कोठा मालकिनों की तरफ़ डंडा दिखाते हुए बोली, "घुसेड़ना तो इनके चाहिए पूरा कलेजे तक, छिन्नटी कहीं की...।"

माहौल तनावपूर्ण हो गया। महमूदा की आवाज़ अमरीश पुरी की आवाज़ का जनाना संस्करण था, वह मौक़ा पाकर चुनही दबा चुकी थी। मुँह में थूक भरे-भरे बोली, "नयी-नयी गर्मी है बिट्टन, छँट जायेगी...कित्ते दिन हो गये थाने में...।" उसकी धमकाने वाली आवाज़ पर सिपाहिन सकीना पाँव पटकते हुए दौड़ी, "तेरी तो, चाँड़ कहीं की...तेरे ऊपर तो साँड़ चढ़वाना चाहिए...।" शुक्ला ने इस संवाद पर आपत्ति करते हुए सकीना को डाँट लगाई, "ग़लत बात नहीं। क़ानून से चलना है हमें।"

शुक्ला के आदेश पर ख़ामोशी छा गयी। उसने इशारा किया, "लड़की को अन्दर ले जाकर चेक करो। कहीं कल पेशी में गड़बड़ ना करे।"

थाने में लॉकअप के अलावा एक और कमरा था जो आराम के काम आता था। शुक्ला इसे अपना दीवाने-ख़ास कहता था। चरसी-गंजेड़ी सिपाही भी मौक़ा पाकर यहाँ दम लगा लेते थे।

दो सिपाहिनें लड़की को लेकर अन्दर चली गयीं। पूरे दस मिनट तक जाँच हुई। जब ये लौटकर आयीं तो अनीसा का चेहरा कुछ ज़्यादा ही गर्म था। शुक्ला ने अपनी लंतरानियों पर विराम लगाकर दूसरी से पूछा, "काहे चेक कर लिए ठीक से..।"

"सर, कमर और पीठ पर पिटाई के निशान हैं। थाइज के पास दागने के चकत्ते हैं। बता रही है, कई बार गन्दा काम हुआ है...।" उसने संक्षेप में ही बताया और 'ओफ्फ' कहकर किनारे चली गयी।

थाने का आलम यह था कि कोई टरने का नाम ही नहीं ले रहा था।

सांध्य अख़बार हंटर टाइम्स का बूढ़ा हाकर सन्तशरण अग्निहोत्री पुलिसवालों को चिढ़ाता हुआ हाँक लगा रहा था—"कलजुगी शहर में बीस लौंडियाँ फिर बिकीं.. पुलिस सोती रही...बड़ों-बड़ों पर शक की सूई...मौसियाँ भी धरी गयीं..।"

अड़ियल अग्निहोत्री घूम-घूमकर कई टोलों तक ख़बर फैला चुका था। पुत्ती भइया उर्फ़ दीनानाथ झक्कड़ के संझा अख़बार हंटर टाइम्स की पाँच हज़ार प्रतियाँ शाम छह बजे तक बिक जाती थीं। जलवा ऐसा कि शाम को अग्निहोत्री थाने के सामने ही बैठकर पउवा लगाता और सिपाहियों को धमकाता, "बेटा पहलौटी के, उड़ंतागिरी नहीं दिखाना हमसे, नहीं तो इस बार बदायूँ की कचौड़ी खाओगे।"

थोड़ी भीड़ छँटी तो पतिता मुक्ति फ्रंट की कनवेनर सत्यभामा शंकर अपनी टोली के साथ आ धमकी। सत्यभामा भूरे रंग की मोटी महिला था। होंठ अटलबिहारी वाजपेयी की तरह बाहर निकले हुए। छाती इतनी फूली कि उसके उद्गम क्षेत्र का नक़्शा ही बदल गया था। अवश्य, अंग्रेज़ी में इस वक्ष-दशा या मर्ज़ का कोई नाम होगा। इसी कारण गर्मी में भी वह सूती जैकेट डालकर इस असामान्यता को छिपाये रखती। उसे कुत्ते पालने का शौक़ था और उसके कुत्ते डॉग शो में दूर-दूर तक जाते थे। हर नये डीएम की नियुक्ति पर वह लेब्राडोर का एक पिल्ला ज़रूर भेंट करती थी। सब मज़ाक़ में कहते थे, "ससुरी के, आगे नाथ पीछे पगहा, कूकुर ही सहारा हैं।" कोई कहता कि वह छुट्टा छाड़ है। कोई कहता एकदम कुँवारी समाज सेविका। उसके साथ कोई ना कोई कहानी जुड़ी रहती थी।

असल में उसका पिता भीमशंकर आर्य भी उसकी तरह कोठे की लड़कियों की मुक्ति के लिए मशहूर था। दो-तीन लड़कियों को गोद लेकर उसने शादी भी करवायी। इसी चक्कर में रजनू खुतरे के लड़कों ने उसे ऊपर पहुँचा दिया। उसी के नाम पर गोपाल गंज के पास एक गली का नाम भीमशंकर लेन रखा गया। उसकी गद्दी ख़ाली होने के बाद से सत्यभामा इस पावन काम में लगी थी। इसी काम के बूते उसने चौडगरा के पास शानदार फार्महाउस बना रखा था, जहाँ नवबढ़े सेठ मजे लूटने के लिए पहुँच जाते थे। इसी के पास एक ढाबा लेकर उसने रिटायर्ड फ़ौजी चन्दन सिंह गौतम के हवाले कर रखा था।

उसके थाने में घुसते ही शुक्ला भुन गया। सबसे क़रीब बैठे रणधीर से बोला, "ल्यो आ गयी भूरी भैंसिया, आग मूतगी सुसरी...।"

ना चाहते हुए भी उसने कुर्सी ख़ाली करवायी और नकली ढंग से बोला, "मयडम जी गुड मार्निंग...।"

"अरे, ये असरानीपना छोड़ो पण्डित, शाम को गुड मार्निंग कर रहे हो। एकदम्मे चूतिया समझ लिए हो क्या...?"

शुक्ला लाइन में आ गया। बात बनाते हुए बोला, "ओह सॉरी-सॉरी फ्रेंडशिप में इत्ता चलता है।"

"फ्रेंडशिप गयी चूल्हे में... ई बताओ, हमें इनफार्म काहे नहीं किये। गौरमेंट का आर्डर है, पहले हमें सूचित करोगे...। रेड के पहले भी हमें बताओगे...कुछ किया तुमने। लौंडियों की छीछालेदर और करवा दी...। कल को पत्तेचाट पत्रकार फोटू छापेंगे तो ठीक लगेगा...। अरे इन्सान हैं ये भी।"

वह धाराप्रवाह बोलती जा रही थी। शुक्ला समझ रहा था कि इतनी लड़कियाँ पकड़े जाने से बिलबिला रही है यह।

शुक्ला ने फटाफट उसके लिए चाय मँगवायी और ज़ोर से आवाज़ दी कि बिना शुगर वाली लाना। वह फिर भुनभुनायी, "अरे इतना भी नहीं। थोड़ी चीनी चलती है, हाँ एक दिलबाग की पुड़िया ज़रूर ले आना।"

थोड़ा सामान्य होकर उसने बिलरई आँखें शुक्ला के चेहरे पर गड़ाकर पूछा, "टोटल बीस ही हैं कि एक आध रिज़र्व में रखवा लीं।"

शुक्ला ने बुरा मानते हुए कहा, "मैडम हर थानेदार को एक जैसा मत समझो..।"

"हे भइया, मेरे भक्त प्रहलाद, पिछली बार यादव के समय तीन लौंडियाँ तुम लोगों ने ऐसी सुटकीं कि कोठे तक लौट ही नही पायीं। बाद में पता लगा कि हरियाणा का एक चौधरी ख़रीद कर ले गया...तो भाईजान क़ायदे की बात करो। हमें सबकी छठी-पसनी मालूम है। अरे तुम अपनी ड्यूटी करो, तो हमें भी कुछ सोशल सर्विस करने दो...। हम कौन इंडस्ट्री खोले बैठे हैं।"

फिर चेहरे पर वह ख़तरनाक मुस्कान लाकर बोली, "अच्छा ई बताओ, कल कचहरी कित्ती लेकर जाओगे...?"

चौकी इंजार्ज सरोज बीच में कूद पड़ा, "तुम्हाई सौं मैडम हम तो सबई ले जायेंगे। आप जिम्मबारी लो तो आप ले अइयो...।" तनाव के समय सरोज औरैया-इटावा की बोली में आ जाता था।

सत्यभामा ने उसके मुँह की तरफ़ देखते हुए कहा, "वाह भई वाह! शहर में धन्धा-रेड तुम करवाओ, जब मुक्त की बात आवे तो सत्यभामा...हमें का लुल्ल समझे हो...।"

शुक्ल को उसकी बात चुभ रही थी, "मैडम ऐसा क्यों बोल रही हैं, हम धन्धा कराकर कौन सिटी एसपी बन जायेंगे। हम तो ऊपर वालों के आदेश से बँधे हैं। लखनऊ से ऑर्डर आ जाये, हम अभी इन्हें विदा कर देंगे।"

दरअसल यह हमेशा की तरह की वार्ता शैली थी। शुक्ला ने उसे ठण्डा करने के लिए लिमका भी मँगवा लिया। लिमका गटगट करने के बाद उसने अपनी टोली को पहले बाहर भेज दिया और अपना थूथुन एकदम शुक्ला के कान के पास ले जाकर कुछ कहा। शुक्ला ने सुन कर इतना ही कहा–"हौ।" फिर बाहर तक छोड़ने आया। साथ चलते-चलते वह बोलता जा रहा था, "मैडम पक्की गिनती हो गयी है। रात भर सेफ रखेंगे। दो लेडी कांस्टेबल की ड्यूटी भी लगा दी गयी है।"

सत्यभामा को छोड़कर लौटा तो उसके मुँह में तंबाखू युक्त मघई पान और उत्तर प्रदेश से लेकर बिहार तक प्रचलित लोकप्रिय गालियाँ थीं।

अब शाम गहरा रही थी। कुर्सी पर बैठने से पहले उसने चुटकी बजाकर सबको बाहर किया। केवल रणधीर ही रह गया उसके पास। उसके लिए कोई ख़बर बन ही नहीं पा रही थी। वह शुक्ला को कोंचे जा रहा था, "पण्डित पता लगाओ लौंडिया शहर में लाकर किसने बेचीं। ख़बर में जब तक कुछ घड़ियाल किस्म के लोगों का नाम ना आवे, तो मजा ही नहीं आवेगा।"

शुक्ला गंगाजली उठाये जा रहा था, "तुम्हारी कसम सारे हाथ झाड़ रहे हैं। नईमुद्दीन भी साँस नहीं ले रहा है। कह रहा है जब से हाजी बना हूँ, ई सब चक्कर छोड़ दिया है। इन साली मौसियों ने भी लखनऊ से लेकर दिल्ली तक जीजा और भाईसाहब बना रखे हैं। यादव बता रहा था कि पिछली बार दबिश में दस मद्रासी रंडिया पकड़ी गयी थीं। मौसियाँ जागेश्वर नेता को पकड़ लायीं। नाच-गाने के लाइसेंस दिखाकर छुड़ा ले गयीं। कोई भरोसा नहीं कि दिल्ली से रात तक परवाना आ जाये।"

रणधीर सुनकर सन्न था।

लड़कियाँ रात भर के लिए लॉकअप में ठूँस दी गयीं। जगह कम पड़ रही थी, इसलिए सिपाहियों के लिए बने एक बड़े कमरे में रखा गया। महिला सिपाहियों को हिदायत दे दी गयी कि चाभी अपने पास रखना। कोई काण्ड हुआ तो तुम्हारी नौकरी जायेगी। कप्तान साहब बार-बार रपट माँगते हैं।

रात नौ बजे से दलाल और फ़ोन आने शुरू हो गये। फ़ोन सिपाही श्रीराम गुप्ता उठाता था। उसे एक जवाब सिखा दिया गया था, "साहब राउंड पर हैं...साहब कोतवाल साहब, बात कर रहे हैं..आदि आदि...।"

पर दलाल तो सामने थे–बाबूलाल, चाँद उस्मानी, सुहेल गोगा, दुर्गा पंजाबी। शुक्ला से बेहिसाब भोग पाने के बाद वे 'हें हें' करके बैठते जा रहे थे। रणधीर के सामने कूट वार्ता हो रही थी– मोटी, बँटा, कैंचा, लटूरी, जैसे नाम उसे बदनाम संसार का ज्ञान करा रहे थे। पर उसकी ख़बर लायक बात नहीं बन पा रही थी। वह उठने को हुआ कि शुक्ला ने उसे बैठने का इशारा किया।

वह दलालों से रणधीर का परिचय कराने लगा। ये सब गठीले रणधीर को पुलिस वाला ही माने बैठे थे। चेचकहे मगर लाल चेहरे वाला दुर्गा पंजाबी चौंक पड़ा और उसके बैठे गले की खरखरी आवाज़ निकली–"मालक चम्न उजाड़ के मानोगे...?"

रणधीर को उनसे बात करना अच्छा नहीं लगा। उसे शुक्ला पर ग़ुस्सा भी आया। वह सिगरेट पीने के बहाने बाहर आ गया।

थोड़ी देर में दलाल मण्डली निकल गयी। शुक्ला भी बाहर आ गया था। अब रणधीर भी बाहर से निकलना चाहता था। लेकिन सुबह से थका-हारा शुक्ला उसे बढ़िया दारू पिलाने का वादा करके अन्दर लिवा लाया। जल्द ही उसने आठ-दस फ़ोन लगाये। फ़ोन पर ही बीवी-बच्चों से गुडनाइट की और बता दिया कि डबल चाभी उसके पास है।

थोड़ी देर में चड्ढा वाइन्स के यहाँ से उनकी शाम का सा़मान आ गया। रणधीर ने बोतल खुलने से पहले ही एक सिंगल कालम ख़बर बनायी–'गोपाल गंज के कोठों में पुलिस का छापा, बीस लड़कियाँ छुड़ाई गयीं।' दफ़्तर ज़्यादा दूर नहीं था। शुक्ला ने एक सिपाही के हाथ में ख़बर वाला लिफ़ाफ़ा बनाकर भेज दिया। रणधीर ने थाने से ही सम्पादक को फ़ोन कर दिया कि फ़ोटो रहने दीजिएगा, लड़कियाँ नाबालिग हैं...। उसने फ़ोन पर ग़ौर किया कि सम्पादक को इस ख़बर में ज़्यादा रुचि नहीं रह गयी थी। उसने फ़ोन पर इतना ज़रूर कहा, "अरे भाई ज़रा पुलिस कंट्रोल रूम को फ़ोन कर पूछ लेना कोई बड़ी ख़बर क्राइम की तो नहीं हैं। आज तुम्हारा चेला नीलेश राघव भी छुट्टी मार गया है...।" रणधीर ने जी भइया कहकर फ़ोन रख दिया।

शुक्ला शराबनोशी से पहले पूरे इत्मीनान का आदी था। उसूलन वह वर्दी में दारू नहीं पीता था। सारे सिपाहियों को साधकर, सबके लिए अलग व्यवस्था कर, महिला सिपाहियों के लिए ढाई सौ ग्राम कलाकन्द पहुँचाकर वह एकदम सुरक्षित बन गया। सरोज लबरहे अन्दाज़ में वहीं मँडरा रहा था। लॉकअप में एक-दूसरे से लिपटी पड़ी, निद्रालीन लड़कियों पर नज़र डालकर वह फ़ोन की डिब्बी और डोरी खींचता हुआ अपनी बैठक में आ गया।

इस पूरी तैयारी में शुक्ला ने आधे घण्टे लगा दिये। रणधीर झल्ला रहा था, "अरे भाईसाहब आज आप ज़्यादा बिजी हो..।" उसने हाथ से इशारा किया, "दो मिनट की मोहलत दो मेरे भाई...ज़माने में बड़े ग़म हैं..।"

अब तक सरोज रणधीर के साथ बैठकर एक सिगरेट पी चुका था। तीन गिलास सजे थे। ये आम काँच के गिलास नहीं थे। मुरादाबाद का एक व्यापारी शुक्ला को भेंट कर गया था। गिलास में ठण्डी चीज़ पड़ते ही रसीली काम मुद्राएँ उभरती थीं और पीने वाले का नशा दोगुना हो जाता। शुक्ला इन्हें मस्तराम मार्का गिलास कहता था।

इन गिलासों से रणधीर का परिचय पहली बार हो रहा था। जींस और टी शर्ट में आ चुके शुक्ला ने एक गहरी साँस में कहा, "हाँ भई करिए श्री गणेश...।" गिलासों में शरीफ़ों की तरह छोटे पेग डाले गये। सोडा और बर्फ ज़्यादा। गिलास की ख़ासियत भी तो दिखानी थी। रणधीर ने अपना गिलास देखा, उसे चूमा और शान्त बन गया। शुक्ला ने संस्कारी शराबी की तरह अँगुलियों से शराब छिड़की और 'बमभोले' कहकर गिलास थामा।

साहब के शुरू होते ही सरोज मैनपुरिया ठर्रेबाज़ों की तरह शुरू हो गया। मयकश के दस्तूर और सलीके से उसे कोई मतलब नहीं था। रणधीर ऐसे शराबियों से चिढ़ता था। उसने दो बार शुक्ला की ओर नज़र उठकर इशारा किया कि इसे लम्बे-लम्बे पेग लगवाकर विदा किया जाये, नहीं तो नशेबाज़ी का मज़ा किरकिरा कर देगा।

शुक्ला समझ गया। उसने अभिभावक जैसे लहजे में कहा, "अरे सरोज बाबू घर-वर भी जाना है कि नहीं, भौजाई सेजिया पर इन्तज़ार कर रही होगी।" सरोज समझ गया और फटाफट एक और पेग चढ़ाकर तनकर खड़ा हो गया। नशे में इतना कहना तो बनता ही था, "सर आप बहुत नाइस अफ़सर हो...आप एक दिन...।' इससे आगे कहानी लम्बी हो जाती, इसलिए शुक्ला ने उसे सिगरेट और लाइटर थमा कर कहा, "सुबह टाइम का ख़याल रखना...गुड नाइट।"

सरोज के जाने के बाद रणधीर कुर्सी से उतरकर नीचे पसरकर बैठ गया। तीसरे पेग के बाद वह बेबाकी की राह पर निकला। उसकी भूरी आँखों का फैलाव बढ़ गया। अपने आप रैपीडेक्स इंगलिश स्पीकिंग कोर्स वाली अंग्रेज़ी उस पर सवार होने लगी। वह मानता था कि दारू की ख़ासियत होती है कि अंग्रेज़ी बेखटके निकल पड़ती है।

अंग्रेज़ी में उसने दिल की बात निकाली, "आई कांट फारगेट ब्यूटीफुल फेस, वैरी चार्मिंग...यू नो दिस सोसाइटी इज़ वैरी रुथलेस...वी हैव टू चेंज...।"

जो मन में आ रहा था, वह बोलता जा रहा था। शुक्ला सिद्ध मयकश की तरह उसे सुन-सुनकर मुस्किया रहा था। घड़ी का काँटा 12 को छूने जा रहा था। रणधीर एक बार फ़ोन करके बीवी को बता चुका था कि डालमिया क्लब में किसी

की पार्टी है। खाने की चिन्ता मत करना। उधर बीवी ने यह ज़रूर पूछा कि "कैसी पार्टी...हल्ला वल्ला तो सुनाई नहीं पड़ रहा।" ग़ुस्सा कर उसने कहा, "यह इंक्वारी करने की आदत छोड़ दो...रंडी के कोठे पर बैठा हूँ बोल...भैन...।" बीवी ने ग़ुस्से में 'इडियट, बास्टर्ड' कहकर फ़ोन रख दिया और रणधीर को मुक्ति मिल गयी।

उसकी दशा देखकर शुक्ला समझ गया कि इसका दिल मचलने लगा है। चौथे पेग के बाद शुक्ला कवि बन जाता था। जायसी को सुनाये बिन वह नहीं रहता। पर आज बिहारी हावी हो गये। उसने रणधीर की तरफ़ सिगरेट बढ़ाकर ख़ुद एक फूँकी और धुएँ को निशाना बनाकर पंखे की तरफ़ फेंकता हुआ नीरज की स्टाइल में गुनगुनाने लगा, 'नहीं पराग नहीं मधुर मधु...' बेटा अभी रात बाक़ी है।

रणधीर जगजीत सिंह की ग़ज़ल गुनगुनाना चाहता था। और शुक्ला राधेश्याम रामायण का बालि और राम वाला संवाद गाकर सुनाये जा रहा था। बीच-बीच में उसे याद आ रहा था कि पिता जी उसे बचपन में गाकर सुनाते थे तो वह पूछता था कि आपको याद कैसे है सब। इस पर वे कहते, "जो रोज़ नियम से एक किलो दूध पीयेगा उसकी याद्दाश्त ऐसी ही होगी...।" वह इसी झाँसे में आकर ख़ूब दूध पीने लगा और सचमुच उसकी याददाश्त अच्छी थी। सैकड़ों फ़ोन नम्बर उसे कोड सहित याद थे।

लेकिन इस थानेदारी ने उसका मूल चरित्र बदल दिया। हिन्दी से एमए करना, एमफिल करना सब बेकार गया। अब थाना ऐसा मिला कि चौबीस घण्टों रंडियों की बातें, दलालों के कारनामे ही सुनाई पड़ते। लोग कहते थे कि यह थाना लाखों में बिकता है तो उसे क्यों फ्री में भेज दिया...सोच-सोचकर वह पगला गया। मन करने लगा कि नौकरी छोड़ कहीं टीचर बन जाये और दूर कहीं पहाड़ पर बस जाये।

रणधीर ने शुक्ला को मननशील देखा तो सुबह का अख़बार उठाकर दोबारा पढ़ने लगा। अपना राशिफल देखा, पढ़ने लगा–प्रियजन से मिलन होगा। पढ़कर हँसा और बेहूदगी से बुदबुदाया, "अपनी प्रियजन तो मूत-मातकर, खजुआ कर सो गयी होगी...।"

शुक्ला अपना कोटा पूरा करने के बाद चुनही रगड़ने में लग गया था। यह मयकशी के समापन का संकेत था। रणधीर ने सिगरेट सुलगा ली। उनकी तरंगें अपनी-अपनी राह पर थीं। उनका मतवालापन मौन साधने में लगा था। दूर कहीं से सीटियों की आवाज़ आ रही थी। तभी काला फ़ोन घनघना उठा। पूरी घण्टी गयी। शुक्ला ने कहा, "मरने दो। समझो हम ड्यूटी पर हैं ही नहीं।"

दूसरी घण्टी फिर बजी। रणधीर ने कहा, "हो सकता है कुछ अर्जेंट हो।" शुक्ला ने मन मारकर पूरी आवाज़ को लम्बे सुर में कहा, "हल्लोऽऽ...।" उधर से प्रभुता संपन्न आवाज़ आयी, "हल्लो के बच्चे मैं जायसवाल बोल रहा हूँ...भड़ुए हर महीने माल जीमकर भी लौंडिया पकड़ लाया। तेरा सीओ, तेरा कप्तान जब देखो चपटी माँगता है, बोल तेरी बहनिया को भेज दें...।"

आवाज़ सुनकर शुक्ला की गलथरी तक थरथरी दौड़ गयी। जिस हाथ से चोंगा पकड़ रखा, वह भी पसीने से तर हो गया। वह दूसरे हाथ से टी शर्ट की ऊपरी बटन खोलने में लग गया। पंखा फुल था। फिर भी उसे और हवा की ज़रूरत थी।

फ़ोन पूर्व सांसद नन्दकिशोर उर्फ़ नन्दू जायसवाल का था। वे नन्दू बाबू के नाम से मशहूर थे और परोपकार के धन्धे से लेकर दारू के ठेके तक उनकी मशहूरी थी। वनस्पति में गाय की चर्बी मिलाने के कारण कुछ दिन जेल की हवा भी काट चुके थे। अब शहर में हैहयवंशी क्षत्रिय सभा बनाकर उसके नेता बन गये थे।

इस बार तो जैसे किसी ने उनकी दुर्नाम सत्ता को चैलेंज कर दिया था। शुक्ला ने सारा कबाड़ा कर दिया। अगर वह सहकारिता मन्त्री का रिश्तेदार ना होता तो अब तक उसके आदमी दुर्गति कर देते। उसकी नयी भूमिका शुक्ला की समझ से परे थी।

गालियाँ खाने के बाद भी उसने पुलिसिया गरिमा बहाल रखते हुए कहा, "बड़े भइया, एसएसपी साहब के निर्देश पर कार्रवाई हुई है। पता नहीं अख़बारों में ख़बर कैसे आ गयी। अब हुक्म करें...।"

"अबे हुक्म देगा तेरा आइजी, डीआइजी और एसएसपी जायेगा सीधे हापुड़-खुर्जा की तरफ़...और तुम बेटा चित्रकूट जाकर कोल-भिल्लों की लौंडियों के साथ मौज करना।"

गाली खाते हुए शुक्ला 'यस यस', 'जी भइया' करता रहा और थूक गटकता रहा। रणधीर समझ गया, कहानी बदल रही है। इतने में फ़ोन कट गया। शुक्ला घबरा गया। घबड़ाहट और तनाव में चुनही की पीक निगल गया और हुच्च-हुच्च करने लगा। रणधीर ने पानी देकर कहा, पण्डित कुल्ला कर लो...।

थोड़ी देर में काला फ़ोन फिर घनघनाया। शुक्ला को उम्मीद थी कि फिर से गालियों की बौछार होने वाली है। फ़ोन उठाते ही उसने कहा, "जी भइया फ़ोन अपने आप कट गया था। हम मिला रहे थे तो एंगेज आ रहा था...।" लेकिन इस बार वह आवाज़ थोड़ी ठण्डी थी, "तुम्हारे डीआइजी गांडू को टाइट कर दिया है। उसका फ़ोन आ जायेगा सुबह....। और गुरु तुमने बताया नहीं कि रजनी तिवारी के भाई लगते हो... अमाँ घर के लड़के होकर ऐसा काहे किये...।"

शुक्ला ने ख़ैर मनायी। उसने भी थोड़ा अपनापन जताते हुए कहा, "बड़े भइया आपने मौक़ा ही नहीं दिया...हम सब तो हुकुम के बन्दे हैं...कोई क्रान्ति थोड़ो करने आये हैं।" रणधीर सारी बातें ग़ौर से सुन रहा था।

नन्दू बाबू का आदेश हुआ, "सुनो बच्चा, कल पेशी पर कच्चा पर्चा बनाना होगा। सेशन जज माधवीलता नैथानी बड़ी खाऊ किस्म की है। उसे सेट करने का काम लखनऊ से हो जायेगा। कल सत्यभामा के वकील एपी सिंह की अर्ज़ी लगेगी...समझे...।" शुक्ला 'जी-जी' करता रहा। उसका पसीना सूख चला था।

उसके फ़ोन रखते ही रणधीर ने कहा, "स्साला बड़ा बवाली काम है...।"

शुक्ला ने बस 'हुँह' किया और कुछ सोचने लगा। लेकिन फ़ोन आने का सिलसिला थमा नहीं। महिलाओं के एक जनवादी संगठन ने झाड़ू-पंजा प्रदर्शन की धमकी दी। शुक्ला मिमियाता रहा। अब उसे ग़ुस्सा कतई नहीं आ रहा था। धमकी और भय का चरमबिन्दु छूने के बाद बाक़ी बातें उसे सामान्य लग रही थीं। उसे बीवी और दोनों बच्चों के चेहरे याद आने लगे।

बारह का घण्टा बजते ही शुक्ला की आँखें चैतन्य हो गयीं। वह आख़िरी घूँट मारना चाहता था। पर बोतल ख़ाली थी। उसे ध्यान आया कि रात वाले मुंशी को एक पउवा देकर आया है। चलो पूछ कर देखते हैं...।

उसकी क़िस्मत अच्छी थी। मुंशी अमरनाथ टेनी ने पउवा कल के लिए बचा रखा था। शुक्ला ने पउवे के बदले ओल्ड मौंक का अद्धा देने का वादा किया और ले आया। रणधीर भी ख़ुश हो गया। ब्रांड बदल गया था। पर नशेबाज़ी कई बार इन बातों से ऊपर होती है।

सोडा के बजाय पानी के साथ लम्बे-लम्बे घूँट मारे गये। रणधीर समझ रहा था कि शुक्ला फार्म में आने वाला है। उसने आँखें, शुक्ला की आँखों में डालीं। मतलब था, 'कुछ तो बकुरो महाराज...?'

शुक्ला नाना पाटेकर की तरह मुस्कराया, "क्या भाई, हमरे गांधी बाबा का देश दलालों का देश बन गया। काहे को अंग्रेज़ों को भगा दिये हम लोग। नेता लोग लड़कियाँ बेचते हैं। समाज सेवी धन्धा करवाते हैं। अफ़सर सप्लायर हैं...और तुम सब क़लम के सिपाही सबसे जल्दी बिक जाते हो।"

रणधीर ने सवालिया निगाह उठाई तो शुक्ला हारे हुए सेनानी की तरह बोला, "बीस पेटी माल किसने मँगाया, कहाँ से आया सबको मालूम है। पर तुम छाप नहीं पाओगे, कहो तो नाम बता दूँ।" रणधीर का दिल धक-धक करने लगा था।

पहले बड़े नाम लिखो–"सांसद नन्दू बाबू, पूर्व विधायक मलखान वर्मा, समाज सेविका सत्यभामा शंकर आर्य, सीओ सक्सेना...और छोटे नाम तो बेचारे मोहरे हैं, जिनसे तुम्हारी ख़बर नहीं बन पायेगी। वह दूसरी किश्त के लिए, ठीक है ना रणधीर बाबू साहब...।"

रणधीर ने सिर पकड़ लिया। उसके सामने ख़बरें ही ख़बरें ही थीं। पर लिखने और छापने को कुछ नहीं था।

चुनही ठोंकते हुए शुक्ला बेगम अख़्तर की एक ग़ज़ल गुनगुनाने लगा था : ज़िन्दगी कुछ भी नहीं फिर भी जिये जाते हैं, तुझ पर ऐ वक़्त अहसान किये जाते हैं...।

साहब का पेशाबघर

यह संयोग ही था कि जिस दिन दिल्ली का तख़्तो-ताज बदला, उसी दिन हमारे दफ़्तर के साहिबे-आलम के लिए नयनाभिराम पेशाबघर तामीर हुआ। उसके बाहर एक सजीले पुरुष की तस्वीर लगाकार पट्टिका लगायी गयी–रिज़र्वड टायलेट। इस पट्टिका से साफ़ था कि दफ़्तर के आम कर्मी इसमें नहीं मूत सकते। यानी सिर्फ़ साहिबे-आलम इसका उपयोग करेंगे। गनीमत यह थी कि किसी जुर्माने की ओर संकेत नहीं किया गया था।

मगर इस पेशाबघर ने हमारे दफ़्तर में वर्ग-विभाजन की बू फैला दी। अभी तक महिला प्रसाधन-कक्ष के अलग होने की बात तो कुदरती मानी जा रही थी। लेकिन अफ़सरी पेशाबघर ने उन लोगों में वास्तव में हीन भावना पैदा कर दी जो लघुशंका के प्राकृतिक अधिकार के तहत उस विशाल मूत्रालय का उपयोग कर रहे थे, जिसमें दस-बारह पॉट या आड़ें थीं। लोग बिना किसी की पीली-मटमैली धार देखे बतिया सकते थे। और कई बार तो समवेत वार्ता हो जाती और वाट्सऐप के चिरकुटिया लतीफ़ों का ज़िक्र हो जाता। ऐसे मौक़े भी आये, जब साहिबे-आलम अपनी रवायती खँखार के साथ प्रगटे और पेशाबघर में चियारी छा गयी। यहाँ साहब का दाब था। वे पेशाब करते वक़्त बोलने को असंवैधानिक मानते थे और कई बार वक्ता को तरेर कर उसके भविष्य का इशारा कर देते थे।

चूँकि साहब का मसाना गड़बड़ा गया था। या डॉक्टरी भाषा में कहें कि पचास साल की ही उमर में ही उन्हें प्रोस्टेट ग्रन्थि की सूजन ने तंग कर रखा था। वे छह घण्टे के दौरान छह बार मूतने जाते। इस कारण खिल्लीबाज़ बाबू और बिंदास स्टेनो सखियाँ महेन्द्र मेहरोत्रा के बजाय मूतेन्द्र मेहरोत्रा कहते थे। दफ़्तर में जैसे यह किंवदन्ती थी कि जवानी में साहब जी शेन वार्न की तरह सहवास के रिकॉर्ड बनाते रहे। जाति-नस्ल का कोई भेद किये बिना वे कामदेव का किरदार निभाते रहे। जो

चपरासी उनके मातहत रहा, उसकी चाँदी थी, क्योंकि हर नये रंगोत्सव के बाद हमारे साहब शहज़ादे सलीम की तरह माल लुटाते।

गोपनीयता की शपथ लेकर तैनात रहने वाले चपरासी तभी राज़ फ़ाश करते, जब साहब खुन्नस खाकर उनकी महतारी-बहिनी कर देते या लेट आने पर तनख़्वाह कटवा देते।

रामनरेश संखवार उनका ताज़ातरीन सेवक था। पेशाबघर बनते ही उसने टिप्पणी की–साहब कामदेव से रामदेव बनने जा रहे हैं। उसका इशारा था कि नये शिकार की ओर से वे कुछ विमुख होते जा रहे हैं। वह कहना चाहता था कि इन्द्रियों में पस्ती आ जाये तो आदमी जोगियाने की तरफ़ भागता है।

बहरहाल तीन दशक से कई हस्तियाँ इस दफ़्तर से गुज़रीं। कम्पनी के मालिक दिनेश बग्गा से लेकर निम्नस्थ जन विशालकाय पेशाबघर के धारी बने। महान आगन्तुक जन यहाँ से राहत पाकर गुज़रे। यहाँ के समतावाद ने कभी अहसास नहीं कराया कि कोई पेशाबघर भी बँट सकने वाली जगह है।

तो अचानक क्या हुआ?

दरअसल जिस दौर में अख़बारी इश्तहार जापानी तेल, इन्द्री-सम्बन्धी विकारों के इलाज से अटे पड़े थे, साहिबे-आलम ने एक जगह धोखे से पढ़ लिया कि सार्वजनिक पेशाबघर भी बीमारियों के घर होते हैं। उन्हें पढ़ते ही लगा कि सचमुच वे जिस मर्ज़ के शिकार हैं, वह यहीं से आया है। असल में इसी मर्ज़ के कारण इधर वे पत्नी-विमुख हो रहे थे और बहाना विपश्यना का कर रहे थे। एक समान्तर सिनेमा की फ़िल्म से उन्होंने सूजाक नामक बीमारी का नाम सुना था। उन्हें लगा कि उन्हें प्रोस्टेट की समस्या के साथ ही, कुछ ऐसा ही रोग लगा है और इलाज के बिना किसी राग-रंग, दिलजोई में लगे तो संगी को भी छुतही बीमारी लग सकती है।

डरता क्या न करता! साहिबे-आलम सरे राह सांडे का तेल बेचने वाली तीखी आवाज़ों, फ़ुटपाथिया जड़ी-बूटी वालों से भयातुर होकर उस मशहूर डॉ. ज्ञानचन्द्र त्रेखान के पास पहुँच गये जिसके नाम नीली स्याही से पूरे शहर की दीवारों से लेकर अम्बाला और सहारनपुर तक दिख जाते थे। त्रेखान कोख हरी करने की शर्तिया दवा से लेकर सारे गुप्त रोग ख़त्म करने का दावागीर था। गुप्त रोगियों के बीच वह ऐसा किंवदन्ती पुरुष था, जिसके पास नौतनवा से लेकर सिलीगुड़ी तक के रोगी आते थे और डॉक्टर की महिमा की डुग्गी पीटते जाते थे।

ख़ैर, साहिबे-आलम को अपनी हैसियत के कारण ज़्यादा इन्तज़ार नहीं करना पड़ा। त्रेखान ने उनकी नाड़ी देखी और फिर एक हरे परदे से ढँके केबिन में उनका

'निरीक्षण' किया। साहिबे-आलम एक बच्चे की तरह अपनी जवान खतायें बता रहे थे।...और बेहिचक यह भी बता दिया कि एक बार कलकत्ता टूर के दौरान नीग्रो लड़की के साथ सुख ले चुके हैं। लेकिन डॉक्टर साहब ने साफ़ कह दिया कि यह रोग बदसंगत का नहीं, बदगुमानी का ज़्यादा है। असल में गन्दी जगह, गन्दे लोगों के बीच पेशाब करने से भी यह रोग लग जाता है और कई बार ध्यान न देने पर यह जीवन भर का रोग बन जाता है। साहिबे-आलम ने तो इस तरफ़ कभी सोचा नहीं था कि सार्वजनिक पेशाबघर उनका चैन हर लेगा। त्रेखान ने जैसे उन्हें राह दिखा दी थी।

बड़े साहब यानी अपने मालिक बग्गा साहब को अपनी बेशक़ीमता सेहत और आलीशान पचास साला जवानी का वास्ता देकर फटाफट उन्होंने कम्पनी में एक पृथक टायलेट का प्रस्ताव पर्सनल विभाग तक पहुँचाया और मैनेजर को हिदायत दी कि उसमें दो का प्रावधान रखा जाये। कमोड की जगह देसी व्यवस्था हो। और बाहर लिखवा दिया जाये–रिज़र्वड टॉयलेट। साहिबे-आलम के हुक्म की तामील हुई और मैडम नयना पालीवाल की निगरानी में यह पेशाबघर बनकर तैयार हुआ। बाकायदा साइत विचार कर वे उष्ण प्रवाह के लिए निकले और चमेली की ख़ुशबू से भरे पेशाबघर में उन्हें आभास तक नहीं हुआ कि वे लंघुशका नामक औपचारिकता के लिए पधारे हैं। इच्छा तो हुई कि अपने सहायक को बुलाकर यह सुवासित-चितहरन ठौर दिखायें या एक बार उसे भी मुक्त होने या तलतलाने का अवसर भी दिया जाये। पर मर्ज़ के भय ने इतना ख़ुदगर्ज कर दिया कि उन्होंने अडिग रूप से तय कर लिया कि अपने अलावा वे किसी को यहाँ नहीं घुसने देंगे।

साहिबे-आलम के इस पेशाबघर में शाम पाँच बजे के बाद तााला लग जाता था। उन्हें यह अन्देशा था कि यह खुला रह गया तो बाबू और चपरासी, ख़ासतौर पर यूनियन वाले एक चक्कर और लम्बी धार जरूर मारेंगे और यहाँ की सुवास और स्वच्छता को कलंकित करेंगे। पेशाबघर के ताले की चाभी साहब की पीए सुवर्चला नौटियाल के पास रहती थी। शाम को यह सिक्योरिटी इनचार्ज दुबे के पास जमा हो जाती।

वक़्त गुज़रता गया और उनकी सेहत पर वाकई असर पड़ा और इतना कि उन्हें पत्नी-विमुखता से मुक्ति मिल गयी। हालाँकि पत्नी ने भी उन्हें थोड़ा तरसाने के लिए सहवास का टाइम टेबल बना दिया था–मात्र महीने में दो बार। गुरुवार को नो एंट्री।

इसके पीछे भी कहानी है। हुआ यों कि एक दिन साहब ने मयूर विहार में एक फ़्लैट के बाहर माँ आनन्दमयी का एक बैनर देखकर पत्नी को वहीं गाड़ी से उतार दिया। नयी संगत और ध्यान का असर यह हुआ कि एक दिन उन्होंने पति से

साफ़-साफ़ कह दिया कि देखिये अब बच्चे भी बड़े हो गये हैं। हम अन्तरमन को देखें। लेटने-वेटने में क्या रखा है। साहब ने विचार किया। प्रस्ताव को सहमति दे दी। वैध सहवास में इस कटौती से उन पर क्या फ़र्क़ पड़ता।

ख़ैर, उस समस्या से अलग आजकल पेशाबघर का मामला गरमाया हुआ था। किसी कम्पनी में इस तरह भेदभाव पैदा हो जायेगा, किसी ने सोचा नहीं था। बात दिल्ली से मुम्बई तक और निदेशक मण्डल तक गयी कि हाकिम ने घपला करके अपने लिए टॉयलेट बनवाया है और स्टोर विभाग, पर्सनल विभाग और मेंटनेंस वाले सब इसमें शामिल हैं। इतना मसाला सुप्त पड़ी यूनियन को मिलना काफ़ी था।

आज़ाद भारत का यह शायद सबसे नायाब आन्दोलन था जब एक पेशाबघर को नव-ब्राह्मणवादी सोच का प्रतीक मानकर कर्मचारी खड़े होने लगे। साहिबे-आलम ने अपने मेडिकल सर्टिफ़िकेट के साथ ख़ुदा और ईमान को हाज़िर-नाजिर मानकर कहा कि उन्होंने कोई घपला नहीं किया है। पेशाबघर भी डॉक्टर त्रेखान की सलाह पर बनाया है। लेकिन उनकी दलील नहीं चली। कर्मचारियों ने कहा, जनाब आपकी पेशाब में कोई चन्दन या चरणामृत लपटा है क्या? हमें भी परमीशन दी जाये, नहीं तो सुसरे को तोड़ डालेंगे।

साहिबे-आलम ने यूनियन के अध्यक्ष किशनपाल राठी को अपने पाले में करने की कोशिश की और सीमित उपयोग का वास्ता भी दिया। हाइड्रोसील के मरीज़ राठी को प्रस्ताव आकर्षक तो लगा पर दूसरे साथियों के भड़कने का डर था। इसलिए कुछ दिन की शान्ति के लिए साहिबे-आलम ने दारू की ख़र्चीली पार्टी देकर मामला शान्त करा लिया।

पर चिनगारी इतनी जल्दी कहाँ बुझने वाली थी।

कर्मचारी तय कर चुके थे कि साहब के इस वर्गभेदी पेशाबघर को आम नहीं किया गया तो इस मामले को लेकर ऊपर तक शिकायत की जायेगी।

दफ़्तर की महिलाओं की भी राय कि टायलेट के मामले में भेदभाव नहीं होना चाहिए। आख़िर महिलाएँ तो एक ही टायलेट में जाती हैं। यूटीआई या इनफेक्शन का ख़तरा तो सबसे ज़्यादा उन्हें ही होता है।

लेकिन यहाँ भी बिल्ली के गले में घण्टी बाँधने जैसी बात थी। उनके बीच कोई ऐसा मंगल पाण्डे तो था नहीं जो इस नस्ली, ब्राह्मणवादी सोच के प्रतीक पेशाबघर के ख़िलाफ़ वैचारिक गोली दाग देता। गोली मतलब, मसाने में इतनी कूवत रखता कि साहब के पेशाबघर को तर कर इंक़लाब का परचम फहरा देता।

जैसा कि अपने देश की तारीख़ गवाह है कि हमेशा विप्लव की पहली गोली किसी ब्राह्मण ने ही दागी है। इन पेशाबघर विरोधी जोधाओं के बीच से एक ब्राह्मण ही निकला। समय और तारीख़ तय हुई। यूनियन के संयुक्त सचिव बाबा उर्फ दुलदुल चौबे ने ऐलान कर दिया कि वह घुसपैठ करेगा। यूनियन ने कहा कि चौबे के इस इंक़लाब को सोशल साइट पर भी प्रचारित किया जायेगा। उस पर कार्रवाई हुई तो सब उसके पीछे खड़े होंगे और पेशाबघर को आम जन के हवाले कर दिया जायेगा।

चौबे ने विप्लव के लिए मंगलवार का दिन तय किया। पवनसुत से ताक़त माँगी कि उसकी जंग सफल हो। आम जन को बुनियादी राहत से वंचित करने वाली ताकतें परास्त हों। बिन मूँछों वाले मकुनहे चौबे ने फर्ज़ी ताव देते हुए कर्मचारी एकता ज़िन्दाबाद नारा दिया और पेशाबघर मे घुस गया। एकदम ख़ाली था। चमेली की ख़ुशबू, आयातित हैंडवाश की सुवास और एक्जास्ट जनित हवा में वह मुग्ध हो गया। हसरत तो यह भी हुई कि उसके जनता फ़्लैट में काश ऐसी सहूलियत होती। आज वह पूरे मन से मूतने आया था, क्रान्ति की समतावादी चिनगारी के साथ। लेकिन अन्दर जैसे दिशा भटक गयी। शीशे में अपना चेहरा देखकर वह बाँकपन से मुस्कियाया और कंघी बालों पर फेरी। खुड़बैले दाँतों का पीलापन देखकर थोड़ा आईने से चिढ़ गया। उसे पता लग गया कि वह बिना खीस निपोरे हँसे तो ठीक लगेगा।

धड़कते जी के साथ उसने दबाव को आमन्त्रित किया। क्रान्ति की धार वह छोड़ने वाला ही था कि अचानक दरवाज़ा चिचियाया और नमूदार हुए शौर्य-सम्पन्न, गरजीले, रौबीले साहिबे-आलम। दरवाज़े के बराबर ऊँचे, चौड़े माथे वाले, योद्धासम कन्धे और रोंएँदार बाजू वाले। आज वे आधी बाजू की क़मीज़ पहने थे, इसलिए दर्शनीयता ख़ास थी। बस एक तलवार ही नहीं थी हाथ में, वरना मकतल यहीं तय हो जाता। और विपल्व की गत भी तय हो जाती।

लघुशंकित चौबे को देखते ही वे जैसे आग मूतने लगे...उनके शब्द सभ्य समाज में ज़िक्र करने लायक नहीं। मगर ततइया छाप चौबे की क्रान्ति-धार से पहले ही, वास्तविक तरलता यानी पेशाब छूट गयी। पेशाब उपयुक्त ठिकाने में जाने के बजाय उसके सिलेटी, टेरीकाट के पैंट को तर कर रही थी।

वह डरते-डरते इंक़लाब ज़िन्दाबाद कहना चाहता था। पर आवाज़ कुछ यों निकली—एच्चुल्ली सर...मैं तो...

अबे भाग सर के बच्चे! साहिबे-आलम पेशाब से भीगे इस इंक़लाबी को देखकर दहाड़े : "स्साले मूतना भी नहीं आता। सब गन्धमादन की औलादें भरती हुई हैं... अबे कपड़े बदल कर दफ़्तर में घूमना...'

उमस भरे इस मौसम में चौबे को जैसे जूड़ी चढ़ गयी थी। खुशनुमा मौसम में भी वह कम्पायमान था। आवाज़ से क्रान्ति की वाणी निकलने के बजाय वह जबरे कूकुर के सामने परास्त कुत्ते की तरह पूँछ की लँगोटी बनाकर लोटायमान होने की गत प्राप्त कर रहा था। साहब को नाक पर हाथ धरे देखकर वह समझ रहा था कि उसकी इंक़लाबी धार कितनी बदबू मार रही थी। वह मधुमेह का रोगी था, इसलिए अहसास था कि उसकी पेशाब में कुछ ज़्यादा ही मारक गन्ध होती है।

भीषण मुतासे साहिबे-आलम बिना कुछ किये मूल स्थान की ओर चल पड़े। वह पीछे-पीछे : सर ग़लती हो गयी...कभी नहीं मूतूँगा वहाँ...मेरी मति भ्रष्ट हो गयी थी...सर मेरे बच्चे अभी कोटा में पढ़ रहे हैं...मैं भूखा मर जाऊँगा। मुझे फ़रीदाबाद भेज दीजिए...गुड़गाँव भेज दीजिए, पर नौकरी मत लेना...।

महानायक जैसे दिख रहे साहब आगे-आगे, वह पीछे-पीछे। अथक चिरौरी, विनती, गुहार। पानी सर से ऊपर हो चुका था। साहब असल में ख़ुद राहत के वास्ते जा रहे थे, वह सार्वजनिक ठौर ही सहारा था। मगर यह मुतंजन योद्धा उनके पीछे पड़ा था। यहाँ भी पीछे-पीछे और दरवाज़े तक...। साहिबे-आलम फ़ैसलाकुन गरज के साथ बरसे : अरे भाई, बख़्श दे...यह भी कोई जगह है माफ़ी माँगने की...।

चौबे समझ गया, पूरे परशुराम बने साहब यों पतियाने से रहे। अपनी हालत पर शर्मसार होने के बावजूद उसकी क्रान्ति कुलबुला रही थी। साहबे-आलम के आम पेशाबघर से लौटने से पहले वह इंक़लाब ज़िन्दाबाद का नारा बुलन्द करना चाहता था। भीगा पैंट और हारी हुई जेहनियत के साथ वह चिल्लाना चाहता था।

जब साहिबे-आलम राहतयाफ़्ता होकर लौटे तो एक दम्भी अन्दाज़ उनके माथे पर सवार था।

चौबे उन्हें देखकर एक ग्राह के चंगुल में फँसे भक्त की तरह आर्तनाद करने को आतुर था। फुसकते-फुसकते वह बोल रहा था : कर्मचारी एकता ज़िन्दाबाद... वर्गवादी, जनविरोधी पेशाबघर मुर्दाबाद...।

आधुनिक क्रान्ति की शब्दावली से अनजान, जड़वत खड़े सजीले साहिबे-आलम और दफ़्तर का ठिठोलीबाज़ मजमा उसे देखकर हँसे जा रहा था। कोई शानदार वाट्सऐप पुराण के लिए मोबाइल से रिकॉर्डिंग कर रहा था।

सरगोशी में कुछ ने कहा भी : ससुरा बरेली जाने की तैयारी कर रहा है। लेकिन इन प्रतिक्रियाओं और तानाकशी से बेपरवाह हमारे मुतिहल योद्धा ने आख़िरी बार फिर कहा...तानाशाही नहीं चलेगी, चे-ग्वारा अमर रहे, माओ दादा को लाल सलाम...।

वाकई ये नारे इतना थका देने वाले थे कि वह गीले पैंट को लसेटे ही वहीं पसर गया, जहाँ से विवादित पेशाबघर के साफ़ दीदार हो रहे थे।

जो भी हो, इस अशोभनीय इंक़लाब के लिए चौबे को बड़ी क़ीमत चुकानी पड़ी। उसे हिमाचल के बद्दी बरोटावाला वाले दफ़्तर में भेज दिया गया। यूनियन ने उसका साथ नहीं दिया। साहिबे-आलम को इस बार ललित होटल में पार्टी देनी पड़ी। राठी को प्रमोशन मिल गया और उसे दफ़्तर में कार्ड पंच करने से छूट मिल गयी।

लेकिन जालिम सोशल मीडिया ने रहम नहीं दिखाई। चौबे के इंक़लाबी तेवर वाला वीडियो वायरल हो गया। बात मालिक बग्गा तक पहुँच गयी।

फिर उच्च स्तरीय बैठक में तय हुआ कि इस पेशाबघर को प्राप्त विशेष दर्जा समाप्त होगा और यह भी संयोग है कि जिस दिन कश्मीर से अनुच्छेद 370 ख़त्म हुआ, साहब का पेशाबघर आम लोगों के लिए खोल दिया गया।

लेकिन दुख की बात यह कि दफ़्तर के इस तारीख़ी घटनाक्रम में दुलदुल चौबे का कोई ज़िक्र तक नहीं था।

भूरे पासी को लिखे प्रेमपत्र

गाँव में पहली बार कोई अपना डाकू मुठभेड़ में मारा गया था।

थोड़ी ही देर में मुठभेड़ स्थल पर मेला लग गया। क़रीबी गाँव-पुरवे के ठिठुरते लोग जमा हो गये। सुबह आठ बजे तक दरियापुर सलोरी के हर घर तक ख़बर फैल गयी थी—भूरे पासी को पुलिस ने मार गिराया।

इस ख़बर से कई घरों में चैन की साँस ली गयी तो कुछ ऐसे भी थे जो मान रहे थे कि ससुरा भुरवा कैसा भी हो, गाँव का रखवाला रहा। कम से कम, उसकी वजह से दूसरे डाकू इधर नहीं आते थे। वे वाकई दुखी थे। लेकिन ऐलानिया दुखी नहीं हो सकते थे, क्योंकि दरोगा अरिमर्दन पाण्डे ने कह दिया था—'ज़्यादा फुदके तो उसके हमदर्द-मीत भी ठोंके जायेंगे।'

सबसे ज़्यादा मातम पसियाने में था, जिनके लिए भूरे ने पहली बार जातीय धौंस और समता का रास्ता खोला था। उनके लिए फ़ख्र की बात थी कि भूरे के गिरोह में ठाकुर, ब्राह्मण, कुर्मियों और अहीरों के बरबाद लड़के शामिल थे और हर बारात (डकैती को ये बारात कहते थे) के बाद भूरे योग्यता के आधार पर पैसे का बँटवारा करता था। ज़्यादा जिगरा दिखाने वाले को इनाम भी मिलता था।

भूरे का असली नाम विजय पासी था, पर उसके भूरे बाल और गोरे रंग के कारण भूरे नाम पड़ गया था। इस सन्देहास्पद गोरपने के कारण गाँव में उसकी स्वीकार्यता बढ़ी थी। बाक़ी सब भाई-बहिन पुश्तैनी रंगत वाले थे। असल में भूरे का रंग ही नहीं, तेवर भी तेहेबाजी लिए थे। इसलिए उसकी अलग शिनाख़्त बनी। और डकैती में मशहूरी मिलने के बाद वह ऊँची शान वाले घरों की लड़कियों के लिए हीरो जैसी हैसियत रखने लगा। वजह यह भी थी कि इन ऊँचे लोगों ने भूरे से कुछ ना कुछ ले रखा था। इसलिए माया के लोभ में इज़्ज़त से भी समझौता किये थे।

वह सचमुच जातिबन्धन से मुक्त दस्यु था। जिन घरों में छोटी जात वालों के लिए बैठना निषिद्ध था, वहाँ भूरे के लिए प्याज़ की पकौड़ियाँ तली जाती थीं। वह

स्टील के गिलास में चाय पीता था। और ठाकुरों के मतियाए लड़कों को जब ठर्रे के साथ कबूतर खाना होता था, तब भूरे के एक हुक्म पर पासियों के चरेर लड़के अँधेरे कुएं में उतरकर आलों में दुबके आठ-दस सिलेटी कबूतर निकाल लाते थे। उस दिन वाकई समाजवादी दावत होती। नज़र बचाकर पण्डितों के लड़के भी कबूतर पार्टी का भोग लगाने आ जाते।

ऐसे दलित ग्राम नायक भूरे को आज मुठभेड़ में मार दिया गया। सुबह सात बजे पुलिस के ख़बरी, गाँव के ही ननकू सुनार की सूचना पर ही एसओ पाण्डे के साथ, चौकी इंचार्ज एपी सिंह और नन्दपुर थाने की पुलिस ने भूरे को उसकी रखैल टन्नो तेलिनिया के घर से पकड़ा था। सादे कपड़ों और जैकेट में आयी पुलिस ने उसे सिर्फ़ लुंगी और बनियाइन पहनने का मौक़ा दिया। सर्दी से बचने के लिए एक गंधैली कमरिया दे दी। टन्नो को इस शर्त पर छोड़ दिया गया कि यह नहीं बतायेगी कि भूरे उसके पास से मिला। एक अद्धी बन्दूक, एक 315 बोर का कट्टा, सौ ग्राम गाँजे और एक काले बैग के साथ भूरे को चौघट्टे के पास बने कलारिन कुएँ तक लाया गया। तब तक आवाजाही शुरू हो गयी थी।

कुछ लोगों को देखकर भूरे ने बचाने के लिए गुहार मारी और कहा– "बचाओ रे, शहर के बदमाश हैं...मादर...।" लेकिन तब तक पाण्डे ने उसके पैर में गोली मार दी और लोगों को ख़बरदार कर दिया : "हट जाओ, हम पुलिस हैं।" पाण्डे ने दो हवाई फायर किये। भूरे समझ गया, उसका अन्त क़रीब है। उसने दाना फेंका : "दुई लाख, तीन लाख, पाँच लाख...।" पर इस बार तो ऊपरी आदेश से, यानी राजनैतिक इशारे के बाद पुलिस उसके खात्मे के लिए आयी थी। फटाफट उसके बग़ल में कट्टा और अद्धी फेंककर ताबड़तोड़ गोलियाँ बरसाई गयीं। पाण्डे ने जान-बूझकर दो गोलियाँ उसके मुँह में मारीं, क्योंकि अधमरी हालत में भी उसने पुलिस वालों को महतारी-बहिनी की गाली दी।

मुठभेड़ को सही ठहराने के लिए पाण्डे एक पुराने सिपाही राजन सिंह के पैर में पीछे से गोली चलाने के चक्कर में था। इसीलिए बाक़ी सिपाही सतर्क थे और आगे बढ़ने से बच रहे थे। एसआई एपी सिंह ने पाण्डे को ठण्डा करते हुए कहा, "सर छोड़िए, अब तो सरवा मर गया है। एसपी साहब को इत्तला कर देते हैं।" पाण्डे ने झल्लाकर तीन सौ पन्द्रह बोर के कट्टे से दो फायर एक दीवाल और नीम के पेड़ पर किये। मुठभेड़ का सीन तैयार करने के लिए कमर में खुँसी क़मीज़ बाहर की गयीं। जैकेट की चेन खोल ली गयी। पैंट पर थोड़ी मिट्टी लसेटी गयी। तब तक

साफ़ हो चुका था कि वास्तव में पुलिस ने मुठभेड़ की है। लोगों का शक दूर करने के लिए पाण्डे ने हल्ला मारकर कहा : "पीछे रहो रे, हम एसओ अरिमर्दन पाण्डे हैं।" कई गोलियाँ लगने के कारण भूरे की छींटदार लुंगी भी चिथड़ा हो चुकी थी। वह नंगा पड़ा था। एक सिपाही ने पैर से लुंगी उठाकर ढँकने की कोशिश की। पाण्डे ने दहाड़ लगायी : "अबे चूतिए पड़ा रहने दो ऐसे ही, कौन साला चढ़ाई की चौक में जा रहा है।" भूरे के घने भूरे बाल अब ख़ून से सन कर लाल हो गये थे।

थोड़ी देर में सीओ, पुलिस कप्तान और अख़बारों के ख़बरची जमा हो गये। मुँहलगे फ़ोटोग्राफरों ने आते ही कहा : "कप्तान साहब पहली बार देख रहे हैं कि इतना बड़ा डाकू बिना चड्ढी-लंगोटी के मुठभेड़ करने निकला हो...क़मीज़ तक नहीं बदन में, वो भी इत्ती सर्दी में।"

इस टीका पर सफाचट चेहरे वाला जौनपुरिया एसपी भुन्ना गया : "ज़्यादा स्मार्ट मत बनिए। आपका जो काम है, फ़ौरन करो और निकल्लो।" जागरण का फ़ोटोग्राफर डाँट खाकर खिसिया गया। लेकिन एक ज़माने में अर्जक संघ से जुड़ा रहा मान्यताप्राप्त ज़िला संवाददाता आशुतोष वर्मा चढ़ गया : "एसपी साहब एक हरिजन डाकू को मार गिराया। फ़र्जी मुठभेड़ दिख रही है। एकाध ठाकुर-पण्डित डकैत मार कर दिखाओ।" एसपी अखिलेश सिंह ख़ुद भी ठाकुर था, इसलिए उसकी सुलग गयी। गुस्साकर बोला : "आज तुम्हारे सम्पादक से बात करता हूँ।" वर्मा और भी जबर निकला, बोला : "सिंह साहब विधानसभा चल रही है। आज ही बसपा विधायक नरेश गंगवार से सदन में मामला उठवाता हूँ।"

युवा एसपी थोड़ा ढीला पड़ गया। आजकल की सियासत समझता था। फ़र्जी मुठभेड़ को सत्य बताना उसका धर्म था। उसके कन्धे पर हाथ डालकर कहने लगा : "देखो, वर्मा जी इन हरामज़ादे डाकुओं को साफ़ करने का कोई और तरीक़ा नहीं है। मुख्यमन्त्री का आदेश है कि देहात क्षेत्र में दस्यु उन्मूलन का टार्गेट इस साल अगस्त से पहले पूरा कर लो। पाण्डे को ख़ासतौर पर यहाँ लाया गया है। अस्सी मुठभेड़ इसके नाम पर हैं। जान जोखिम में डालकर दबिश देता है। बाँदा से ख़ास तौरपर इसे लाया गया है। राष्ट्रपति पुरस्कार के लिए इसका नाम भेजा गया है।"

पाण्डे इस समय आज्ञाकारी बालक की तरह बातें सुन रहा था। एसपी साहब वर्मा और दो लबरहे फ़ोटोग्राफरों को अपने साथ लेकर चाय-नाश्ते की ओर बढ़ गये। इसका इन्तज़ाम ग्राम प्रधान गुलशन यादव उर्फ़ टीपू यादव की तरफ़ से किया गया था।

पाण्डे ने थोड़ी राहत की साँस ली। पुलिस विभाग का फ़ोटोग्राफर अविनाश कनौजिया अभी तक निठल्ला खड़ा पान चबुरिया रहा था। एक सिपाही का इशारा हुआ तो वह मुँह से सौ ग्राम लाली उगलकर कैमरा लेकर सरगर्म हुआ। उसके निर्देशन में पाण्डे ने एसआई और सभी सिपाहियों को साथ लेकर भूरे पासी की लाश के साथ फ़ोटो खिंचाई। अब फटी हुई लुंगी से झाँकते उसके अशोभनीय भाग पर एक प्लास्टिक की बोरी डाल दी गयी थी। अद्धी और कट्टा उसके पैर के पास डाले गये। काला बैग हाथ के पास रखा गया। गाढ़े ख़ून से सना गोरा मुँह पलटकर ज़मीन की ओर मुड़ गया था। लाश की आँखें तो ऐसी खुली थीं कि जैसे हत्यारों की तस्वीर ले रही हों। एक सिपाही ने जूते की नोक लगाकर, कुछ घिनाते हुए उसका मुँह सीधा करने की कोशिश की। फिर फ़ोटोग्राफर अविनाश ने अपनी तकनीक का इस्तेमाल करते हुए एक आधी ईंट लगाकर उसके विकृत हो चुके चेहरे को सीधा किया ताकि ग्रुप फ़ोटो अच्छी आ सके। फिर तमाशबीनों को एकदम सीरियस बना के, बैकग्रांउड में लाकर फ़ोटो खींची।

भूरे की बीमार माँ, दो सुखट्टे भाई और बाप तब तक आ चुके थे। माँ पछाड़ खाकर लाश पर गिरना चाहती थी। लेकिन पुलिस वालों ने उसे पकड़कर वहीं बैठा दिया। बाप पत्ते की तरह काँप रहा था, जैसे डाकू का बाप होने का जघन्य अपराध उसने किया हो। भूरे के भाई आँसू पिए, सहमे खड़े थे। पाण्डे ने धमकाते हुए कहा : "कल मुर्दाघर से बॉडी ले आना। अभी लिखा-पढ़ी होगी।" फिर दोनों भाइयों को नसीहत देता हुआ समाजवादी नेता की तरह आगे बोला : "अबे मघइयो, सरकार तुम लोगों को इतनी सुविधा दे रही है। फ़ायदा उठाओ। ठाकुरों-अहीरों के चक्कर में पड़े तो ऐसे ही पलटाये जाओगे...।" भूरे के दोनों सॉवले भाई पाण्डे के पैरो में झुक गये : "हुजूर, हम तो मजूरी करके ज़िन्दगी काट रहे थे। पता नहीं यह निखद्री कैसे कुसंगत में चला गया।"

इस बीच पुलिस का जल्लादनुमा कर्मचारी अपने काम पर लग गया। उसने मुठभेड़स्थल पर बिखरे सूखे, पपड़ाये ख़ून और मिट्टी को शीशी में भरा। सफ़ेद चादर में भूरे की लाश को कसकर लाल सील लगायी और लोगों को अन्तिम दर्शन का मौक़ा देकर चाय पीने चला गया। मक्खियों का ढेर विदा हो चुका था। बेटे की सीलबन्द लाश के पास माँ-बाप रह गये। दोनों भाइयों को गाँव की चौकी में लाकर एसआई कुछ पूछताछ कर रहा था। उनसे लिखवाया गया कि–भूरे घर से बेदख़ल था और उसकी बीवी पहले ही बंगाली यादव नामक डाकू के साथ भाग गयी थी...।

उधर मुठभेड़ का नायक पाण्डे अभी भी घटनास्थल पर मुस्तैद था। सिपाही से काला बैग मँगवाकर उसने खोला तो अप्रत्याशित सामान मिला : चरस की चार काली गोटी, चिलम, एक निरोध का पैकेट, दो जोड़ी काली ब्रा, एक पेन, एक बोरोप्लस और कई अन्तरदेशीय व रूलदार काग़ज़ में लिखे पत्र। पत्र खुले हुए थे। रुपये के नाम पर सिर्फ़ सौ-सौ के पाँच नोट। कुछ सिक्के। इस सम्पत्ति में हनुमान चालीसा के साथ, एक पतली किताब भी थी, जिसका नाम था–भाभी उदास है। इससे साबित हो रहा था कि भूरे साक्षर था। पर रसिक पूरा था।

पाण्डे ने सारी माया चौकी इंचार्ज के हवाले कर दी। पत्र उसके पास थे। एक पत्र पढ़ते ही उसका माथा घूम गया। थोड़ा मज़ा भी आया भाषा पढ़कर।

तब तक मजमा बड़ा हो चुका था। पाण्डे ने हाथ की चिट्ठियाँ हिलाते, ऊँचे स्थान से भीड़ को सम्बोधित करते हुए : "अरे भाई, आप लोग कहते हो कि यह इज़्ज़तदार गाँव है। ये है नमूना आपकी इज़्ज़त का...। देखो, एक किसी मंजू चौहान की चिट्ठी है। सुनिए क्या लिखा है भूरे डाकू को—'आप मेरे गोविन्दा हो, मिथुन चक्रवर्ती हो। इस बार लखनऊ से आना तो चिकन के बादामी कुर्ते ले आना...। तुम्हारे बिना नींद नहीं आती...।'

"इसके आगे पढ़ने में मुझे भी शर्म आती है, बताइए यह किसी ठाकुर साहब की बेटी हैं। इसे लेटने के लिए एक पासी ही मिला था।"

दूसरी चिट्ठी है रागिनी यादव की। प्रेमपत्र में डाकू भूरे को लिख रही है : 'भोजन थाली से भरा जल से भरा गिलास, भूरे साजन तुम्हरे बिना कौन बुझाए प्यास...।' आगे सुनिए : 'भूरे राजा, सुना है तुम छिनट्टी मुसलटियों के अड्डे पर जाने लगे हो। हमसे जी भर गया क्या। हमारे लिए शिवाले से चूड़ीदार पैजामा ज़रूर लाना...मोटी-मोटी जाँघों में चूड़ीदार बड़ा अच्छा लगता है...।'

और यह लम्बा प्रेमपत्र है गुड़िया मिश्रा नामक देवी का, लिखती है : 'रजऊ, तुम सौतनों के चक्कर में मारे जाओगे। प्रेम का वादा हमसे करते हो, और सनीमा किसी और को ले जाते हो। दो किलो खोवा लाने का वादा करके गये थे...पर हम तो तरस गये जानू...। इस बार जल्दी नहीं आये तो तुम्हारी कसम सल्फास खा लूँगी....।'

पाण्डे आगे बोलता, इससे पहले ही सभ्य लोग खड़े हो गये। प्राइमरी के अध्यापक और दिनभर बीबीसी रेडियो सुनने वाले ज़मदग्नि उपाध्याय ने हाथ जोड़ कर कहा : "पण्डित जी अब रहने दीजिए।"

मुलायम सिंह तक अपनी रिश्तेदारी बताने वाले ग्राम प्रधान गुलशन यादव को भी अपनी इज़्ज़त का ख़तरा लगा। वह फ़ौरन पाण्डे के पास आ गया और निजी बात की तरह बोला : "पंडिज्जी घर पर पक्का खाना बनवा लिया है। कित्ती देर में चल पायेंगे?" पाण्डे ने इस प्रस्ताव पर ध्यान नहीं दिया। वह तो जैसे आज राजा राममोहन राय बनने पर अड़ा था। उसने पूरे गाँव पर ताना कसते हुए कहा : "अमाँ कैसे ठाकुर, यादव, पण्डित हैं तुम्हारे गाँव के। वह सरवा तुम लोगों की लौंडिया जुठारता रहा और तुम कह रहे हो कि इज़्ज़तदार गाँव है।"

मूँछों वाले दो ठाकुर बुजुर्गों ने हाथ जोड़े : "दरोगा जी बहुत हो गया। अब पगड़ी ना उछालो। चिट्ठी जला दो, या हमें वापस कर दो।"

"ऐसा नहीं हो सकता। अब यह सरकारी काग़ज़ात हो गये हैं। कोर्ट-कचहरी जायेंगे। अख़बार वाले माँगेगे तो उनको देना पड़ेगा।" पाण्डे अड़कर बोला।

सुनकर भीड़ के प्राण सूख गये। प्रधान को लगा कि पेट खलबला जायेगा। सुनकर ही उसे हाजत का अहसास होने लगा। होंठों के नीचे दबी चुनही थूककर उसने पानी से कुल्ला किया और राधे-राधे कहकर कोने में बैठ गया।

इस सार्वजनिक अन्देशे और चिन्ता के बीच एक सभ्य, स्थूल और धनिक बाप ने डरते-डरते पूछा : "साहब कितने पत्र मिले हैं ?"

पाण्डे ने कहा, "दस और हैं। नाम बतायें।"

भीड़ ने कहा– "ना।"

ग्राम प्रधान के आग्रह पर पाण्डे इस बात पर मान गया कि ये प्रेमपत्र ना तो अख़बार वालों को दिये जायेंगे, ना प्रेमपत्र की नायिकाओं और उनके घर वालों को तंग किया जायेगा।

यह पाण्डे का गाँव वालों पर अहसान जैसा था।

पाण्डे ने कहा, "गाँव में पंचायत बुलाकर तय कर लो कि इन चिट्ठियों का क्या करना है। अभी तो हमारे पास हैं। सीओ साहब के पास चली गयीं तो मामला लम्बा खिंचेगा।"

बहरहाल सुबह तूफ़ान टाइम्स और जन करंट जैसे लोकल अख़बारों के अलावा बड़े अख़बार दैनिक जागरण, अमर उजाला ने ख़बर यों छापी : कानपुर देहात से लेकर इटावा जनपद तक आतंक के पर्याय बने ख़ूँखार डाकू भूरे पासी को आज सुबह पुलिस ने दरियापुर सलोरी गाँव में एक लम्बी मुठभेड़ के बाद मार गिराया। भूरे के साथी मौक़े से भागने में सफल रहे। मुठभेड़ उस समय हुई जब भूरे

गिरोह डकैती की योजना बना रहा था। भूरे क़त्ल और डकैती की तीस से ज़्यादा वारदातों में शामिल था। उसके सिर पर पाँच हज़ार का इनाम था। अख़बारों ने भूरे की लाश के साथ खड़े पुलिस वालों की तस्वीर छापी थी। मुख्यमन्त्री और गृहमन्त्री ने पुलिस को बधाई के साथ नक़द इनाम देने का ऐलान किया था। साथ ही विपक्ष के नेता तुलाराम कम्बोज ने मुठभेड़ को फर्ज़ी बताते हुए आरोप लगाया था कि भूरे की लाखों की सम्पदा जीमने के लिए उसे सवर्ण नेताओं ने ठिकाने लगवा दिया। इनमें से एक इंस्पेक्टर पाण्डे का नातेदार है। अब चूँकि माना जाता है कि विपक्ष का काम ही होता है आरोप लगाना, इसलिए इन आरोपों की खिल्ली ज़्यादा उड़ी।

ख़बरें पढ़कर गाँव वालों ने जाना कि सचमुच भूरे इतना बड़ा डाकू था। गाँव के रंगबाज़ लड़कों, ख़ासकर दलित युवाओं और मायावती समर्थकों का तो गर्व से सीना फूल गया। सदैव जगजीवन राम के भक्त रहे सुदर्शन भगत ने पसियाने में भूरे की मूर्ति लगवाने की माँग कर डाली। आज हर साक्षर ने अख़बार ख़रीदा। जो अनपढ़ थे, वे कथा की तरह ख़बर सुन रहे थे। ऐसा रोमांचक दिन गाँव के हिस्से में पहली बार आया था। लोग भूरे की लड़कई से लेकर जवानी तक के चेहरे को याद कर रहे थे। सचमुच पसियाने के कई घरों में आज खाना नहीं बना।

यह तो सबको मालूम था कि भूरे पासी शातिर डाकू था। पर वह इतना बड़ा रंगीला रतन निकलेगा, किसी को उम्मीद नहीं थी। अपने पत्रों से उसने गाँव की ना जाने कितनी लड़कियों को सन्दिग्ध बना दिया। सबसे बड़ा संकट तो यह था कि सारे प्रेमपत्र ऊँचे घर वालों की लड़कियों के थे। भूरे के पत्र प्रकरण की समाजशास्त्रीय व्याख्या की जाये तो एक बात साबित हो रही थी कि आशिक़ी की दुनिया ने गाँव की वर्ण व्यवस्था को बेमानी करार दिया था। या यों कहें कि जबर आशिक़ की जात नहीं पूछी जाती। देश और दिल्ली का इतिहास भी यही बताता आया है।

ख़ैर, पाण्डे के कहे अनुसार गाँव में पंचायत बुलायी गयी। प्रधान ने अपनी चिन्ता रख दी कि गाँव की लड़कियों के प्रेमपत्र भूरे के पास से मिले हैं। पुलिस कह रही है कि ये पत्र अदालत तक जायेंगे। अब हमें क्या करना चाहिए। पत्र पत्रकारों के हाथ पड़ गये तो हमारी बेटियों की ज़िन्दगी चौपट हो जायेगी।

पंचायत में सन्नाटा था। पहली बार बड़े घरों की कुछ औरतें भी आयी थीं। बीटीसी करके मास्टरनी बनी नन्दनी कुशवाहा ने कहा, अरे भई पता तो करो कि चिठ्ठी असली हैं कि नक़ली। पुलिस को इत्ता सत्तवादी ना समझो।

सवाल उठा, पता कौन करेगा। एक बोला : आप जाओ बहन जी, आजकल लेडीज़ की जल्दी सुनी जाती है।

मास्टरनी खिसियाकर बैठ गयी। ग़ुस्सा कर बोली, ऐसी कुलच्छिनों को संखिया चटा दो, सारा क़िस्सा ख़त्म...नास हो भूरे का।

आदमियों ने साफ़-साफ़ कह दिया कि मामला औरतों के बस का नहीं है। फ़ालतू में लबरचटाई कर रही हैं। इस बात पर औरतें चिढ़ गयीं और उन्होंने पंचायत से बहिर्गमन कर दिया।

ग्रामीण बैंक से रिटायर बाबू दर्शन लाल त्रिवेदी ने कहा कि मामले को सीरियसली लो। गोपाल गंज की पतुरियों पर भरोसा कर लो, पर पुलिस वाले पर नहीं। ये बाप को नहीं छोड़ते।

पर समाधान इनके पास भी नहीं था।

गुलशन यादव के माथे पर बल पड़ते जा रहे थे। भूरे की मौत से जितना वह ख़ुश था, चिट्ठी प्रकरण से उतना ही घबराया हुआ था।

कहानी यह भी थी कि भूरे से पैसे लेकर वह गाँव में एक चक्की खोल चुका था। अपने बाप चौधरी जागेश्वर यादव की याद में उसने मेन रोड के पास जो प्राइमरी स्कूल खोला था, उसके चार नये कमरे भूरे ने इस शर्त पर पैसे देकर बनवाये थे कि हरिजनों के बच्चे यहाँ फ्री पढ़ सकेंगे।

कहा तो यहाँ तक जा रहा था कि डकैती में जो चाँदी-सोना भूरे गिरोह लूटकर लाता था, वह प्रधान गुलशन यादव के ज़रिये ननकू सुनार के यहाँ ठिकाने लगता था। ननकू डकैती के माल से बड़ा सुनार बन गया था और उसके लड़के लखनऊ में पढ़ने लगे थे। डाली गंज में उसने घर ख़रीद रखा था। बेटी की शादी उसने कानपुर जाकर एक बड़े बैंक्वेट हाल से की थी और दहेज में लाल मारुति दी थी।

पुलिस को मालूम था कि भूरे ही नहीं, आसपास के ख़ूँखार जमील बेहना गिरोह, लल्ला गिरोह की सारी ज़ेवर-जांटी यहीं गलने आती है। इसी चक्कर में ननकू दो महीने नैनी जेल में बन्द रहा था। बाद में धन्धा करने के लिए वह पुलिस का मुखबिर बन गया। भूरे का काफ़ी माल उसके यहाँ पड़ा था। यह बात एसओ पाण्डे को पता चली तो उसने फिर ननकू की गर्दन पकड़ी। सौदा उसके माफिक़ था। उसे पता था कि भूरे का रात का डेरा किस सखी के पास रहता है।

पंचायत फेल होने के बाद गुलशन यादव समझ गया कि प्रेमपत्र का मामला

सुलझाना पंचायत के वश में नहीं है। उसने ननकू की मदद ली।

ननकू ने साफ़-साफ़ कह दिया कि यह सारा मामला किसी कोर्ट कचहरी का नहीं। पाण्डे की अपनी अदालत का है। पुलिस तो ऐसी कुत्ती चीज़ है कि रत्ती भर पाद माँगो तो भी रेट लगाकर देगी।

प्रधान ने दाँव फेंका : "अरे सुनरऊ, पता है कि नहीं कई लौंडियों के पत्र भूरे के पास से मिले हैं। हमारी-तुम्हारी हुईं तो राम क़सम गंगा में कूदकर मरने के अलावा कोई रास्ता नहीं होगा।"

मामला अब जाकर वाकई गम्भीर हुआ।

सुनार की खोपड़ी वास्तव में कमाल की थी। भूरे डाकू को निपटवाकर प्रेमपत्र काण्ड निपटाना उसके लिए बड़ा काम नहीं था।

आज अपने भतीजे की पहली सालगिरह पर ननकू ने इटावा से तीन छबीली पतुरियाँ बुलाई थीं। पूरे गाँव के मोअज्जिज लोग आये थे। ठाकुर, ब्राह्मण और सपा से जुड़े यादव आगे बैठाये गये। लेकिन एसओ पाण्डे मुख्य अतिथि था। शराब के दौर चले और नोट उछले। पर दरोगा जी बेअसर। ना पतुरिया बिन्नी कलारिन की अदा पर वारे, ना शबाना की फाहिश हरकतों पर हिले। वह सजग योद्धा की तरह सब पर निगाह रखे था।

ननकू उसके पास आया : "साहेब, आप घर पर हैं हमारे। आपकी इज़्ज़त का ख़याल है।"

पाण्डे जलसे से ज़्यादा ख़ुश नहीं था। एक पतुरिया कसी चोली में फँसे नोट दिखाकर, आँख मारते हुए, मचल रही थी और गा रही थी–दरोगा जी चोरी हो गयी...। उसे लगा, ग़लत जगह आ गया।

साथ आये एक सिपाही ने कान के पास आकर कुछ बोला तो पाण्डे ने जाने के लिए बहाना किया कि कप्तान साहब आजकल रात में राउंड पर निकलते हैं। थाना ख़ाली मिला तो मुसीबत हो जायेगी।

ननकू सुनार ने पाण्डे को बाहर छोड़ने के साथ मिठाई का एक डिब्बा और लिफ़ाफ़ा थमाया, फिर बेमौक़े अर्ज़ी लगा दी : "पंडिज्जी वो बच्चियों की चिट्ठी आपके पास हैं, लगे हाथ उनका निस्तारण कर दो। लड़कियों के घर वाले मर जायेंगे। आप कहो तो प्रधान जी आप से मिल लेंगे। वैसे कल वो नखलऊ जा रहे हैं...।"

लखनऊ का नाम सुनकर अनमने भाव से और थोड़ा चिढ़कर पाण्डे ने कहा : "अबे भो... के, हर जगह लबराई-दलाली। अब तुम चिट्ठी में कूद गये। तुम्हारी लौंडिया वाला तो मामला निपट गया ना, उसकी तो शादी भी हो गयी, तो काहे हीरोगिरी दिखा रहे हो। अब दूसरे की क्यों चिन्ता करते हो। और सुनो, ये नखलऊ-फकलऊ ज़्यादा मत किया करो।"

सुनार ने मुँह लटका लिया। वह समाज कल्याण में नाकाम रहा। उसका तो इरादा यह था कि चिट्ठी वाले माँ-बापों से तगड़ी वसूली हो। उसकी भी चवन्नी लग जाये। पर पाण्डे ने सब मटियामेट कर दिया।

फ़िल्मों वाले धर्मेन्द्र की तरह स्मार्ट और कसीले दिख रहे पाण्डे ने एक ही किक में बुलेट स्टार्ट की और खुनकदार हवा को धमकाते हुए निकल गया।

उसके जाने के बाद प्रधान ने ननकू से पूछा, "कुछ काम बना?"

ननकू ने मुँह लटकाकर कहा : "घास ही नहीं डाल रहा। पता नहीं, काहे का भूखा है। ससुरे को ना लौंडिया से मतलब, ना दारू से। डायरेक्ट पैसे की बात करें तो डर लगता है कहीं फँसा ना दे। आप ऊपर ही नेताजी से बात करो...।"

प्रधान को बात समझ में आ गयी।

इस बार होली मार्च के दूसरे हफ़्ते में ही आ गयी। भूरे की मौत के पूरे दो माह बाद। इलाक़ा एकदम शान्त था। भूरे गैंग के लड़के बिखर गये। जो होशियार थे, उन्होंने विधायक जुगनू निषाद और ब्लाक प्रमुख अभिराम दुबे के साथ एसपी दफ़्तर के चक्कर मारकर, चढ़ावा देकर जान बचा ली और खेती-किसानी करने लगे। बाक़ी कानपुर, बम्बई, सूरत में जाकर मजूरी करने लगे। इलाक़े में शान्ति स्थापित होने के बाद पाण्डे को शाबाशी और प्रमोशन मिलने के साथ ही छिबरामऊ भेजने का परवाना आ गया। इस बार गृह सचिव की ओर से डीजी आदेश श्रीवास्तव को हिदायत मिली थी कि छिबरामऊ के एक यादव दस्युराज को निपटाना है। शायद पाण्डे की आखेट-सूची में इस डाकू का नाम भी जुड़ने वाला था।

पाण्डे के तबादले की ख़बर लोकल अख़बारों ने धमाकेदार ढंग से फ़ोटो लगाकर छापी। कहा गया कि एसओ अरिमर्दन पाण्डे के तबादले से पूरे इलाक़े में निराशा की लहर फैल गयी है।

प्रधान इस ख़बर से ख़ुश था। नाटक करने के लिए उसने ऐलान कर दिया कि होली की पूर्व सन्ध्या पर ग्रामसभा पाण्डे का अभिनन्दन और विदाई समारोह करेगी।

शाम को गाँव की चौकी के पास ही समारोह था। तिकोनी पन्नियाँ और झालरें लगीं थीं। बार-बार "रंग बरसे" बज रहा था। वहीं सामने मेला के मैदान में होलिका दहन होता था।

समारोह में सबके ऊपर महकुआ गुलाब जल छिड़ककर शानदार ढंग से पाण्डे का गुणगान किया गया। ग़रीबों का मसीहा, अबलाओं का रक्षक कहकर प्रधान गुलशन यादव ने उसकी जमकर चापलूसी की। वह किसी बहाने प्रेमपत्र की बात कहना चाहता था। पर पाण्डे के तेवर देखकर हिम्मत नहीं पड़ी। हालाँकि गुलशन के पास सपाई सूत्रों से यह ख़बर आ चुकी थी कि पाण्डे पर लखनऊ से दबाव पड़ा है कि वह ज़्यादा स्मार्टनेस ना दिखाये। लेने-देने की बात करके मामले को रफा-दफा करे। इसके बाद पाण्डे थोड़ा ठण्डा पड़ा था।

जलसे में अब पाण्डे के बोलने की बारी थी। ग्रामीण जनता ऐसे इन्तज़ार कर रही थी, जैसे राष्ट्रपति का अभिभाषण होने वाला हो।

माइक पर दो बार हलो-हलो करने के बाद पाण्डे ने नेताओं की तरह बोलना शुरू किया : 'आदरणीय प्रधान जी, ग्रामसभा के सदस्यो और देवियो-सज्जनो व हमारे विभागीय बन्धु। अपने सम्मान से मैं अभिभूत हूँ। लग रहा है, जैसे अपने परिवार के लोगों से बिछुड़ रहा हूँ। लेकिन यही हमारी नियति है। काम ख़त्म होते ही दूसरे काम पर लगना होता है। आपने मुझे जो सम्मान दिया, उसके बदले में मैं यही कर सकता हूँ कि आपके लिए कुछ करके जाऊँ, ताकि कुछ अच्छी याद भी रह जाये।'

फिर हिन्दी फ़िल्मों के नायक की तरह आदर्श बात कही : 'पुलिस को आजकल अच्छी नज़र से नहीं देखा जाता। पर एक बात जान लें कि पुलिस इसी समाज की है। और हर पुलिस वाला बिकाऊ नहीं होता।'

खेला-खाया पाण्डे भावुक हो रहा था। आधी बाँह की सफ़ेद क़मीज़ के ऊपर कैमल कलर की जैकेट में उसकी सतर देह और आभामण्डल बड़ा आत्मीय माहौल बना रहा था। वह अस्सी मुठभेड़ वाला नायक लग ही नहीं रहा था।

इसके बाद पाण्डे के लिए युवा शिक्षिका मंजू शाक्य ने स्वरचित स्वागत गीत गाया। बारी-बारी से गेंदे की माला पहनायी गयी। प्रधान ने माइक लेकर ऐलान किया : "पतरा के हिसाब से होलिका दहन का समय हो रहा है। माननीय पाण्डे जी से अनुरोध है कि पूजनीय ब्राह्मण होने के नाते इस विधान को सम्पन्न करायें।"

पाण्डे अचकचा गया : "अरे, ये क्या कह रहे हैं आप। हम तो शस्त्र परम्परा वाले पण्डित हैं, परशुराम के भक्त...। यह अवसर किसी सुपात्र को दें। हम तो

आपको हवन सामग्री दे सकते हैं...।" कहकर, बल्कि पहली बार हल्के से मुस्किया कर पाण्डे ने मोटे पीले लिफ़ाफ़े में क़ैद सारे प्रेमपत्र प्रधान के हवाले कर दिये और होलिका मइया और जनता को देखकर हाथ जोड़ लिए। बस लोगों ने इतना देखा कि प्रधान के कान पर पाण्डे कोई मन्त्र फूँक रहा है। और वह मूड़ी हिलाकर हुंकारी भरे जा रहा है। माहौल में कोई रहस्य तो व्याप्त था ही। पाण्डे इतनी आसानी से पतियाने वाला खिलाड़ी तो था नहीं। ख़ैर...परदे के पीछे क्या घटित हो गया, किसी को नहीं पता। बड़े लोगों की बड़ी बातें...।

मुठभेड़ शिरोमणि पण्डित के इनकार के बाद अब गुलशन यादव को पुरोहित धर्म निभाना था। लिफ़ाफ़े का राज़ खोले बिना उसने धधकना शुरू हुई होलिका पर लिफ़ाफ़े की आहुति देते हुए अनाड़ीपन से मन्त्रोच्चार किया : अहकूटा भयत्रस्तै... आगे उसे याद नहीं था, इसलिए होलिकाय नमः कहकर रुक गया।

हुलकी मइया मन्दिर का पुजारी रामनारायण अग्निहोत्री हर साल कुछ ऐसा ही मन्त्र पढ़कर होलिका को अग्नि देता था। इतने में थोड़ी सी हवा चली और होलिका मइया की जय के साथ ही होली की लपट और उठने लगीं।

बेमुरवत वक़्त के साथ गाँव वाले भूरे पासी को भी भूल गये। उसके, यानी उसे लिखे रसभीने प्रेमपत्र सिर्फ़ उन्हें ही याद रहे, जिन्होंने रसीले अंश सुन रखे थे। ज़माने की हवा में बहक चली जिन कुँवारियों ने छबीले भूरे को प्रेमपत्र लिखे, उनके ब्याह काफ़ी दूर जमनापार से आगे ही हो पाये। ताकि भेद ना खुले। बात पर परदा पड़ा रहे। परसन्तापी तो इसी ताक में रहते थे। बस, एक हिस्टीरिया की सताई नन्ही देवी बिनब्याही बैठी रही, क्योंकि गाँव में अफ़वाह उड़ गयी थी कि भूरे की मौत के बाद से बरमदेव बाबा उसे पछियाए हैं और जो उससे ब्याह करेगा वह अकाल मृत्यु को प्राप्त होगा। इस डर से नन्ही के लिए रिश्ता कैसे आता...।

उधर भूरे पासी की रगदाभरी लाश की खुली आँखों ने वाकई हन्ता अरिमर्दन पाण्डे की तस्वीर ले ली थी। इस तस्वीर का भूत उसे पछियाता ही रहा।

प्रदेश में सरकार बदली और बहुत से हाकिमों के भाग्य भी। पिछड़ों-हरिजनों के वोट के चक्कर में नयी सरकार सारे एनकाउंटर की जाँच कराने का वादा लेकर आयी थी। पर यह जाँच करना भी आसान काम नहीं था, क्योंकि एनकाउंटर नये दौर में सत्ता की संगत में पनपने वाला नया ख़ूनी कारोबार था। ऐसा कारोबार जिसमें एक ठाकुर एसएसपी ने अपने ही मातहत ठाकुर पीपीएस अधिकारी को मरवा दिया

था। आदिम न्याय फिर प्रतिष्ठित हो गया था। हर बार जाँच की नपुंसक रस्म अदा हो जाती।

इंसाफ़ की ऐसी दुर्गति देख अदालतें, मानवाधिकार टोलियाँ कहती रहीं कि बेलगाम सरकारें एनकाउंटर का कारोबार बन्द करें।

पर सरकारों ने कहा, यह मुमकिन नहीं। आत्मरत मझोले वर्ग ने सरकार का साथ ही दिया और कहा–न्याय की सुस्ती ने ऐसी नौबत पैदा की है। अब तो ठौर पर न्याय की दरकार है।

तो इस आवारा शह से यह कारोबार नये खिलाड़ी तैयार करता रहा।

अरिमर्दन पाण्डे तो इस कारोबार का मामूली खिलाड़ी था। अख़बार वाले ख़ुद ही हिसाब करते हुए उसके नाम पर एनकाउंटर संख्या जोड़ते जा रहे थे।

बुरके वाली बू बू, तेरी नाक में जू जू

रतन को चवन्नी मिलती थी। शाम को सामने से गुज़रती उम्रदराज बेगम साहिबा को देखकर बस .हल्ला मार के, लय के साथ कहना होता था–'बुरके वाली बू बू, तेरी नाक में जू जू।'

जिन्हें चिढ़ाते, उनकी ओर से कभी कड़ा जवाब नहीं मिला। बस, कभी-कभी मीठी आवाज़ में एक वज़नदार शिकवा भर आता, "छुटकू लाल यह सब कौन सिखाता है आपको...आप पढ़ाई-लिखाई पर ध्यान दीजिए।"

लेकिन उसे तो बस चवन्नी से मतलब था। काम होने के बाद बँटोले दादा उर्फ़ टण्डन जी उर्फ़ प्रमुख जी उसे चुपचाप चवन्नी देते थे। कहते भी जाते, "एक दिन भगाना है इन्हें। मुहल्ले का माहौल ख़राब कर रही हैं।"

उसने एक बार पूछा भी, "इनसे माहौल ख़राब कैसे होता है?"

वे गंजे सिर पर ढँकी काली टोपी उतारकर बोले, "ऐसी औरतों के यहाँ अँधियारे में आदमी आते हैं। अँधियारे में ही निकलते हैं। आसपास की औरतें देखकर भी कुछ नहीं कर पातीं। इनके आदमी भी लेंड़ी किसिम के हैं। डरते हैं, ऐसी औरतों के पास आने वालों से।"

उसने डरते-डरते पूछा, "आप भी डरते हैं?"

वे नक़ली साहस की साँस लेकर बोले, "हम संस्कार वाले हैं। डरते नहीं। इसे एक दिन में हटा सकते हैं। पर सामाजिक दबाव से जायें तो अच्छा है। इसीलिए प्रेसर बना रहे हैं।"

फिर चपटीली नाक सुरसुराकर बोले, "तुम लोग लगे रहो। एक दिन भाग जायेंगी ससुरी दोनों।"

रतन ने पूछा, "दो हैं क्या...?"

"और क्या, माँ-बेटी। अम्मा बुरका पहनती है, बिटेवा आशा पारिख की तरह सलवार-सूट...।"

रतन ने फिर सवाल किया, "वे तो ना चिढ़ती हैं, ना कुछ बोलती हैं। आपकी चवन्नी वेस्ट ही हो रही है।"

"कोई बात नहीं रजऊ, पैसा आता-जाता है। समझो धरम-समाज के लिए ख़र्च हो रहा है।"

"पर यह 'बुरके वाली बू बू, तेरी नाक में जू जू' का मतलब क्या है, बतलाइए...।"

टण्डन जी की संझाकालीन शाखा का वक़्त हो रहा था, इसलिए बचते हुए बोले, "पहलवान तुम्हें आम खाने से मतलब है कि गुठलियाँ गिनने से। किसी ने तो सोचकर ही यह जुमला ईजाद किया होगा। भगवान कसम, काला बुरका देखते ही बरन मच जाती हैं...।" अपना दण्ड घुमाते हुए वे निकल लिए।

तब चवन्नी की क़ीमत थी। वह ग़ाज़ियाबाद वाले मामा से गिफ्ट में मिली सुन्दर गुल्लक में डाल लेता या कंचा मण्डली वाले दोस्त पीछे पड़ जाते तो नवाब जरनल स्टोर पहुँच जाते। नवाब पूछता, "आज लौंडे फिर मुर्गा बना लिहिन का..?" वह मुस्किया कर कहता, "बँटोले दादा ज़िन्दाबाद।"

एक दिन चक्की वाले भोले वर्मा के लड़के साजन ने उससे कहा, "अबे रतनवा चवन्नी चुराते तो नहीं...पता लगा हम भी फँस गये।"

रतन ने भगवान क़सम खाते हुए कहा, "एकदम मेहनत की कमाई है। बस थोड़ी जीदारी चाहिए। मन्दिर के सामने एकदम किनारे वाले घर में एक बूढ़ी मियांइन आयी हैं अपनी बेटी के साथ। शाम को जब निकलती हैं, उन्हें बस ज़ोर से गा-गा के चिढ़ाना होता है–बुरके वाली बू बू, तेरी नाक में जू जू ...। प्रमुख जी कहते हैं, इनसे माहौल ख़राब होता है...।"

सबसे भोले और छोटे ऊदू यानी उद्रेश सिंह परिहार को बात समझ में नहीं आयी। वह बोला, "वो तो डॉक्टर दीदी की अम्मी हैं। अम्मा को जानती हैं पहले से। एक हफ़्ते पहले मेरे टानसिल हो गये थे तो अम्मा ने वहीं दिखाकर दवा दिलवाई थी।"

रतन को यक़ीन नहीं हुआ–'अबे भग्ग, डॉक्टर बुरके में...?"

"नहीं वो तो एकदम हीरोइन लगती हैं। बुरके वाली उनकी अम्मी हैं।" उद्रेश ने विश्वसनीय बात बतायी।

अपना महत्त्व जानकर वह आगे फर-फर बोलने लगा, "वे बुरके में ही बाहर जाती हैं, घर में सलवार-सूट ही पहनती हैं। पुराने नखलऊ से आयी हैं। खत्रियों की औरतों जैसी फक्क गोरी। पर पता नहीं कि नहाती हैं कि नहीं..। अम्मा कहती हैं प्रेम

अलग चीज है, मगर इनका छुआ खाने में डर लगता है...।" वह देखने में छटंकी था, पर बातें बड़ों जैसी कर रहा था।

असल में जिन बुरके वाली की बात हो रही थी, वे उद्रेश के घर के बग़ल वाले तिवारी निकेतन में रहने को आयी थीं। बेटी उनकी सरकारी डॉक्टरनी। लखनऊ से डॉक्टरी की और एक सरकारी अस्पताल में लग गयीं। आख़िरी वक़्त में शायर अब्बाजान वहीद अली रुदौलवी कह गये थे, "बिट्टन पैसे की हवस में मत जाना। सरकारी नौकरी की बात ही अलग होती है...।" इसलिए बेटी ने सीधे यहीं नौकरी की। घर में मरीज़ देख लेतीं, पर पैसे पर कोई ज़ोर नहीं था। हौसला बढ़ाने के लिए अम्मीजान साथ थीं ही। एक औरताना डर भी था कि अकेली जान जानते ही आदमी की नज़रें ललही और हरकती हो जाती हैं।

उद्रेश की अम्मा कमला देवी ने उसी सरकारी अस्पताल में एपेंडिक्स का ऑपरेशन करवाया था जहाँ सेवा के लिए यही डॉक्टर साहिबा थीं। अस्पताल में आला लटकाये घूमती रहती थीं। पर चमकीले माथे पर कभी बिन्दी नहीं दिखी। उमरदार मरीज़ उन पर फ़िदा रहते। वे शहदीली जुबान से ही इलाज कर देतीं। एक दिन अम्मा ने सूना, छोटा-सा गोरा माथा, सूनी मगर घड़ीदार पतली कलाई देखकर जिज्ञासा प्रगट की, "बिट्टोरानी आप कहाँ की हो, आपका नाम क्या है...?"

वे हँसीं, "अच्छा अम्मा जी बताइए हम कहाँ के लगते हैं...? इनाम मिलेगा...।"

कमला देवी ने अनुमान लगाया, "सकल से तो पहाड़ की...आँखें...थोड़ी... अब भई समझ नहीं आता...हम तो करिया अच्छर ठहरे...।"

"तो आप फेल हो गयीं, एक और चांस...।"

"हूँ... तो पंजाब की...।"

"ग़लत जवाब, हारी मानिए। पाँच रुपये का नुक़सान कर दिया आपने।"

कमला देवी ने हारी मान ली।

"जी, हम खालिस लखनऊवा हैं...तीन पुश्तों से यहीं के...हमें डॉक्टर सहर कहिएगा।"

"यह पूरा नाम है....?"

"नहीं, पूरा नाम है सीमा सहर।"

"हसबैंड...मतलब वो...?"

यह सवाल झनझनउवा था।

सँभलकर, थूक गटककर डॉक्टर साहिबा ने दुनियादारी वाला जवाब दिया, "अभी तो अकिल्ला ही मानो, साथ में अम्मी रहती हैं, कुल जमा दुई प्राणी...।"

उद्रेश की अम्मा चकरा गयी। "अच्छा डॉक्टर साहिबा" कहकर चुप्पी साध ली। पर इतना ज़रूर कहा, "बिटिया अम्मी की चिन्ता दूर कर दो...।"

"जी..." कहकर वे आगे बढ़ गयीं। इस विषय में रमने की उनकी इच्छा नहीं थी इस समय।

वैसे भी डॉक्टर और मरीज के बीच स्थायी नाते पर उनका ज़्यादा यक़ीन नहीं था। उनके लिए रोगी को सही-सलामत घर भेजना भगवान की सेवा जैसा काम था। पुरानी बात है–मंझनपुर का एक मरीज़ पैर कटने के बाद एक साल तक अस्पताल में पड़ा रहा। जब घर वाले आये तो रोने लगा कि–अस्पताल की सफ़ेद परियों के बीच से काहे ले जा रहे हो...। डॉक्टर सहर ने उन्हें समझाया कि "जैसे लड़की को एक दिन विदा करना ही पड़ता है, वैसे ही हमें मरीज़ को भेजना होता है...। वैसे भी घर वाले कब तक ख़र्चा उठायेंगे...हम ख़ुद ही मिलने आयेंगे आपसे...।" किसी तरह ठरकीले बुढ़ऊ दादा विदा हुए। जाने के पहले अख़बार के कोने में कवित्त लिख गये थे–'परियन का देस बिराना हुआ, काहे को बैरी नखलऊ आना हुआ...।' डॉक्टर साहिबा ने यह पंक्तियाँ नर्सों को सुनायीं तो अर्थ समझकर देर तक चहकती रहीं।

पर अमूमन ऐसा नहीं होता। जवान मरीज़ भी इस हक़ीक़त को जानते थे कि जवान डॉक्टरनी इलाज करने से ज़्यादा भाव नहीं देतीं। उनकी मुस्कान माया की तरह ठगिनी होती है। इस पर अरझने वाले, वृथा समय गँवाने वाले मूढ़ रोगियों का कोई इलाज नहीं। इनसे तो तबीब भी तौबा कर लेगा।

तो कमला देवी चंगी होकर घर आ गयीं। कुछ माह आराम ही करना था। भारी सामान उठाने से एकदम मना कर दिया गया था। पूरे चार महीने बाद उनकी नज़र बग़ल वाले घर पर पड़ी तो चौंक गयीं, "अरे दइया ये तो वही...।" मन किया, गुहराएँ, पर संकोच हावी था। डॉक्टर साहिबा यानी सीमा सहर पूरी सज-धज के साथ कहीं निकलने वाली थीं। बाहर एक कांग्रेसी झण्डे वाली काली अम्बेसडर (तब अम्बेसडर ही सड़कों पर राज करती थी) खड़ी थी। ड्राइविंग सीट पर एक काला चश्मा पहने नेतानुमा शख़्स बैठा था। मोहनी मूरत क़रीब आते ही वह गुरुदत्त की तरह मुस्कियाया। जैसे इस अर्थवान मुस्कान में ही किसी के उद्दाम यौवन और सौन्दर्य की तारीफ़ शामिल थी। गाड़ी स्टार्ट हुई। वह भी काला चश्मा पहनकर साथ

बैठ गयी। काले चश्मे ने तो गोरे चेहरे का मोल बढ़ा दिया। होंठों से एक इंच दूर काबिज़ तिल ने भी अपनी सत्ता जता दी।

कमला देवी हिम्मत करके भी आवाज़ नहीं दे पायीं, पर इतना पक्का कर लिया कि ये तो डॉक्टर साहिबा ही हैं...पर यहाँ कैसे...यह तो पूर्व मन्त्री, पूर्व विधायक जयशंकर तिवारी का घर है। सोचने लगीं, दइया रे तिवारी के संग कैसे महारानी की तरह उचककर बैठ गयी...वे अन्देशे से भर गयीं। बेचारी इतना ही कर सकती थीं। पर यह विचार उनके संस्कारी मन में भी आया कि तिवारी जी की संगिनी बनकर यह पड़ोस में आयी है, तो माहौल सही नहीं होगा। उन्हें डॉक्टरनी की वह बात याद आयी कि "हम तो अभी अकेले हैं...।"

कमला देवी मन ही मन भुनभुनायीं–'बलिहारी तिरिया चरित्तिन...।' पर उन्हें अन्दर से यक़ीन था कि कैसी भी हो हमसे वह मिलेगी तो बड़े प्यार से।

असल में यह घर मोहल्ले में चर्चा में भी रहता था। अभी दो महीने पहले ही तो एक स्थूलबदना चावला आंटी ने पुलिस रेड के बाद ख़ाली किया था। मोहल्ले में चर्चा थी कि दो साल से वह किराया नहीं दे रही थी। या तिवारी जी कुछ रिसियाये हुए थे। उन्होंने पुलिस में रपट लिखवा दी कि श्रीमती सोनू बख्शी चावला उनके घर में स्त्री स्वावलम्बन कमेटी खोलकर कुछ और ही काम करवाती हैं। पुलिस की दबिश के बाद चावला आंटी ने तिवारी जी को बेहिसाब गाली दी और रस लेती भीड़ के सामने धमकी भी दी कि तिवारी जी की कुछ फ़ोटो वह कांग्रेस आलाकमान और अख़बार वालों के पास भेजेगी। उस समय टीवी का नाम नहीं आया था। ख़ैर, तिवारी जी का कुछ नहीं हुआ। चावला आंटी की सनसनाती दास्ताँ ज़रूर एक सड़कछाप पत्रिका में सचित्र छप गयी। उसमें कुछ लड़कियों का बदला हुआ नाम देकर बताया गया कि इन्हें पटना और भोपाल तक भेजा जाता था। इस भंडाफोड़ के बाद सोनू चावला का करिअर चौपट हो गया। तिवारी जी की कृपा उठते ही पुलिस ने उसका जीना हराम कर दिया। कुछ महीने जेल में काटने के बाद वह परमसत्य की खोज में ब्यास चली गयी।

जो भी हो, पुलिस की कृपा से वह आलीशान मकान ख़ाली हो गया। फिर से चमक गया। तिवारी जी के चक्कर बढ़ गये। एक दिन उद्रेश के बाबू यानी सब इंस्पेक्टर छोटेलाल सिंह परिहार ने पूछ ही लिया, "पण्डित जी सेल पर देंगे या किराये पर...।"

तिवारी जी थोड़ा कुरकुराये। खाकी वर्दी का आंशिक लिहाज़ करते हुए बोले, "कौन कहिस सेल पे... नाम बतायें.. अभी उसी झटियलदीन को एक घण्टा कुर्सी बनाकर सेल करते हैं।"

छोटेलाल सिंह परिहार की सारी ठकुरई, सारी दरोगई लुप्प हो गयी। चापलूसों की तरह बात सँभाली, "वही तो हम भी कहे कि पण्डित जी बड़ी तबीयत से घर बनाये हैं, ईस्ट फेसिंग घर है। काहे को सेल करेंगे...।"

तिवारी जी थोड़ा शान्त हुए, "हमारे घर का ही कोई आयेगा...परमानेंट। यह किराये का मामला झंझटी होता है...।"

रफ़्ता-रफ़्ता सबकी जिज्ञासाएँ ठण्डा गयीं। सबने समझ लिया, इस घर की चर्चा करना अपने लिए पनही पूजन की व्यवस्था करने जैसा है...। बाहुबली तिवारी ने इतना तो दाब बना ही रखा था। उनकी स्त्री-सम्पदा पर भी चर्चा करने से लोग बचते थे। पर प्रख्यात था कि जहाँ-जहाँ उनके चरण पड़े, उनकी एक मोहिनी सखी छूट गयी। वे कहते थे–देखो राजा, हम मांस खाते हैं गले में हड्डी नहीं टाँगे फिरते।

यह भी सत्य उजागर था कि वे भारतीय संविधान और विश्ववाद पर आस्था रखते हुए चारों वर्ण, सारी नस्ल का ख़याल रखते थे। इसीलिए नगर निगम में कार्यरत एक निम्नजातीय कन्या लल्ली रानी को भी अंगीकार कर उसे उन्नाव वाले घर में रख छोड़ा था। सवर्ण कालोनी में सामाजिक सुरक्षा के लिए नाम दे दिया था लालिमा तिवारी। देश के इतिहास में ऐसे अवसर कम ही आये होंगे, जब एक कथित निम्नवर्णीय को प्रेम की शक्ति ने कथित उच्च वर्ण में स्थापित कर दिया। दरअसल लल्ली उर्फ़ लालिमा बाईचांस थोड़ी गोरी-भूरी थी। बदन में पूरी अभिजात नोनाई थी...इसलिए उच्च समाज को रसीली शंकाओं का मौक़ा नहीं मिला। तिवारी जी ने समझा दिया था, "कौनौ ज़्यादा पूछे कि कहाँ के तिवारी हो, कह देना–अरधना के, पूरे कान्यकुब्ज...गोत्र पूछे तो कह देना गर्ग...ज़्यादा पूछे तो सैंडिल उतार के बताना कि परशुरामी वाले तिवारी हैं...।' लल्ली भी ऐसी दबंग पण्डिताइन बनी कि कभी अपने नैहर सिराथू जाती तो कानपुर मेड छैफैरा रिवॉल्वर से लैस होकर...।

सामाजिक समरसता की यह महान कहानी तो तारीख में दर्ज करने लायक थी। लल्ली का बदला रूप देखकर सचमुच लोग, ख़ासकर तिवारी जी के कांग्रेसी साथी कहने लगे थे–स्त्री के चरित्र और पुरुष के भाग्य के बारे में कुछ नहीं कहा जा सकता।

ख़ैर, महीने में दो-तीन बार जब भी तिवारी जी लखनऊ से उन्नाव आते, उनके असलहाधारी चेले आसपास के बनियों-पण्डितों को शान्ति का पैग़ाम दे जाते।

तिवारी जी की यह ख़ासियत थी कि जब तक उन्हें कोई ना छेड़े, वे मर्यादा पुरुष बने रहते। भले ही उनकी विधायकी छिन गयी। पर हनक नहीं जाने दी। मज़े का धन कमा लिया था। पेट्रोल पम्प, ज़मीन के धन्धे ने उन्हें राजा बना दिया था। हर धन्धे में चवन्नी की पत्ती उनके नाम थी, इसलिए ज़्यादा हाथ-पाँव नहीं चलाने पड़ते। दुर्गा मन्दिर ट्रस्ट और ब्राह्मण सभा पर क़ब्ज़े के कारण उनका प्रभाव दमकता रहा। वे भूल भी गये कि भरवारी में अपनी मूल बीवी को छोड़कर इसलिए आये थे कि घर-मेहरिया की चिन्ता से आज़ाद होकर संघर्ष करेंगे और एक दिन अपने राजनैतिक उस्ताद पुन्नी गुरु का नाम रोशन करते हुए मुख्यमन्त्री बनेंगे। प्रदेश की क़िस्मत बदलेंगे...। पर बन कुछ और ही गये। सियासत के साथ जीवन में सीखा तो बस इतना कि पैसा हो तो सारे सुख हैं। उनका स्त्रीप्रेम वाला डिपार्टमेंट तो इसलिए मालामाल हुआ कि वे शानदार काया के स्वामी थे और उच्चस्तरीय आशिक़ी की सारी शर्तें पूरी करते थे। देवानन्द उनके प्रिय हीरो थे तो ज़रूर कोई वजह रही होगी।

कमला देवी के बग़ल वाले घर में, यानी पण्डित जी के तिवारी निकेतन में डॉक्टर साहिबा ने भले ही घर के बाहर कोई नेमप्लेट नहीं लगायी। पर सब, बजरिए कमलादेवी जान गये कि पड़ोस में डॉक्टरनी आयी हैं। घर में फ़्री देख लेती हैं। बस दवा बाहर से ले लो...। मगर मोहल्ले के लोगों को कनेक्शन समझ नहीं आ रहा था—मुसलमान जनानियाँ किरायेदार, मकान मालिक नेताजी यानी तिवारी जी। हालाँकि यह बात तो कमला देवी के जरिये ही प्रचारित हुई कि किरायेदार नहीं, तिवारी जी की अपनी फ़ैमिली समझो। सन् सैंतालिस में सरहद पार से आये एक-दो पंजाबी आर्यसमाजी पड़ोसी इसी में ख़ुश थे एक हिन्दू, वह भी कनौजिया बाभन ने जिगरा तो दिखाया एक तुरकिन को सनातन धर्म में लाने का। इनकी ख़ुशफ़हमी शायद दूर भी हो जाती, अगर उन्हें पता चलता कि तिवारी जी ने भले ही मुसलमान डॉक्टरनी को अपनी बनाकर यहाँ छोड़ा था, पर उनकी रोज़ा-नमाज़ की आज़ादी नहीं छीनी थी। एकदम नरगिस और सुनील दत्त जैसा मामला। नाम बस नसीमा को सीमा कर दिया। यह नाम भी डॉक्टरनी ने ही किया था।

जिज्ञासुओं के बीच यह प्रश्न उठना लाजिमी है कि नसीमा सहर यानी सीमा सहर तिवारी जी से कहाँ मिलीं। इसे चन्द शब्दों में निपटाएँ तो बता दें, जब वे पहली बार सेहत महकमे के उपमन्त्री बने तो नसीमा सहर सीतापुर के एक चिकित्सा कैम्प में मिलीं। दो सुघर प्राणियों ने निगाहों से बात की और अस्थायी तौर पर तनहा चल

रहे तिवारी जी ने ख़ुद ही प्रस्ताव रख दिया कि कहाँ पड़ी हो मोहतरमा परदेस में आप...नखलऊ आपको सूट करेगा। डॉ. नसीमा ने सोचा भी नहीं था कि मुराद ऐसे पूरी हो जायेगी। उन्हें पता ही नहीं चला कि कब एक बहेलिए के दाँव में फँसी और इसी प्रेमिल गिरफ़्त में बावला जी लग गया या उलझ गया। तिवारी जी में यह ख़ासियत थी, या जैसे उन्हें वरदान मिला था कि जिस पर निगाह डाली, उसे अपना बना डाला। सात फेरों पर उनका ज़्यादा भरोसा नहीं था। साथ निभाने की नयी रिवायत उन्होंने बनायी थी।

इसके बावजूद वे जड़ों से नहीं कटे थे। असली पत्नी राजेश्वरी देवी भरवारी के दयानन्द स्कूल में मास्टरनी बनकर बेटे टोनी के साथ जीवन काट रही थीं। उनके ऐशो-आराम के लिए तिवारी जी ने बढ़िया, दूसरी ब्यांत की साहीवाल गऊ और एक ट्रैक्टर का बन्दोबस्त कर रखा था। दो मंज़िला मकान, बारह बीघा खेती और एक हैंडपंप देकर तिवारी जी सात फेरों के वचन से आज़ाद हो चुके थे। वे ऐसी पतिव्रता मास्टरनी थीं कि मान बैठी थीं–बड़े मनई का काम देहाती औरत से नहीं चल सकता। शहर में मुँहमारी करबे करी...। औरत का सुख तो आदमी की बरक्कत से है...। यह एकदम राहुल सांकृत्यायन जैसा मामला था। बताते हैं राहुलजी अपनी बौद्धिक महत्त्वाकांक्षा पूरी करने के लिए पूरे देश में भटकते रहे। प्रेम सम्बन्ध की निशानियाँ छोड़ते रहे। उनकी पत्नी गाँव में व्रत-पर्व मनाकर पति की कुशलता की कामना करती रहीं। राहुल जी को यह बात अपने जीवन के अन्तिम दौर में पता चली। एक देसी पत्नी के पतिव्रता धर्म ने उनकी सारी क्रान्ति का चुरमुरा बना दिया।

ख़ैर, नेताजी के साथ ऐसा होने के आसार कम ही थे, क्योंकि दो महीने में एक बार असली पत्नी के यहाँ भी संसर्गी हाज़िरी दे आते थे। वादा कर दिया था कि टोनी बउवा को आगे की पढ़ाई के लिए रूस भेजेंगे। फिर दोनों प्राणी लखनऊ में रहेंगे इन्दिरानगर वाले घर में। बेचारी राजेश्वरी देवी इसी वादे में जीते हुए नारी जीवन को सुफल मान लिए थी। हर साल मैहर देवी के नाम पर प्रसाद चढ़ा देतीं।

असल में उनकी शादी भी गुड्डा-गुड़िया के खेल जैसी हुई थी। दोनों के माता-पिता बझेड़ी के सन्त झाखड़ दास के आश्रम से जुड़े थे। एक दिन झाखड़ दास ने दोनों को मौलश्री के पेड़ के पास, संग हँसते-केहलियाते देखा तो बोल पड़े, “बिधाता ने तुम्हारी जोड़ी बना दी है। महतारी-बाप को बुलाओ...।” फटाफट जयमाल हुआ। लड़की वहीं से पियरी में, आश्रम की खुली जीप में बैठकर विदा हो गयी।

जयशंकर तिवारी जी भले ही ईश्वरीय विधान से बियाह को प्राप्त हो गये। बीटीसी करने वाली अली कली से बिंध गये, पर यौवन के मदानन्द में भूले नहीं थे

कि उन्हें एक दिन बड़ा सियासतदां बनना है। कांग्रेस में संगठन का काम देखने वाले पिताजी की कृपा थी ही। क़स्बे से शहर में आ गये। लॉ किया, छात्रनेता बने और सत्ताईस साल की उम्र में इन्दिरा मइया का नाम लेकर अपने क्षेत्र से विधायक बने। पारिवारिक सम्बन्धों के कारण मुख्यमन्त्री की मेहरबानी हुई और उन्हें पहली बार में ही सेहत विभाग में उपमन्त्री का दर्जा मिल गया। डेरे बदलते गये और शौक़ भी। सजीले रूप ने उनकी दिशा बदल दी और पहला काम किया कि अपने मन्त्रालय की एक हसीन अधिकारी ममता मखीजा पर अधिकार जमा लिया। एक वक़्त का खाना उनका साथ होता था।

पर नेताजी तो इस सिद्धान्त पर चलने में यक़ीन रखते थे कि जीवन चलने का नाम। अचानक ममता को पिथौरागढ़ (तब उत्तराखण्ड का नाम भी नहीं जन्मा था) पोस्टिंग मिलते ही नेताजी नयी खोज में लग गये। उन दिनों पिथौरागढ़ सज़ा के तौर पर भेजा जाता था। बताते हैं कि एक पंजाबी पार्टी में वे बहक गयीं और 'एक परदेसी मेरा दिल ले गया...' गाते हुए तिवारी जी को भी नचवा लिया। एक सांध्य अख़बार प्रलय टाइम्स ने भी मसाला लगाकर ख़बर छाप दी... 'महिला अफ़सर और मन्त्री ने जमकर लगाये ठुमके...।' नेताजी को तो सिर्फ़ पार्टी से हिदायत मिली। लेकिन मोहतरमा से मलाईदार पोस्टिंग छीनकर पिथौरागढ़ में पर्वतीय विकास अधिकारी टाइप का ओहदा देकर भेज दिया गया।

इस घटना से नेताजी ने एक सबक लिया–सार्वजनिक समारोहों में अपनी किसी विवादित सखी को ना ले जायें। आम जलसों में दारू से बचें। बहुत ज़रूरी हो तो पानी के गिलास में ही एडवांस वोदका मिलाकर रख लें। जेब में आठ-दस लौंग जरूर रखें। हालाँकि नेताजी दारूबाज़ नहीं थे। बस, खाऊ अफ़सरों-ठेकेदारों की संगत ने थोड़ा पीना सिखा दिया। पर उसूल था, मंगलवार को नहीं पीते और नौरात्र में तो कोई मेनका, उर्वशी उन्हें नहीं पिला सकती थी। बाभन होने का इतना फर्ज़ तो निभाना ही था।

अब अठन्नी

आप क्या समझते हैं कि बच्चों में आर्थिक चेतना नहीं होती। एक दिन रतन ने टण्डन जी से कहा, "प्रमुख जी अब हम उन्हें बुरके वाली बू बू नहीं कहेंगे...वो नेताजी के घर में रहती हैं...उद्रेश ने कहा है कि नेताजी सुनेंगे तो कौनो दिन रहपटिया देंगे...।"

टण्डन जी ने मज़ाक़ उड़ाते हुए कहा, "ऐसे लोगों की वजह से तो तुरकों के हौसले बढ़ते हैं। नेहरू की नीतियों ने यही तो किया है... तुम लोग नहीं तो और

सही...। टेनी यादव के लौंडे तैयार हैं...अगर पैसे की बात है तो साफ़ बताओ। और देखो गुरु एक बात समझ लो, इन कांग्रेसियों में इत्ता गूदा नहीं कि हमसे बकैती करें। हम राष्ट्र के लिए जीने वाले लोग हैं...एक दिन अपनी सरकार बनते ही सबसे पहले बुरके और हलाल पर बैन लगायेंगे...।"

उसने अज्ञानी जैसा मुँह बनाकर पूछा, "पर बुरके से आपको क्या दिक्कत। पहनने दो, उन्हें साँस लेने में दिक्कत होती होगी.. होने दो।"

"हूँ... यहीं तो हम लोग टिघल जाते हैं। बाबू, बुरका अलगाव का प्रतीक है। बुरके से बात शुरू होती है और शरियत तक जाती है...इसलिए यह लड़ाई ज़रूरी है...ये संस्कार बचपन से ही पड़ने चाहिए।"

टण्डन जी की बात से रतन के हौसले बढ़े। पैसे के लिए उसने आख़िरी प्रयास करते हुए कहा, "अब महँगाई भी बढ़ गयी है...रिस्क तो है ही। तिवारीजी तक बात ना पहुँच जाये।"

टण्डन मुस्कराया, "बनिया के लौंडे हो, हाय पइसा, हाय पइसा में ही तो तुम्हारी ज़िन्दगी जाती है...है के नै...?"

उसने भी बाल व्यापारी की तरह हँसकर कहा, "नहीं ऐसा नहीं। आपका क्या जाता है.. यह तो धर्म की बात है...थोड़ा ख़र्चा तो होना चाहिए।"

टण्डन जी ने फ़ैसला सुनाया, "अठन्नी देंगे... पर ज़ोर से चिल्लाना होगा। ज़रा भागने की प्रैक्टिस भी रखो राजा..।"

उसने एक और प्रश्न रखा, "अगर हम तीन लोग बोलें तो तीन अठन्नी ना होगा...।"

टण्डन ने कहा, "अमाँ पइसे का हिसाब कार्यालय तक देना होता है। सारी ट्रांसपरेसी रखते हैं हम लोग। कोई कांग्रेसी थोड़ो हैं कि हज्जारों जीम जाओ, कौनो पुछवइया नहीं...। करेक्टर नाम की कोई चीज रखनी चाहिए...हम कोई नेहरू, इन्दिरा थोड़ी हैं...।"

फ़ैसला अठन्नी में हो गया। गर्मियों के दिन में सूरज सात बजे की बाद ही डूबता था। बुरके वाली बेगम साहिबा यानी मुमताज रहमानी सहर यानी डॉक्टर साहिबा की अम्मीजान इसी वक़्त निकलती थीं। घुटनों को सलामत रखने के लिए थोड़ी सैर और साथ में दुबे डेरी से गाय का दूध लेकर आना रोज़ का काम था। उन्होंने तो उम्मीद ही नहीं की थी कि दुश्मन सरहद पर ही नहीं रास्ते पर भी रहते हैं। वे शाखा वाले मैदान के पास से जैसे ही गुज़रतीं, बाल-स्वर बरस जाते--'बुरके वाली बू बू, तेरी नाक में जू जू।'

हर बार यह सुनकर जैसे ही वह पलटतीं, बच्चे भागने लगते। अब ये तीन हो गये थे। बेगम साहिबा समझ गयीं कि सूत्रधार कोई और ही हैं। इसलिए जाते-जाते वे दूसरों को सुनाती जातीं कि "बच्चे तो कोरी स्लेट जैसे हैं, आप जो लिखना चाहोगे, वही रहेगा। पर एक दिन शर्म आयेगी कि कैसी तालीम देकर गये।"

सुनकर बड़े खिसिया जाते। एक दिन, एक संघी साहब चन्दोक बाबू बोले भी, "क्या आपको लगता है, हम सिखाते होंगे...ये बड़ों के भी नाक-कान काटते हैं। कल की ही बात है, टाल वाले रूपन चौधरी का लड़का ध्वज सहित डंडा लेकर भाग गया। बाद में पता लगा कि कांग्रेसी मुरली बेनीवाल ने दो रुपये दिये थे।"

"जी इसीलिए कहते हैं, इनका मिसयूज मत करिये...हम तो एक दिन इन्हें लड्डू खिलाकर पूछेंगे कि आपको यह कौन सिखाता है..। तब आपके पास जवाब नहीं होगा।"

वे सरक लिए... यह कहते हुए–"जरूर पूछिएगा।"

हालाँकि शाम की शाखा में टण्डन जी को इस विषय पर काफ़ी सुनना पड़ा। एक वरिष्ठ सुनीत वत्स ने कहा–"हमारा राष्ट्रवादी अभियान इन हल्की बातों से कमज़ोर पड़ता है। आपसे किसने कहा कि बच्चों को पैसा देकर किसी बुरके वाली को परेशान करना है...।"

टण्डन जी की हालत ख़राब। वे हाँकने लगे, "करनाल समागम में एक नाटिका हमने खेली थी। उसमें पहली बार यह जुमला सुना था। तब से याद है।"

बहरहाल शाखा में उनके अभियान को ख़ारिज कर दिया गया। उनसे कहा गया कि "अपने मन और जेब से यह हरकत करिएगा...। संगठन की बदनामी नहीं होनी चाहिए, भैया जी सुनेंगे तो हम सबकी क्लास लगेगी।"

टण्डन जी का मन खट्टा गया। मन ही मन कहा...साले कांग्रेस में चले जाओ...।

इतना तो साफ़ था कि बुरके वाली बू बू, तेरी नाक में जू जू वाला, आन्दोलन विशुद्ध रूप से टण्डन जी की उपज था। वे झूठ बोल रहे थे कि इसके पैसे का हिसाब देना पड़ता है।

हालाँकि वह दौर ही ऐसा था। दीवार पर गन्दे नारे लिख देना, घटिया तुकबन्दी बनाना फ़ैशन बन गया था। जनसंघी, कांग्रेसी, लोहियावादी सब एक-दूसरे के बाप थे। पुलिस के पास कोई क़ानून नहीं था, इसे रोकने का। पर रात में कोई पोस्टर चिपकाते पाया जाता तो उसकी अच्छी सेवा होती। एक बार एक लोहियाइट को इन्दिरा गांधी के ख़िलाफ़ गन्दी भाषा वाला पोस्टर चिपकाते पाया गया तो थाने में

उसकी अच्छी सेवा हुई। दारोगा नया था। नाम तो अच्छा-ख़ासा था दिनेश दिगन्त। पर मशहूर हुआ लखीमपुरिया के नाम से। शायद वहीं से तबदील होकर आया था। उसके खाते में एक ख़ास बात यह जुड़ी थी कि नेपाल बॉर्डर पर एक मशहूर तस्कर बँटी सिंह उर्फ़ पहाड़ी को लुढ़काकर आया था। बताया गया कि बंटी का पैसा इलाक़े की हरिजन विधायक पुत्ती देवी तक जाता था। ऐसे पहुँचे हुए तस्कर की मौत की सज़ा तो लखीमपुरिया को मिलनी ही थी। नये शहर, नयी पोस्टिंग में आते ही उसने चर्चा के लिए कुछ ख़ास काम किये। लड़कों के लम्बे बाल उसे कतई नहीं सुहाते। कसी चूड़ीदार पैजमिया पहनने वाली लड़कियों को भी हिदायत दी जाती। पान की दुकान में जमघट बन्द करवा दिया गया। सबसे बड़ा काम उसने यह किया कि दीवारों पर लिखे राजनैतिक नारों को पुतवा दिया। पकड़े जाने पर सरेआम मुर्ग़ा बनने की सज़ा तो मिलती ही, उसका नाम स्थानीय अख़बारों में दे दिया जाता।

जनसंघी कहने लगे थे कि लखीमपुरिया कांग्रेस के एजेंट जैसा काम कर रहा था। पर उसने काफ़ी हद तक क़ानून व्यवस्था लागू करवा दी थी। डर इतना कि उसकी बुलेट की आवाज़ सुनते ही आवारा लड़के सिगरेट फेंक देते। खुलेआम मूतने वाले आधी धार खींचकर खड़े हो जाते। किसी वीरान कोनहटे में अँगोछा बिछाकर सत्ती-अट्ठी से जुआ खेलने वाले खरहा की रफ़्तार से भागते। किसी को नहीं पता था कि किस क़ानून के तहत यह कार्रवाई हो रही थी। अब वो ज़माना सोशल मीडिया का तो था नहीं।

ख़ैर, टण्डन जी भले ही बच्चों को राष्ट्रवादी नहीं बना पाये, पर उन्हें लालची बना दिया। सिर्फ़ दो मिनट में तुरन्त भुगतान। अब अठन्नी हो गया था। बच्चे ख़ुदगर्ज भी थे। पैसे फ़ौरन ले लेते, मगर जैसे ही टण्डन जी शाखा में चलने की दावत देते, वे बहाना कर देते–देर हो गयी है, अम्मा सुताई कर देंगी।

अठन्नी ने यह कमाल तो कर ही दिया कि तीन लड़के शाम के सुस्त पड़ते ही शाखा वाले मैदान से थोड़ी दूर मोर्चा लगा लेते। रोज़ का कुपाठ था। हर चीज़ जैसे पहले से ही तय होती। वही वक़्त होता। वैसे ही खरामा-खरामा रहमानी बेगम का गुज़रना। और जैसे ही उनकी गली का कोना आता, पूरी बेहया गेयता के साथ-आवाज़ आने लगती–'बुरके वाली बू बू, तेरी नाक में जू जू...' और ये आवाज़ें तब तक आतीं, जब तक तिवारी निकेतन आ नहीं जाता।

अब उनके साथ उद्रेश नहीं था। अम्मा ने समझा दिया था, "यह अच्छी बात नहीं है। ये लौंडे किसी दिन तिवारी जी के पल्ले पड़े तो धमके जायेंगे।" कमला

देवी ने सही समझा था। मामला संवेदनशील था। एक बात और, यह प्रकरण लखीमपुरिया तक नहीं पहुँचा था। बेगम रहमानी अगर ज़रा-सी ख़बर कर देतीं, सबकी शामत आती। टण्डन जी की चाँद भी बजती। वैसे तो तिवारी जी ख़ुद ही सज़ा देने में सक्षम थे। यह तो उम्रदार मोहतरमा की शराफ़त थी कि बेटी तक भी यह बात पहुँचने नहीं दी।

पर हर चीज़ का घड़ा भरता तो है ही। लखीमपुरिया का भय अस्थायी रूप से लोगों को सभ्य बना रहा था। सिर्फ़ हिजड़े ही थे, जिन्होंने कोई क़ानून नहीं माना। लखीमपुरिया से थाने जाकर वसूली कर आये। एक ने मौज लेते हुए कह दिया, "अरी दादा, आप तो राजेन्दर कुमार जैसे हैंडसम लगते हो। हमारी दुआ लगें... शहर कोतवाल बन जाओ।" इस दुआ से लखीमपुरिया घबरा गया और नेग देकर विदा किया।

मामला तिवारी जी की अदालत में

यह संयोग ही था कि उस मोहल्ले के पीछे भगवती नगर में बच्चों की जेल भी थी, जो कभी किसी शहीद कर्नल का बँगला था। उनकी बेटी न्यूज़ीलैंड में बस गयी थी। पाँच सौ गज़ के बँगले में कर्नल साहब की सोशल वर्कर बीवी चार नौकरों के साथ रहती थीं। एक दिन कच्छाधारी गैंग ने बँगले में लूटपाट मचाई और मेमसाहब को मचवे से मारकर चले गये। नौकर भी पुलिस के डर के मारे भाग गये। माँ की हत्या से आहत बेटी ने हिन्दुस्तान आने से मना कर दिया। उसने लिखित में भेज दिया कि सरकार इसे अपने अंडर ले सकती है। इस बँगले के स्वामित्व को लेकर उससे कोई सम्पर्क ना किया जाये। साथ ही उसने लिखा, 'जिस व्यक्ति ने देश के लिए जान दी, उसकी बेवा की रक्षा सरकार नहीं कर पायी, ऐसे देश से वह नाता नहीं रखना चाहती।'

काफ़ी दिन यह घर उजाड़ पड़ा रहा। गंजेड़ियों ने अपना अड्डा बना लिया। कुछ लोफर धन्धेबाज़ लड़कियाँ लेकर आने लगे। बँगले के आसपास के लोगों ने ज़िलाधीश को लिखा तो प्रशासन जागा। पुलिस क्षेत्राधिकारी ने एक सिपाही लगा दिया। बाद में प्रशासन ने इसे दुरुस्त कर, कुछ कमरे और जोड़े। एक कमरे को दफ़्तर बनाया और बँगले को बच्चों की जेल में तब्दील कर दिया। मगर इसे सुधार गृह नाम दिया गया। आम जन के बीच यह बच्चों की जेल के रूप में मशहूर था। जेबकतरे से लेकर चाकूबाज़ तक यहाँ के संवासी थे। अक्सर यहाँ से किसी शातिर बाल अपराधी के भागने की ख़बर भी अख़बारों में आती थी। हर छह माह में संवासी

निरीक्षक मुअत्तल होता। बाल अधिकारों के लिए लड़ने वाले कैलाश विद्यार्थी और गोपा मुद्गल की गाड़ी अक्सर यहाँ दिखती।

बहरहाल, उस दिन शायद इन तीन बच्चों की क़िस्मत ख़राब थी। कई चीज़ें एक साथ हुईं। एक तरफ़ से बेगम रहमानी का सुस्त आगमन, दूसरी ओर शाखा की तैयारी। और इधर वही किराये की आवाज़ें–'बुरके वाली बू बू, तेरी नाक में जू जू...।'

अचानक धरती कँपाती काली बुलेट निकली। बेगम को जैसे इंसाफ़ का पुतला दिख गया। उन्होंने ग़ुस्से से, हाथ हिलाकर आवाज़ दी, "दरोगा जी...दरोगा जी... यह देखिए तो बेहूदगी इनकी...।"

सतर लखीमपुरिया ने बुलेट रोकी और अपने स्वभाव के विपरीत बड़े अदब से कहा, "फरमाएँ...बहन जी।"

रौबीले दरोगा के नरम स्वर से बेगम रहमानी का हौसला बढ़ा। उन्होंने बच्चों की तरफ़ इशारा किया और शराफ़त से कहा, "इनसे पूछिये, अभी क्या कह रहे थे हमें देखकर।"

ख़ाकीपोश हस्ती को देख वे तीनों तो ऐसे काँप रहे थे कि मानो, छुल्ल से मूत मारेंगे।

जवानी में लेनिन की जीवनी पढ़ चुके लखीमपुरिया का प्रगतिशील दिमाग़ समझ गया कि खुराफ़ात कहाँ से निर्देशित है।

आवेशित बेगम रहमानी ने कहा, "इनसे पूछिए कि बुरके वाली बू बू...का मतलब क्या है और कौन इन्हें सिखाता है।"

लखीमपुरिया का अन्दाज़ ही ऐसा था कि बड़े-छोटे सब दहशतिया जाते थे।

रतन ने जान छुड़ाने के लिए कह दिया, "हम नहीं जानते...टण्डन साहब हमें कहे थे कि इन्हें बोलो, हम पइसा देंगे।"

एक झटके में ही सारा राज़ फ़ाश हो गया। टण्डन जी दूर तमाशबीन बने हुए थे।

लखीमपुरिया ने इतना ही कहा, "अबे छटाँक भर के लौंडो, बच्चों की जेल देखे हो...पासै है...।"

सुनते ही रतन रोने लगा, "हमारे बप्पा मार डालेंगे...जेल का नाम सुनकर।"

दोनों साथी राधे और सनत भी मिमियाने लगे।

"अच्छा अपने सरगना को बुलाओ..."

"सरगना... यह क्या होता है?"

"अबे, जो तुम्हें पैसा देता है। उसे। मेड इन नोजपुर को।"

रतन ने डरते-डरते टण्डन जी की ओर इशारा किया। लखीमपुरिया की दहाड़ के पहले ही टण्डन जी गठियाग्रस्त टाँगें फटकारते आये और दाहिना हाथ बढ़ाकर ज्ञानियों की तरह बोला, "माई सेल्फ बीके टण्डन, बतायें...सरकार...।"

इतने में ही दरोगा की सुलग गयी, "अबे लंगड़ेश्वर, हगने को तरस रहा है, लौंडों को का सिखा दिये हो...।"

टण्डन जी शर्म से गड़कर अपने चेलों की तरफ़ पीछे देखने लगे, जो हल्के उजाले के बीच ध्वजप्रणाम की तैयारी में लग गये थे। यानी कोई उनकी मदद को तैयार नहीं था।

टण्डन जी ने सोचा भी नहीं था कि इस धर्मयुद्ध में वे अकेले पड़ जायेंगे। वे चिल्लाये, "अबे पुलिस आयी है...। अपना स्टैंड तो रक्खो..."

किसी ने नहीं सुना। बल्कि धवज और डंडा समेटकर दूसरी ओर निकल लिए टण्डन जी टूट गये। बुदबुदाये–संकट में साथ नहीं दे रहे और साले कहते हैं कि अगली जंग के बाद लाहौर में माता की चौकी करेंगे।

सोचते-सोचते एकदम से उनका अदम्य हिन्दुत्व किसी कोने से लीक हो गया।

लखीमपुरिया ने उनके चिन्तन में खन्न से किया, "लौंडों के गुरुदेव तय किये, कहाँ चलेंगे...?"

बेगम रहमानी ने उनकी दशा भाँपकर कहा, "आप ही ना इन्हें सिखाते थे?"

टण्डन जी ने बच्चों की तरफ़ देखा, मानो उनकी गवाही ही बचा सकती है।

पर बच्चे तो बच्चों की जेल के नाम से कबूतर बने हुए थे। चेहरा भी रुअंटा बना लिया था।

रतन ने कहा, "हमें ये पहले चवन्नी देते थे, अभी कुछ दिनों से अठन्नी दे रहे थे। कह रहे थे, राष्ट्र के नाम पर इत्ता नहीं कर सकते...।"

टण्डन जी जीवन में इतना अपमानित कभी नहीं हुए थे। धरती में समा जाने की कूवत होती तो वे सीता मइया की तरह समा जाते।

लखीमपुरिया ने हृदयहीन प्रधानाचार्य जैसी भाषा बोलते हुए कहा, "यार कपार में एक्को बाल नहीं, बुढ़ाय चले हो, काहे माहौल को विषाक्त कर रहे हो।"

फिर बेगम रहमानी की ओर मुख़ातिब होकर बोला, "आप बिदाउट हेजीटेशन रिटन में दीजिए। इनके ख़िलाफ़ केस बनाते हैं। दफा हम बतायेंगे...सारी निक्करियाई भूल जायेंगे।"

बेगम ने थोड़ा सँभलकर, कुछ सोचकर कहा, "आप तिवारी जी से वाक़िफ़ हैं..कांग्रेस लीडर..। मिनिस्टर भी रहे हैं...।"

लखीमपुरिया ने माथे पर कुछ बल देकर कहा, "कौन अपने नेताजी...राजा आदमी हैं।"

"जी बिल्कुल, हम उनसे पूछकर ही कुछ करेंगे।"

"पर आपका उनसे क्या मतलब...?"

"हम उनके घर ही में रहते हैं।" बेगम ने आधी बात ही बतायी।

पर दरोगा जी के लिए इतना परिचय ही काफ़ी था। उसने तिवारी जी के शौर्य का बखान करते हुए कहा, "उन्हें पता चलेगा, तो इनकी गटई दबा देंगे।"

टण्डन जी के होश गुम थे। बच्चों ने भी गद्दारी कर दी। साथी दगा दे गये। धर्म की लड़ाई में वे अकेले पड़ गये।

लखीमपुरिया को इस केस से अपने लिए नयी उम्मीद दिखाई दी। उसे पता था कि तिवारी जी की अब भी सरकार में चलती है। उनकी कृपा हो जाये तो वह गृहनगर पहुँच सकता है।

उसने दाँव चलाया, "देखो भाई जी दो विकल्प हैं। बेगम साहिबा तिवारी जी के यहाँ रहती हैं। उनके कहे बिना तहरीर नहीं देंगी। हम ये क्यों नहीं करते कि मामला उनके दरबार में ही निपटाएँ। इन छुटकों को बच्चों वाली जेल भी नहीं जाना पड़ेगा...।" यह बात उसने शरारतन कही थी। बिना अदालती आदेश के बच्चों को जेल कैसे ले जाते। वह तो बस तफरी लेने के मूड में था। हालाँकि टण्डन जी फँस सकते थे, क्योंकि समाज में वैमनस्य फैलाने, किसी को धार्मिक आधार पर प्रतारणा देने का केस उन पर चल सकता था। महिला की शिकायत पर तो आजकल जल्दी केस बनता था।

अपराधियों को सोचने के लिए थोड़ा वक़्त दिया गया।

टण्डन जी और तीन बच्चे जैसे एक अदृश्य कटघरे में खड़े थे।

आप विकल्प चुन लो। तिवारी जी के यहाँ चलना है या थाने।

टण्डन जी ने धरने-प्रदर्शन तो बहुत किये थे। पर थाने कभी नहीं गये।

बड़ा सोच-विचार कर बोले, "नो प्रॉब्लम तिवारी जी से मिल लेते हैं। कोई खा थोड़ी जायेंगे..."

हालाँकि यह शेर के जंगले में जाने जैसा काम था, पर टण्डन जी को यहीं उम्मीद दिख रही थी।

लखीमपुरिया ने कहा, "पहुँचिए वहीं।"

कहकर उनकी भुजंग बुलेट धकधकाती उड़ी।

मायूस टण्डन जी और सहमे तीन बच्चे बेगम रहमानी के पीछे।

ग़ज़ब का मंजर था।

बच्चे धीरे से बोलते जा रहे थे, "अब हम नहीं बोलेंगे...भगवान कसम... विद्यारानी की कसम...।"

टण्डन जी ख़ामोश। जैसे याद कर रहे हों कि जीवन के सबसे कठिन पेपर में क्या जाकर लिखना है।

तिवारी जी को फ़ोन करके सन्देश पठाया गया। यह कहकर कि मामला थोड़ा अरजेंट और संवेदनशील है।

आपात् सन्देश डॉक्टर सीमा सहर का था, इसलिए तिवारी जी ज़रूरी बैठक छोड़कर आये।

घर पर दरोगा, तीन बच्चे और एक अधेड़ अपराधी देखकर वे समझ गये कि कुछ गड़बड़ है। अपनी वर्दी का लिहाज़ तज लखीमपुरिया ने जयहिन्द कहने के बजाय उनके चरण छुए और एक साँस में सारा मामला बयाँ कर डाला। बता भी दिया, ऑन डिमांड कौन-सी दफा लग सकती है।

तिवारी जी को ग़ुस्सा कम हँसी ज़्यादा आयी। 'हुँ-हुँ' कई बार किये। सुगन्धित पान का रस लेते हुए बाधा से बचने के लिए होंठों-होंठों में मुस्किया रहे थे।

पर कई बार हँसी और चुप्पी ज़्यादा ख़तरनाक होती है।

वही हुआ।

तिवारी जी के मुखारविंद से शब्द यों निकले, "अबे टण्डनवा, बुढ़ाय चले पर लौंडियाही की आदत गयी नहीं। तुम एक बार केसरबाग में लतियाये गये थे, याद है काहे...डॉक्टर सिंघल की दीवाल पर लिखवा रहे थे–'गली गली में झंडी है, इन्दिरा गांधी...है।'

"जी पंडिज्जी याद है...एक मौक़ा दे दो।" टण्डन की संट हो चुकी शक्ल बता रही थी कि वह भीतर से डोल गया है।

पूरा पान गटई के नीचे उतार लेने के बाद पंच परमेश्वर बने तिवारी जी ने फ़ैसला सुनाया, "दो रास्ते हैं तुम्हारे सामने–यहीं ज़मीन पर थूक के चाटो या कांग्रेस में आ जाओ...।"

बाप रे, ऐसे जहाँगीरी इंसाफ़ की उम्मीद तो टण्डन जी ने की ही नहीं थी!

टण्डन जी के साथी उन्हें पहले ही छोड़ गये थे। वे तिवारी जी के पैर में गिर पड़े, 'आप ही सहारा हो। हम कहीं के नहीं रहे...।"

लखीमपुरिया हाथ बाँधे बोला, "क्या करना है इनका पंडिज्जी। पर्चा बनवा दें क्या...? बेगम साहिबा को बुला लीजिए...।"

तिवारी जी मुस्कियाए, "हम शरणागत वत्सल हैं, पता है कि नहीं...।" कहकर उन्होंने हल्की आँख भी दबायी।

लखीमपुरिया समझ गया, "जी भइया जी!" वह नये सम्बोधन पर आ गया था।

"इन लड़कों का क्या करना है...?"

"इनका न्याय बेगम साहिबा करेंगी...है कि नहीं..।" तिवारी जी बोले।

बेगम साहिबा तो आगे नहीं आयीं। पर डॉक्टर साहिबा ने आगे आकर तिवारी जी की क्लास ले ली, "अरे भई बच्चों को इत्ता नहीं डराइए। ये तो कोरी स्लेट की तरह हैं। हम जो लिखेंगे, वही छपा रहेगा... ग़लती बड़ों की है, जो ये सब सिखाते हैं...। इन्हें घर भेजिए।"

पीछे से हुक्मदार आवाज़ आयी– रुको ऐसे कैसे छोड़ देंगे इनको...सजा तो मिलेगी।

बच्चों की जान हलक में।

पर नज़रों ने तो कुछ और ही देखा।

बेगम साहिबा के हाथ में एक बड़ी-सी ट्रे थी, जिसमें सज़ा के नाम पर लड्डू ही दिख रहे थे।

फिर वे हँसकर बोलीं, "लड्डू इस शर्त पर मिलेंगे, पहले एक बार बोलना होगा–बुरके वाली बू-बू, तेरी नाक में जू जू...।"

तीनों बच्चों की जान वापस आयी। उनके नेता रतन गोयल ने मासूमियत से कहा, "पर अभी तो आप बुरके में हो नहीं...।"

इस मासूम जवाब ने हँसी का माहौल बना दिया। टण्डन जी भी मुस्कराये बिना नहीं रहे। पर एक झेंप ने उनके चेहरे को चपतिया रखा था।

बेगम रहमानी ने कहा–बच्चों के गड़बड़ गुरुजी एक लड्डू आपके लिए भी है। हम तो मोहब्बत के लड्डू रखते हैं...।

इंसाफ़ पूरा हुआ।

वाकई आगे का घटनाक्रम कुछ इंक़लाबी बदलाव लेकर आया। कांग्रेस की फिर हवा बन गयी थी। हवापरस्त हो चुके टण्डन जी के कहने पर तिवारी ने दिलकुशा मैदान पर बीस साल से लगने वाली शाखा बन्द करवा दी। लखीमपुरिया शाम को

धकधकाती बुलेट से एक चक्कर मारने आ जाता था। उसके आदेश पर बच्चे पाँच बजे तक खेल-कूदकर घर लौट जाते और पढ़ते। माता-पिता भी ख़ुश। उन्होंने दरोगा जी को बाकायदा मिठाई खिलाकर सम्मानित किया।

अपमान की आग में तपकर कुन्दन बनकर निकले टण्डन जी का तो जीवन एकदम ही बदल ही गया। संस्कारी साथियों की बेरुखी के बाद वे अख़बार में सम्पादक के नाम पत्र लिखकर साम्प्रदायिक ताक़तों से बचने की सलाह देने लगे। एक-दो अख़बारों में वे अनुवाद का काम भी करते थे। इससे उनकी अलग पहचान बनी। तिवारी जी ने उनकी प्रतिभा को पहचान कर पार्टी का ज़िला प्रचार सचिव बनवा दिया। उन्हें कांग्रेस के समर्थन में नारे रचने का काम भी मिला। रायबरेली दौरे में इन्दिरा जी जब भी आतीं, तिवारी जी के साथ बस्ता ढोते टण्डन जी भी होते। पार्टी में यह बात मशहूर हो गयी थी कि यह नारा भी टण्डन जी ने लिखा था–सरग से नेहरू दिहेन आवाज़, इन्दू बिटिया करिहौ राज...।

और इन बातों को सुनकर फ़ुरसत में टण्डन जी सोचते, ज़माना भी क्या गुल खिलाता है। राम क़सम क्या से क्या बना देता है।

ज़िन्दगी तो तिवारी जी ने जी। पितृधर्म निभाते हुए, टोनी को तालीम के लिए रूस भेजकर भी उन्होंने मूल सहधर्मिणी राजेश्वरी देवी से वादा नहीं निभाया। उन्नाव में लल्ली उर्फ़ लालिमा तिवारी ने संसार की हक़ीक़त और अपनी औकात समझकर सब्ज़ी मण्डी के पास एक मेडिकल स्टोर खोल लिया और अपने बेरोज़गार फार्मासिस्ट भाई को बैठा दिया। रमण-धर्म निभाते हुए तिवारी जी ने लालिमा से वादा कर दिया था : भगवान क़सम, बेटवा होगा तो उसका नाम अर्जुन तिवारी रखेंगे।

सच कहें तो पटरानी का दर्जा तो उन्होंने डॉक्टर सीमा सहर को दे दिया था। गठियाग्रस्त, मधुमेहग्रस्त बेगम रहमानी के जन्नतनशीं होते ही वे अपने आलीशान तिवारी निकेतन में आ बसे। अब डॉक्टर साहिबा माथे पर मैरून बिन्दी लगाने लगी थीं। उनकी महकुआ जुल्फों से खेलते अक्सर वे गुनगुनाते थे–कभी किसी को मुकम्मल जहाँ नहीं मिलता।

समझ में नहीं आता कि यह गाना था, या तिवारी जी के दिल की आवाज़।

कवि ताड़ूमल की मैरून क़मीज़

कवि का मूल नाम तो कुछ और ही था। पर कई बार आदतें-हरकतें नाम तक बदल देती हैं। ऐसा ही उनके साथ हुआ। असली नाम तो बाद में बतायेंगे। हाँ, इलाक़ा बता देते हैं कि वे भोपाल के आसपास के जनपद से आये थे। कई साल महानगर में रहने के बाद भी भाषिक संस्कार के मारे पैसे को पइसा, और मेनरोड को मैनरोड कहते थे। हालाँकि मैनहोल को मेनहोल कहते पाये जाते।

ताड़ूमल नाम शब्दकोश में किसी को आज तक नहीं मिला था। एकदम खड़कदार उत्पत्ति। इस नाम पर ना किसी को उज्र, ना किसी को हैरत। हाँ, यह ज़रूर कि भले जन कहते, "यह नाम बेचारे कवि को पता चल गया तो दिल हच्च से बोल जायेगा। कवि बापुरा वैसे भी जी से कच्चा होता है।"

क्या कर सकते हैं–नाम भी उनको, उनकी जनवादी-नारीवादी कविताओं को चाहने वाली सखियों-प्रशंसिकाओं ने दे रखा था। इनमें से एक-दो तो जेएनयू की पैदावार थीं और हिन्दी पर अहसान जताने के लिए कविताएँ करते-करते कुछ अख़बारों-पत्रिकाओं के रसिया सम्पादकों-साहित्य प्रभारियों की निशा-संगिनी बन गयी थीं।

दरअसल हुआ यह कि एक महान सर्वोदयी सम्पादक की याद में दिल्ली के एक गांधीवादी संस्थान में आयोजित समारोह में हमारे कवि जी और उनकी प्रशंसिकाएँ भी एकत्र हुई थीं। इन प्रशंसिकाओं ने स्वल्पाहार के दौरान आपसी समागम में कहा, "यार अपुन का कवि तो नो डाउट एक्सीलेंट हैं, पर इनकी एक आदत बड़ी बुरी है।"

सुकन्या विजन नाम की ताज़ा कवयित्री ने स्त्रीसम्मत नैतिक व्यवस्था का प्रश्न उठाते हुए कहा, "गड़बड़ यह है कि कवि जी बात करते-करते एकटक देखते रहते हैं।"

बड़दन्ती, मगर कशिशदार नीतू केसवानी ने कहा, "क्या मतलब है तेरा कि वे थोड़ा रुक-रुककर, झुक-झुकके, निहुर कर देखें।"

"नहीं भई, आई मीन नज़रें ख़राब हैं। एकदम इधरी देखते रहते हैं। अब हम लोग कोई चुन्नी पहनने वाली भैनजी तो हैं नहीं...और ये तो दिल्ली है भाई...!"

"ओ माई गॉड यह तो विकराल मरदानी समस्या है। हमने भी ग़ौर किया है। पर कवि के महान गुणों के कारण उनको माफ़ करते रहते हैं। अवगुण तो शैली, बायरन और फ़िराक़ में भी थे। पर यार कवि जी के पास तो पूरी फुलफ्लश्ड, टनाटन बीवी है। उनको क्या मज़ा आता होगा हमारे... देखने में।"

"माई डियर भैंसिया को दूसरी की नाँद देखने से ज़्यादा भूख लगती है।"

"धत्त, साली उपमा भी नहीं देना आता। जोबन की बात करते-करते धोबन पर आ गयी।"

डोगरी वाली पद्मा सचदेव की फैन रही योजना ठाकुर नामक दुभाषी कवयित्री ने कहा, "बस वहीं देखते हैं ना, और कहीं तो नहीं...?"

सुकन्या ने धत्त कहते हुए कहा, "भगवान क़सम जी करता है इन्हें ताड़ूमल कहा जाये!"

"क्या बात है यार, परफेक्ट नाम! आज से हम नारीवादी कवयित्रियाँ उन्हें ताड़ूमल कहकर बुलायेंगी।" नीतू केसवानी ने कहा।

नाम पर मुहर लग गयी। अभी तक यह नारी-घेरे तक ही महदूद था। वे बातें यों करतीं, "ताड़ूमल क्या कर रहा है। उसकी नयी कविता 'समन्दर का स्वाद' पढ़ी क्या–आदि आदि...।"

पर यह नाम इतना कैची था कि वे अपना लोभ रोक नहीं पायीं। उनसे जवान दोस्तों तक पहुँचा और एक दिन साहित्य जगत से लेकर हैबीटाट सेंटर तक यह सत्य स्थापित हो गया कि लड़कियों के उरोजों की तरफ़ बेलिहाजदारी से देखने वाले कवि का नाम ताड़ूमल रख दिया गया है। वे इसी नाम से विख्यात हो गये। साहित्य के तीन-चार क्षेत्रीय सम्मान मिलने के बाद भी उन्हें ताड़ूमल नाम से निजात नहीं मिली। ग़ज़ब तो तब हुआ जब इन्दौर से निकलने वाले सान्ध्य अख़बार ने 'ताड़ूमल की डायरी' नाम से शनिवार को साप्ताहिक कॉलम छापना शुरू कर दिया। अख़बार ने यह साफ़ करने की कोशिश भी नहीं की कि ताड़ूमल नाम कहाँ से आया या उद्घाटित हुआ। पर जल्द ही यह कॉलम इतना मशहूर हो गया कि अख़बार की सैकड़ों प्रतियाँ इस कॉलम के नाम से बिकतीं। इसे इन्दौर के पास महू में रहने वाले व्यंग्यकार निवेश लखेरे लिखते थे।

कथा-परम्परा के अनुसार कवि ताड़ूमल का कथित नख-शिख वर्णन भी ज़रूरी है–कवि जी आम भारतीय कवियों से दो इंच छोटे, थोड़े गबदुल्ले, तैलीय त्वचा वाले, पाँच नम्बर का चश्मा पहनने वाले और गोल्ड फ्लैक से हीरोपन्थी झाड़ने वाले इन्सान थे। ओल्ड मौंक नामक जनप्रिय रम में पेप्सी मिलाकर पीने के कारण कवि मित्र जलज सिंह और अनुवादक-आलोचक खगेश जी उन्हें पेप्सी गुरु कह डालते थे। पर मय की मस्ती के आगे उन्हें यह क्षुद्र परिहास गवारा था। बिल्कुल बुरा नहीं मानते। वैसे, उसूलन दारू उन्होंने पत्नी की आज्ञानुसार दो पेग तक सीमित कर रखी थी। लेकिन संगी कवि-आलोचक-पत्रकार बदमाशी से उन्हें तीसरा पेग पिलाकर कुमार गन्धर्व का 'गगन घटा गहरानी' ज़रूर सुनते। चौथे पेग में वे रीतिकालीन हो जाते। चश्मे में क़ैद रहने वाली छंछूदरी आँखें मदिया जातीं और वे बाइयों की तरह करियाए होंठ को काटते हुए गाते–"मोरे जोबना पे आयी बहार, बलम परदेस न जइयो...।" उनकी आवाज़ का दर्द बता देता कि जवानी में उन्हें इश्क़िया झटका मिला होगा।

इसके बावजूद उनके जीवन में कन्यासुख का अभाव नहीं रहा। राँची से जम्मू और भोपाल तक की कन्याएँ उनकी कविता की दीवानी थीं। आलम यह था कि आईटीओ के जिस सिंडीकेट बैंक में वे कैशियर थे, उसके रिसेप्शन में कोई ना कोई कवयित्री प्रतीक्षा करती दिख जाती। उनके इस गुण का लोहा मानकर बैंक का मैनेजर सागर रतूड़ी भी कह देता, "भाईजी जब कैशियर हो तो इतना ख़ज़ाना, मैनेजर होते तो...तुम्हाई कशम गदर मचा देते...!"

कवि हाथ जोड़कर अनुरोध करते कि "सर, अदरवाइज़ मत लीजिए, लड़कियों के बारे में ऐसे बोल मत कहिए। वे मेरी कविताओं की फैन हैं, इसलिए आती हैं। अब मैं पापी पेट के वास्ते ख़ुद ही ग़लत जगह फँस गया हूँ तो क्या करूँ। मुझे तो जनसत्ता जैसे अख़बार में होना चाहिए था।"

रतूड़ी हँसता, "गुरु खैर मनाओ, सही जगह हो, मजा ल्यो पूरा। पाँच बजे के बाद करने को है ही क्या। हमसे कुछ सहयोग-सेवा हो तो बतइयो...। अपने पास एक फ़्लैट है फ़ालतू...यहीं विनोद नगर में। अपने खट्टर साहब का इन्तज़ाम अपन वहीं कर देते हैं...!" कहकर रतूड़ी एक आँख दबा लेता, जिसका मतलब था–सुनहरे अवसर के लिए शानदार प्रस्ताव। मत चूको चौहान!

ताड़ूमल जी को तो यह प्रस्ताव सुनकर ही गर्महटा लग जाता, बल्कि पसीना आ जाता। बस "हूँ-हूँ" करते रहते। मैनैजर को नाराज़ करने का मतलब भी नहीं था। कई साल यूसुफ़ सराय में रहने के बाद आईटीओ ब्रांच जैसी जगह छोड़ना भी नहीं

चाहते थे। सब कुछ था यहाँ। एकदम दिल्ली का सेंटर। खाने और पीने की बढ़िया व्यवस्था। कोई भी बालिका बहाना किये बिना सुगमता से आ जाती। वे सोचते–मानो कल को रोहिणी, द्वारिका में पहुँच जायें तो इस सुन्दर-समाज से ही कट जायेंगे।

ख़ैर, असली कहानी किसी और बात से शुरू होती है। चूँकि कवि का मानना था कि सुन्दर प्रशंसिकाएँ रखने के लिए ख़ुद का सजीला, चमकीला होना भी ज़रूरी होता है, इसलिए अच्छे कपड़े, मतलब कम से कम क़मीज़ बढ़िया पहननी चाहिए। अगर कड़क सर्दी हो तो जैकेट ब्रांडेड होनी चाहिए। अगर ठण्डक हल्की हो तो रंगबिरंगी हाफ जैकेट होनी चाहिए। अभी तो गर्मी का मौसम था, इसलिए शर्ट या क़मीज़ का ज़ोर था। जनवादी कवि होने के नाते वे पुरानी क़मीज़ें दान भी करते रहते थे। इसी बहाने नयी क़मीज़ का नम्बर जाता। इसी सिलसिले में एक सुहानी शाम का लुत्फ़ लेते हुए, बैंक से घर आते समय वे विशाल मैगामार्ट पहुँच गये। सबसे पहले सेल वाले कोने का जायज़ा लिया। यहाँ मज़ा नहीं आया। फिर दूसरी स्कीम देखी, दो के साथ एक फ्री क़मीज़ वाली। यह सौदा उन्हें सुहा गया। तीन क़मीज़ें थीं। एक नीली, एक पीली, एक मैरून। उनका दिल तो मैरून पर आया था। पाँच सौ की तीन क़मीज़ें, वह भी सूती। वे क़मीज़ ले आये।

घर में महाअन्वेषी पत्नी की नज़रों से बचाकर अन्दर ले जाना चाहते थे। पर ऐसा हो नहीं पाया। पत्नी ने उनके प्रसन्नतम चेहरे को देखने के बजाय हाथ की तरफ़ देखते हुए कहा, “ये क्या सुदामा के तन्दुल की तरह छिपाये ले जा रहे हो?”

कवि ताड़ूमल बालकों जैसे बहाने के साथ बोले, “कुछ नहीं, ऐसे ही...।”

“अरे हद है यार! हाथ में सामान है और कह रहे हो कुछ नहीं! प्रभु, ये छिपाने की आदत छोड़ दीजिए। मैं बीवी हूँ, पड़ोस की गुप्ताइन नहीं...।”

“छिपा कहाँ रहे हैं देवी, क़मीज़ें लाये हैं। असल में बाद में याद आया कि तुम्हारे लिए कुछ लिया ही नहीं...तुम रिसिया ना जाओ...।”

“कोई बात नहीं, हम फिर ले लेंगे। आप अपना दिखाओ।” वह दिल बड़ा करके मुस्कायी। वह जब मुस्कराती तो कवि को लगता कि आज की रात तो बिना याचिका के रस बरस के रहेगा। उनके जीवन का निर्विघ्न पक्ष यह भी था कि दस साल की शादी के बाद भी सन्तान सुख से वंचित थे। चूँकि डाक्टरी जाँचानुसार कमज़ोरी पत्नी-पक्ष से थी, इसलिए उनका आत्मविश्वास डिगा नहीं था। अब आपसी सहमति से तय कर लिए थे कि द्वारिका या रोहिणी में डीडीए का फ़्लैट मिलते ही, कोई बच्चा गोद ले लेंगे।

ख़ैर, कनकनिया बीवी से अभयदान और आश्वस्ति पाकर कवि ने तीनों क़मीज़ें बाहर निकाल दीं।

पत्नी ने क़मीज़ों पर नज़र डालते हुए परिहास भाव से कहा, "बड़ी रंगीला रतन टाइप की क़मीज़ें लाये हो!"

"क्या मतलब...?"

"मतलब यह कि आप इतने बड़े प्रगतिशील कवि हैं। गोरख पाण्डेय के फैन हैं। सीरियस इमेज है, पर क़मीज़ें बप्पी लहरी छाप पहनते हैं।"

"यह छाप क्या हुआ...अरे कलरफुल तो हर उम्र में रहना चाहिए। देवानन्द को देखा था...?"

"यार, इतने कलरफुल तो कभी आप रहे नहीं। सड़क पर ज़रा-सा हाथ पकड़ लो तो भिनभिनाने लगते हो–अरे हाथ छोड़ो, यहाँ सब जानते हैं...मैं पॉपुलर कवि हूँ...मेरी इमेज मत ख़राब करो। देखकर तो लगता नहीं कि जवानी में कोई मोड़ी घास डाले होगी।"

"डियर मैडम निशू आज कुछ ज़्यादा ही बोल रही हो। यह कैसे कह रही हो कि कोई लड़की घास नहीं डाले होगी...। कवि प्रेम में झटका खाने के बाद काव्य-पथ पर बढ़ता है। झूरे आदमी के दिल से कविता नहीं निकल सकती...।"

"ओह्हो...तो आप भी पहले प्रेमपन्थ के कवि थे–अली कली से यूँ बिंध्यो... वाले।"

"जी नहीं, इतने भी नहीं। हाँ, गुलमोहर, अमलतास और हरसिंगार पर तो लिखा ही है।"

"अच्छा छोड़ो, ये बताओ, लाइट रंग नहीं थे क्या। वो आप पर अच्छे लगेंगे।"

"लेकिन हमें यही पसन्द है।"

"ठीक है!" कहकर निशूदेवी ने गहरी साँस ली। मगर धीरे-से कवि ताड़ूमल को तिनगाने के लिए गुनगुनाने लगी–"बनि आये छैल चिकनिया जू, पहिने लाल कमिजिया जू...।"

कवि नाराज़ होकर तीनों क़मीज़ लेकर अपने कमरे में आ गये। आज मूड बना था छात्र आन्दोलन पर लिखी नयी कविता को अन्तिम रूप देने का। पर पत्नी ने झंड कर दिया।

बिस्तर पर उन्होंने तीनों क़मीज़ें फैला दीं। कार्यक्रम तय कर दिया। पहली क़मीज़ अपने जन्मदिन पर अगले माह एक मई को पहनूँगा। दूसरी क़मीज़ उस

समारोह के लिए रखी, जिसमें उन्हें बीकानेर में जुगनीदेवी सम्मान, शॉल और ग्यारह हज़ार रुपये मिलने थे।

तीसरी यानी मैरून क़मीज़...। कवि ताड़ूमल का दिल धड़क उठा। मैरून रंग देखते ही उनके अन्दर प्रीतिकर सुरसुरी दौड़ जाती थी। उनके लिए यह रस और रंग का मेल था।

उन्हें याद आया–प्रारम्भिक जवानी में जब वे मैरून टीशर्ट पहनते थे तो पड़ोस में रहने वाली पहाड़ी लड़की खँखार कर छेड़ती थी। यह कहते हुए–"हीरो लग रहे हो, बस भाइट जूता पहने लो, जीतेंदर लगोगे...।"

वह थैंक्यू कहकर मुस्कराता निकल जाता। कभी हिम्मत ही नहीं हुई कि छोटी नाक वाली, थोड़े से पिंपल वाली, इस गुरट्टी लड़की की पप्पी ले ले। एक बार हिम्मत करके आगे बढ़ा ही था। मगर क़रीब पहुँचते-पहुँचते दिल इतनी ज़ोर से धड़का कि सारे शब्द गुम हो गये। इतना ही कह पाया, "नीता जी मेरे पास बहुत-सी बुक्स पड़ी हैं। आप ले लेना...।" लड़की उसकी दशा देखकर हँस पड़ी। ऐसी हँसी कि सारा मर्दानापना भसभसा जाये।

अब उसने सब लड़की पर ही छोड़ दिया। उसे देख एक दिन वह गंगा वाटर वाले नल पर बाल्टी लगाने के बहाने आयी और दुनियादारिन की तरह हँसकर बोली, "हीरो कैसे हो। लुकिंग गुडी-गुडी...!"

वह सभ्य होकर बोला, "जी ठीक...। थैंक्स...!"

"जी-जी क्या होता है...!" कहकर उसने अपना छोटा-सा हाथ उसके हाथ में दे दिया। कवि को लगा, उसके जीवन में यह सबसे शानदार दिन था। लड़की ने कहा, "मैरून रंग मुझे बहुत पसन्द है। यार, नशा पैदा कर देता है।"

युवा कवि ने कहा, "रंग इन्सान की अभिरुचि बताते हैं। आप भी दिल की अच्छी हो, इसलिए मैरून रंग पसन्द है। मुझे रागों में मालकौंस और रंगों में मैरून क्यों पसन्द है। आज तक समझ नहीं पाया।... तो मैं क्या समझूँ कि आज से हमारी दोस्ती या प्यार हो गया!"

वह हँसी, "अभी दोस्ती-यारी तक ही रहने दें। प्यार का प्रिलिम समझें इसे।"

कवि का दिल हल्का हो गया, "आप कमाल की हो!"

उसने हथेली से उसकी हथेली में छपाक किया, जैसे क्रिकेट में विकेट गिरने पर उत्साही विरोधी, ख़ासकर बॉलर करते हैं।...और कहकर चल दी कि "बाल्टी भर गयी है। कल इसी समय मिलते हैं।"

तो मैरून टीशर्ट की बदौलत शुरू हुई इस दिल्लगी ने पूरे एक साल पूरे किये। गहरी साँसों के साथ, वह नल पर मिलना। काग़ज़ पर लिखी कविता का आदान-प्रदान। चॉकलेट-टॉफी का रवायती आदान-प्रदान। माथे पर आयी लट को सँवारने का हक़ प्राप्त करना। देर तक अँगुलियों से खेलने की अदा। सब तो था ज़िन्दगी का अर्थ बताने के लिए।

. और एक दिन हवादार मौसम में, हल्की फुहार के बीच उसी मिलनस्थल यानी नल के पास, किशोरावस्था पार करते कवि को दिल तोड़ने वाली सूचना मिली। उसने उदास होकर, पहली बार कवि के गले से लिपटकर कहा, "पापा का ट्रांसफर भिलाई हो गया है। हम सब वहीं रहेंगे। ये रहीं तुम्हारी प्रेम कविताएँ।"

यह बड़ा आघात था, जिसने कवि की कविता में और जान डाल दी। वह जब भी मैरून टीशर्ट देखता, दिल भर आता। कभी नहीं भूल पाया। वह पहाड़न तो भिलाई जाकर उसे भूल ही गयी। आइडिया वाला मोबाइल नम्बर भी उसने बड़ी बहन का दिया था, जिसने दो-तीन बार काटकर संकेत दे दिया कि बांगड़ू नयी बुलबुल देख ले...! उसके मन में यह बात गहराई से बैठ गयी कि नाज़ुक-सी दिखने वाली लड़कियों के अन्दर बड़ा कर्रा दिल होता है। बताते हैं कवि की बिहारीभूषण सम्मान से सम्मानित कविता 'दीपशिखा मैं उदास हूँ' इसी नायिका की बेदिली पर केन्द्रित थी।

बहरहाल, वे नयी उमर की उस दिले-नादां मोहब्बत को तो भूल गये, पर मैरून शर्ट को नहीं भूल पाये। आज भी जब वे मैरून शर्ट या स्वेटर पहनते, उन्हें पुराना, दिलफुक्कड़ गाना–"परवानों से प्रीत सीख ली..." याद आ जाता।

मैरून शर्ट को सँभालकर उन्होंने अन्दर रख दिया। बड़ी गम्भीरता से तय किया कि इस शर्ट को वे उसी दिन पहनेंगे, जिस दिन कोई नयी सुन्दरी उनसे स्थायी भाव से मिलने वाली होगी। असल में पत्नी को मैरून क़मीज़ पसन्द होती तो वे उसके लिए ही पहनते। पर वह मैरून रंग देखते ही छेड़ देती, "काए भइया चाँदनी चौक जा रए का!" यह सुनते ही वे दाँती पीसते हुए घर से निकल जाते।

हालाँकि कवि के दिमाग़ में यह बात आ गयी थी कि मैरून रंग के प्रति उनका ऐसा बावलापन मनोमर्ज के दर्जे में आ गया है। उन्होंने बाकायदा कलर थैरेपी और रंग-प्रभाव का अध्ययन किया। उन्हें सकारात्मक सूचना ही मिली, जैसे कि नीला रंग पसन्द करने वालों में एक कामुक रसिकता होती है। लेकिन मैरून रंग वाले तो विलक्षण पाये गये। रंग-शोधियों ने कहा कि मैरून रंग में खोये रहने वालों में एक

अतृप्त क़िस्म का रूमानीपन छाया रहता है। मैरून रंग में वे किसी प्रेयसी की झलक, हसीन मौसम का अहसास देखते हैं। वे काम्बिनेशन में गये तो बताया गया कि मैरून और काले, मैरून और सफ़ेद का मेल सबसे ज़्यादा मारक होता है।

हफ़्ते में एक बार वे मैरून क़मीज़ को ज़रूर देख लेते थे। अनीश्वरवादी होते हुए भी भगवान से प्रार्थना करते कि प्रभु कुछ जतन करो कि मैरून क़मीज़ पहनने की साइत बन जाये।

दुआओं में सचमुच बड़ी ताक़त होती है। एक दिन जब वे बैंक गये तो देखा उनके कम्प्यूटर पर एक देवी जी जमी बैठी हैं। आदमी होता तो वे बेरुख़ी से ज़रूर पूछ बैठते, "आपकी तारीफ़! बिना बताये कैसे हाथ लगाया...?" पर यह तो मोहनी सूरत थी। साइड फेस से ही अन्दाज़ कर लिया कि तीस से ज़्यादा की नहीं।

ताड़ूमल जी ने अपनी नयी प्रकाशित पुस्तक 'तुम दिल की आवाज़ बनो', की दो प्रतियाँ मेज़ पर रखकर हल्की-सी बनावटी खँखारी मारी ताकि उन पर ध्यान जाये।

लड़की यानी महिला काम रोककर उठने को खड़ी हुई कि रतूड़ी टहलते हुए आ गया, "इनसे मिलो ये हैं अंजना कश्यप जी, अभी तक लक्ष्मीनगर में थीं। आज ही ज्वाइन किया है। इनके कम्प्यूटर के लिए इंजीनियर को बोल दिया है, जब तक आप कुछ अध्ययन करो...।" कहकर रतूड़ी ने एक किताब अपने लिए उठा ली। दूसरी ताड़ूमल जी को थमा दी।

कवि जी किताब उठाकर वीरान पड़े लोन सेक्शन की तरफ़ जाकर बैठ गये। वहाँ थोड़ी शान्ति थी। वहाँ के बाबू सुधीर कंसल ने पूछा भी कि "आज बड़े फ्री हो?" वे अनमने भाव से बोले, "यार अजीब चिकाई है। मेरे कम्प्यूटर पर किसी लड़की को बैठा दिया। हमसे कह रहा है कि आप अध्ययन करो।"

कंसल हँसा, "गुरुदेव ऐसी नौकरी कहीं और मिलेगी। अभी एचडीएफसी, एक्सिस टाइप के बैंक में होते तो सुबह से रगड़घिस्स शुरू हो जाती।"

कवि ने कहा, "तो इसमें बुराई क्या है। भई इतनी सैलरी मिल रही है तो काम प्रॉपर करना ही चाहिए। अब हमारे दो घण्टे तो ऐसे ही चले जायेंगे।"

"तो इसमें आपका क्या कसूर...! ऐसा कभी-कभार ही होता है। अब गौरमेंट बैंकों में भी उतनी हरामखोरी तो नहीं रही। हमें तो वह ज़माना याद है, जब देवियाँ मौक़ा पाकर स्वेटर तक बुन लेती थीं।"

असल में कवि ने जापान की कई कहानियाँ पढ़ रखी थीं। मसलन जापानी छुट्टी नहीं लेते। स्ट्राइक पर नहीं जाते। दफ़्तर में आकर अपनी डेस्क की सफ़ाई तक ख़ुद करते हैं...। बस इन्हीं कहानियों जैसा देश वे भारत को बनाना चाहते थे।

कल्पना तो यहाँ तक कर लेते कि फिदेल कास्त्रो की तरह वे देश के तानाशाह बन जायें तो सबसे पहले त्योहारों की छुटटी बन्द। महापुरुषों की जयन्ती पर तो एकदम छुट्टी नहीं। यह उनका दिवास्वप्न था।

चूँकि इस समय वे एक-दो घण्टे के लिए एकदम ख़ाली थे तो उनके अन्दर राहुल सांकृत्यायन जैसे और भी महान विचार आये...पूरे देश में एक जैसी तालीम। ग़रीबों को फ्री शिक्षा। देश की ट्रैफ़िक व्यवस्था सुधारने के लिए उनका मानना था कि किसी भी घर में एक से ज़्यादा वाहन नहीं होने चाहिए। साइकिल को राष्ट्रीय वाहन बनाया जाये और पर्यावरण साफ़ रखने के लिए बैट्री से चलने वाले वाहनों को प्रोत्साहन मिले।

इसी नाकाम चिन्तन के बीच लंच का वक़्त गुज़रते ही उनका बुलावा आ गया। रतूड़ी ने नयी सहकर्मी के साथ हर्बल चाय के लिए उन्हें केबिन में ही बुला लिया। परिचय का सिलसिला शुरू हुआ, "ये धाँसू कविता लिखते हैं। शायद नाम सुना होगा चिदानन्द सुदास। ये रहा इनका नया कलेक्शन। हमारे बैंक को इन पर नाज़ है...ये...।"

लेकिन इससे पहले ही वह सलोनी सहकर्मी चौंक कर बोली, "आप हैं चिदानन्द जी। तस्वीर में आप अलग से दिखते हैं। कमाल है, दिल्ली में रहते हुए कभी मिले ही नहीं हम लोग। रियली, मैं तो आपकी कविताओं की फैन हूँ। दरअसल मैं भी लिखती हूँ। पहल और हंस में मेरी कविताएँ छपी हैं।" कवि जी ने भी कहा, "नाम याद आ गया। आप तस्वीर में काफ़ी छोटी लग रही हैं। मेरी तरह...!" कहकर वे सिद्ध डोरेबाज की तरह मुस्कियाये।

"जी वह पुरानी है।"

"देखिए, दुनिया गोल है। प्रशंसक कहीं ना कहीं मिल ही जाते हैं।"

"मेरा तो आज दिन ही बन गया।"

"सचमुच?"

"बिल्कुल!"

और इस तरह कुछ ही मिनट में उनके बौद्धिक याराने ने जन्म ले लिया। रतूड़ी पीछे रह गया। वह देख रहा था–लड़की की आँखों में महान चमक थी। कवि भी गद्गद था। अंजना को उम्मीद नहीं थी कि उसके अपने प्रिय कवि ऐसे मिल जायेंगे। बैंक में एक सहकर्मी की तरह।

इतिहास की महान प्रेम कहानियाँ ऐसे ही मधुर संयोग से जन्म लेती हैं। कवि ने अंजना की कविताएँ पढ़कर कहा, "इतनी गहराई कहाँ से लाती हो?" वह शरमाकर

कहती, "हम सब आपसे ही सीखते हैं। कई साल पहले जब आपकी कविता 'बिछुड़े दोस्तों के ज़र्द ख़त' पढ़ी थी, तो कई दिन बेचैनी रही...!"

असल में कवि ताड़ूमल उर्फ़ चिदानन्द सुदास की ख़ासियत थी कि वे आसानी से किसी की तारीफ़ नहीं करते थे। नयी प्रतिभाओं की तो एकदम नहीं। असुन्दर युवा कवियों को तो एकदम झंड करते हुए वे कहते, "पहले लिखो-पढ़ो। एक शेर लिखने से पहले सौ शेर याद होने चाहिए।"

लेकिन सुन्दर कवयित्री देखकर पिघल जाते। मगर कुछ इस अन्दाज़ में– "अच्छा है, अच्छा है। लिखती रहो। थोड़ा भाषा पर और मेहनत करो। और कवियों को पढ़ो भी, ख़ासकर विनोद कुमार शुक्ल, मंगलेश डबराल, विष्णु खरे को...।"

कन्या इतने में ही प्रसन्न हो जाती। कवि से निकटता का द्वार खुल जाता। कभी-कभार सुनियोजित स्पर्शसुख की भूमिका बन जाती। कभी आपत्ति दर्ज हो जाती तो कवि बचाव में इतना ही कहते, "अदरवाइज़ मत लेना, मैं कभी-कभी इमोशनल हो जाता हूँ...।" बताते हैं, ऐसे ही एक बार वे एक विवाहित कवयित्री से ज़्यादा इमोशनल हो गये तो उसके बलियाटिक पति ने मंडी हाउस में इन्हें लतिया दिया था। चर्चा-ए-फ़ेसबुक और चिर्कीन नामक एक ब्लाक में उनकी बड़ी भद्दगी हुई। इसके बाद ही उन्होंने तय कर लिया था कि विकसित लेखिकाओं से कतई दिल्लगी नहीं करेंगे।

अंजना कश्यप से मुलाक़ात के बाद तो उन्होंने बहुत ही सँभलकर चलना शुरू किया। हालाँकि रतूड़ी ने उनकी सीट अलग-अलग कर रखी थी। पर वे किसी ना किसी बहाने मिल लेते। उन्हें इस बात की हमेशा जिज्ञासा रहती कि वह कुँआरी है, या शादीशुदा या बाल-बच्चों वाली। पूछने की हिम्मत ही नहीं होती। मंडी हाउस के सरे-बैठक लतिहाव के बाद वे बड़े सजग और सज्जन बन गये थे। लेकिन ताड़ूमल नाम ऐसे ही थोड़े रखा गया था। एक दिन उसके उन्नत वक्ष पर त्राटक करते हुए पूछ ही लिया, "घर में आपके कौन-कौन हैं?"

वह थोड़ा असहज हुई, "जी मैं एक तरह से डायवोर्सी हूँ। मेरे हसबैंड को आप जानते ही होंगे–प्रेमेश नाथ, पेंटर। जिनके म्यूरल कई जगह लगे हैं।"

अब कवि के चौंकने की बारी थी, "वो आपके पति थे...मतलब हैं...ओह नो, तो यह सिचुएशन कैसे आयी?"

"सर, यह कहानी सुनाते-सुनाते मैं थक चुकी हूँ। मैं ही नम्बर वन गधी थी जो उनकी कला की दीवानी होकर घर से भाग आयी। कोर्ट मैरिज की। शादी के एक

माह बाद पता लगा कि वह तो पहले ही एक बीवी रखे हुए हैं। पाँच साल का बच्चा है। आपत्ति की तो जवाब मिला, क्या फ़र्क़ पड़ता है। अपना-अपना टाइम टेबल सेट कर लो, नहीं तो डबल बेड में हमारे जैसे तीन लोग तो आ ही जाते हैं...। घिन हो गयी उससे। कामुकता और कूची ही उसके जीवन का हिस्सा था...। मैंने उस कमीने की औलाद की माँ बनने से इनकार कर दिया। बस यहीं से कहानी ख़त्म हो गयी। हरजाने के तौर पर उसने अपना एक फ़्लैट मुझे देकर पीछा छुड़ा लिया है!"

कवि ताड़ूमल जी भावुक हो गये। ऐसी भावुकता में हाथ पकड़ने का हक़ तो बनता था। दोनों भावुक हो गये। प्रेम की किवड़िया खुल गयीं। कवि को भरोसा हो गया कि उसकी मैरून क़मीज़ पहनने की शुभ घड़ी कभी भी आ सकती है।

आप मैरून क़मीज़ का ग़लत अर्थ मत लगायें। कवि ने कभी नहीं माना कि देहार्पण से प्रेम का शिखर छुआ जाता है। मैरून क़मीज़ तो वे उस दिन पहनना चाहते थे, जब मिलन पर पक्की मुहर लगी हो।

कवि ने इस नये सम्पर्क के बारे में पत्नी को भी बता दिया। यह भी कहा, "बेचारी पर बड़ी विपदा आयी है।"

पत्नी ने कहा, "काहे की विपदा। बढ़िया नौकरी है। दूसरा ब्याह कर ले, मरने दे उस बैलनवे पिकासो को!"

कवि झल्ला गया, "इत्ता आसान होता है क्या। अकेली औरत का जीना, जवाब देना कितना दुष्कर है, तुम क्या जानो। मेरे जैसा भला आदमी मिल गया क़िस्मत से...।"

"तुम्हारा तम्बूरा जैसा पेट काहे पिरा रहा है जो इत्ता ज्ञान दे रहे हो?"

"अरे महारानी, हमने तो ऐसे ही स्त्री होने के नाते एक स्त्री से उसकी चर्चा कर दी। तुम्हें नहीं सुनना तो छोड़ो।"

"आप एक काम करो, एक छुट्टा-छांड़ उद्धार कमेटी बना लो, ऐसी दुखियारिनों का कल्याण करते रहना।"

"तुम बात को कहाँ से कहाँ ले जाती हो। गोली मारो दुखियारिनों को...टॉपिक छोड़ो...।"

बात यहीं ख़त्म हो गयी। असल में कवि ताड़ूमल की मंशा थी कि अंजना को घर बुलाकर बीवी से दोस्ती करायी जाये। फिर उसके निरन्तर आने का रास्ता साफ़ हो। मगर सारी उम्मीदें धरी रह गयीं। वे सोच रहे थे कि औरतों में ख़ूब क्रूरता होती है। बताओ, वह घर आती तो बतरस का आनन्द ही आता। उसे भी घर जैसी फीलिंग

होती। पर इस पगलैटिन ने सब कबाड़ा कर दिया। वे अन्दर से इतना ग़ुस्सा थे कि बस चलता तो बीवी को छह महीने के लिए पिपरिया भेजकर मानता और दिल्ली में छड़ेपन का भूतपूर्व आनन्द लेता।

सचमुच ज़माना प्रेम का दुश्मन रहा है। हालाँकि यह प्रेम नहीं था। बस कवि का स्वभाव था कि महिला संगत प्राप्त होती रहे। उनकी कविताओं में स्त्री इतनी बार आयी कि साथी कवि उन्हें लड़कियों वाले बाबा तक कह देते थे। उनकी कविता 'लड़कियों का नीला आसमान' नारी आन्दोलनों में ज़रूर याद की जाती। अंजना की कविताओं में भी इसका असर था। उसके पहले संकलन का नाम ही था 'औरत एक ख़ामोश आग भी है'। यह संकलन उसने अपने सहकर्मी कविगुरु चिदानन्द सुदास उर्फ़ ताड़ूमल को समर्पित किया था। इससे कवि जी का जिगरा और चौड़िया गया। वे मान बैठे थे–अंजना और उनके बीच इतना ईमानदार प्रेम जन्म ले रहा है कि दुनिया के लिए मिसाल बन जायेगा।

अंजना के काव्य-संग्रह के लोकार्पण का जिम्मा कवि ने ही लिया। लोकार्पण के लिए पहले महान आलोचक श्यामवर सिंह को मनाने का प्रयास किया। लेकिन उनकी अस्वस्थता के कारण एक बड़े कवि धनेश सेमवाल की सेवा ली गयी। कवि ने जैसे ही बताया कि एक सुन्दर कवयित्री की किताब है, धनेश जी देहरादून से आ गये।

इस किताब का लोकार्पण मामूली घटना नहीं थी। कवि ताड़ूमल इसी से ख़ुश थे कि समारोह के बाद अंजना ने उनके साथ कंट्री इन में जाने का वादा किया है।

उम्मीदों से भरे कवि ने आख़िरकार आज मैरून क़मीज़ निकाल ली। उन्होंने बचपन में खलील ज़िब्रान की एक कहानी पढ़ी थी। कहानी में यह था कि एक आदमी दुनिया की सबसे क़ीमती मदिरा ले आता है। वह तय नहीं कर पाता कि किस अवसर पर इसे पीना है। समय निकल जाता है। एक दिन उसकी मृत्यु हो जाती है। उसके बाद आम लोग दुनिया की सबसे महँगी शराब को मामूली प्यालों में डालकर पी जाते हैं।

यह डर उन्हें सता रहा था कि कहीं उनकी यह मैरून क़मीज़ भी यह गत ना प्राप्त कर ले। इसलिए आज बाकायदा प्रेस करके, थोड़ा-सा कन्नौज वाला पुरुषोचित इत्र डालकर उसे महिमावान बनाया। पहनकर शीशे के सामने खड़ा होकर देखा तो भगवान क़सम मज़ा आ गया। मैरून क़मीज़, ग्रे पैंट और कैमल कलर के जूते। पत्नी ने भी देखा तो प्रसन्न हो गयी। नैन नचाकर मुस्कराकर बोली, "अरे यार हमें भी ले चलते पार्टी में।"

कवि जी एकदम बड़े आदमियों की तरह बोले, "प्लीज़ करेक्ट...पार्टी नहीं है। लिट्रेरी फंक्शन है। तुम्हें मज़ा नहीं आयेगा। कवियों-लेखकों से तुम्हें वैसे ही एलर्जी है...!"

"वो तो है, पर हमें क्या है बैठे रहेंगे किसी कोने में।"

"अरे छोड़ो आज, फिर चलेंगे!" कहकर कवि ने पीछा छुड़ाया। उसे पता था कि अंजना और उनका सरस मेल देखकर यह भुकुर जायेगी।

एक उभरती कवयित्री के लिए हो रहे लोकार्पण समारोह में इतने लोग आ जायेंगे, इसकी उन्हें उम्मीद नहीं थी। कवि जी को क्या पता कि समारोह शानदार इसलिए हो गया कि रतूड़ी के प्रयास से इसे एक निजी कम्पनी ने स्पांसर कर दिया। समारोह में लोकार्पण के बैनर से ज़्यादा कम्पनी और बैंक के प्रचार बैनर थे।

सेमवाल जी ने माइक सँभालते ही किताब का फ़्लैप पढ़कर बता दिया,"यह मामूली किताब नहीं है। हिन्दी कविता में आमतौर पर महिलाओं यानी कवयित्रियों को पुरुषों से कमतर ही आँका जाता है। माना जाता है कि महिलाएँ धूमिल, आलोक धन्वा, मंगलेश डबराल जैसी कविताएँ नहीं लिख पातीं। इस धारणा को हमारी प्रिय कवयित्री अंजना कश्यप ने तोड़ा है...।"

तारीफ़ ख़त्म ही नहीं हो रही थी। ताड़ूमल को लगा, बुढ़वा भांग खाये है, या कमीशन खाये है। इतनी तारीफ़ के लिए थोड़ी बुलाया था। कुछ तो लोचा है भई...!

अंजना तारीफ़ सुन-सुनकर ख़ुद ही ताली बजाये जा रही थी। ताली बजाती और उसके सुनहरे झुमके झूम उठते। आज उसके दाँत कुछ ज़्यादा ही चमक रहे थे, जैसे ब्यूटी पार्लर के बजाय डेंटिस्ट की सेवाएँ ली गयी हों। अचानक द्वार पर एक हलचल सुनकर कवि जी की निगाह घूमी तो देखा–उसके दुर्लभ सीजीएम मुनीष खट्टर भी पधार रहे हैं। साथ में अंग्रेज़ मेम जैसी गोरी पत्नी, बग़ल में अनुचर भाव से राह दिखाता रतूड़ी, उन्हें आरक्षित आसन की ओर ले जाते हुए।

पर यह क्या! क़रीब से देखा–आज तो रतूड़ी भी उनके जैसी मैरून क़मीज़ पहनकर आया था। बस बटन के रंग अलग थे। पर उसकी क़मीज़ ब्रांडेड यानी काफ़ी महँगी लग रही थी। बड़ी देर तक अंग्रेज़ी में वह खट्टर साहब और मेम साहब से बतियाता रहा। पर साहब रुके नहीं। फटाफट बुके लिया। अंजना के सिर पर आशीष भरा हाथ रखकर चले गये।

कवि ताड़ूमल अपनी महान संजीदगी के कारण मंच पर जा नहीं पाये। दूर से ही श्याम बेनेगल की तरह निर्देशन कर रहे थे। पर जब कवयित्री ने मंच से बताया कि यह काव्य-संग्रह किसे समर्पित है, तो उनके नाम पर ख़ूब तालियाँ बजीं। पर असली

चमक तो सेमवाल, रतूड़ी और अंजना की ही दिख रही थी। पेटपूजा के शौक़ीन लेखकगण मद्धिम रोशनी में लगे स्टालों पर टूट पड़े थे। प्यालों के दीवानों ने अपना गोल बना लिया था। कमल प्रकाशन के मोटे मालिक कामेश ने सफल आयोजन के लिए सिंडीकेट बैंक का भी आभार जताया।

बाध्य होकर कुड़कुड़ाते कवि ने भाव खाती कवयित्री के पास जाकर कहा, "बधाई हो, आप तो काफ़ी पॉपुलर हो गयी हो। इतना बढ़िया बुक रिलीज कहाँ हो पाता है? बड़े-बड़े सीनियर तरसते हैं। बुक फेयर का इन्तज़ार करते रहते हैं...।"

"जी, नो डाउट...रतूड़ी सर ने बहुत मेहनत की इसके लिए। हॉल बुक कराया, पार्टी स्पांसर करा दी। अब और क्या चाहिए... आपका भी बहुत-बहुत आभार। सेमवाल जी वक़्त निकालकर आये। बेचारे थक गये हैं, अपने फ़्लैट में ही उनके रुकने की व्यवस्था करा दी है। कल उनको टैक्सी करवा देंगे...।"

कवि जी को एक और झटका लगा...। पहले तो यह कहती थी कि आपके फज़ल से सब हो रहा है। और तो और निर्मोहिन ने मैरून क़मीज़ की ओर एक बार भी मोहिनी नज़रों से देखा तक नहीं। वह तो बस निगाहें उचकाकर कहीं ओर देखे जा रही थी। सेमवाल जी एक और लगनिया मिल गये इसे।

इतने में साहब आ ही गये। कवि ने रतूड़ी की तरफ़ सौतिया भाव से देखते हुए कहा, "आप तो सुपर स्मार्ट लग रहे हैं सर। मैरून क़मीज़ भी पहनी है हमारी तरह!"

रतूड़ी ने नटखट नैनों से अंजना की तरफ़ इशारा किया, "ओ जी साड्डी मैडम जी की कृपा हैगी...। ख़ुद सीपी से लेकर लेकर आयीं, मुझे गिफ्ट करके कसम तक दिला दी कि आज के फंक्शन में पहनकर आना है...तो भइया सारी तोहमत इनके माथे...क्यों अंजना जी...असी झूठ बोल्या...?"

रतूड़ी की बातों से खिजाये कवि ने देखा, अंजना की आँखों में एक हयादार खुमारी थी। वह रतूड़ी की तरफ़ देखकर इतना ही बोली, "क्या सर, आपने तो पूरा पेपर ही आउट कर दिया।"

रतूड़ी फिर हँसा, "इत्ता तो चलता है। अच्छा मैडम जी, मंज़िले-मकसूद की ओर कूच करते हैं। लेट हो रहे हैं...।"

कवि को फिर धक्का लगा...इस बावली ने तो कंट्री इन चलने का वादा किया था!

रतूड़ी ने अब मैरून क़मीज़ को कोहनी तक मोड़ लिया था। अंजना चार प्रतियाँ हाथ में लिए थी। कवि जी को बुलाकर कहा, "यह रही आपकी। इस पर उसने लिखा : अपने पूजनीय कवि गुरु चिदानन्दजी को सादर...!"

यह पढ़कर ताड़ूमल जी उत्साहित कम, उदास ज़्यादा हुए। प्रेमिल फेना बैठ गया। लगा–किसी ने पहले गुड़ दिखाया फिर गुम्मा चला दिया।

इस उतार-चढ़ाव से गाफिल रतूड़ी ने ताड़ूमल से इतना ही कहा, "तो प्रभु, आप कैसे जायेंगे?"

"मैट्रो ब्लूलाइन ज़िन्दाबाद !"

"श्योर!"

"सौ परसेंट! "

यह सुनकर मैरून क़मीज़ में सजे रतूड़ी साहब उभरती-महकती कवयित्री को लेकर निकल लिए।

इधर मैरून क़मीज़ में सजे-महकभरे कवि ने मैट्रो स्टेशन की राह पकड़ ली। वाकई मन उदास था। इतना उदास कि सहगल वाली फ़िल्म देवदास की याद आ गयी। बहुत दिनों बाद सिगरेट की दुकान पर खड़े होकर कहा, "गुरु दस रुपये वाली सिगरेट पकड़इयो !"

दुकानदार भी समझ गया, अनाड़ी है, "छोटी फ्लैक...?"

"सब चलेगी दादा...।" कवि अधीर भए।

सारी तमन्नाएँ बटोरकर सिगरेट सुलगाई।

सचमुच पहला कश ही इतना तासीरदार था कि सारी मादक कल्पनाएँ झूमने लग गयीं।

उनका मन हुआ कि एक बार तलत महमूद को याद करते हुए गुनगुनाएँ– मुहब्बत ही ना जो समझे वो जालिम प्यार क्या जाने...।

लफंटूस

इस कारपोरेट दफ़्तर में उपरोक्त शब्द का अर्थ कभी नहीं बताया गया। ना किसी ने ज़्यादा जानने का जतन किया। पर उसका सुविदित नाम यही थी। दफ़्तर में उसे पीठ पीछे सब लफंटूस कहते थे। सामने गौतम साहब या कमल जी।

असल में हाज़िरी रजिस्टर में उसका नाम था—कमल नयन सिंह गौतम।

दफ़्तर में जाति का जो अलिखित ब्योरा हमारे साथी रंगीलाल अनार्य ने संकलित किया था, उसके मुताबिक़ वे ठाकुर थे। लेकिन जाति के मामले में महामहोपाध्याय माने जाने वाले बिहार के भूमिहार रंजन बाबू का मत था कि सिंह और गौतम दोनों में घपले की सम्भावना है। ये ठाकुर नहीं हो सकता, क्योंकि एक दिन करणी सेना का विरोध कर रहा था। गौतम तो कई बिरादरी लिखती हैं, इसलिए उनकी नस्ल का निर्धारण सम्भव नहीं है।

ख़ैर, यह हमारा विषय नहीं है। पर यह मत स्थापित हो चुका था कि वह जाति-नस्ल मोह से मुक्त, नारी अधिकारों पर आस्था रखने वाला एक सर्वोदयी टाइप का गांधीवादी जीव था।

पर उसका जो प्रख्यात गुण था, वह था सतत उधार माँगने का और किसी नये जीव को फँसाकर समोसे-पकौड़े खाने का। इससे भी ख़ास गुण यह था कि अक्सर कोई ना कोई लड़की उसके साथ लगनिया बनी दिख जाती। यह राज़ कोई नहीं जान पाया कि सूरत से मघइया दीन लगने वाले, कत्थई दाँतों वाले इस जीव के साथ पुरशोख और महकदार लड़कियाँ रह कैसे लेती हैं। उसका मानना था कि शुक्र की कृपा से उसका नारी-संगत वाला डिपार्टमेंट हमेशा मालामाल रहने वाला है। सचमुच उसकी हथेली गुलाबी और शुक्र उभारदार था।

हाँ, यह अलग बात है कि इस सोहबत की मुद्दत ज़्यादा लम्बी नहीं होती। वजह एक ही होती। वह सबसे उधार ले लेता था। लड़की माँगते-माँगते हार जाती

और एक दिन कन्योचित ज़िद के साथ मुस्तकिल कुट्टी कर लेती। मानवीय आधार पर अमूमन छोटा क़र्ज़ माफ़ हो जाता। बड़े क़र्ज़ की वसूली के लिए जीएम से लेकर एकाउंट डिपार्टमेंट तक की मदद ली जाती। अन्ततः ऊपरी आदेश से लफंटूस की तनख़्वाह से पैसा काटकर पीड़िता या पीड़ित को दिया जाता। कई बार ऐसा हुआ कि उसकी आधी तनख़्वाह ही हाथ में आती। इस ग़म में वह एक हफ़्ते दाढ़ी नहीं बनाता या कैंटीन की स्पेशल डाइट से तौबा कर लेता।

आम सवाल था कि यह पैसा लेकर वह करता क्या है। घर परिवार है नहीं। अल्ला-खल्ला घूमता रहता है। दारू अपने पैसे की पीता नहीं तो उधार लेकर करता क्या है?

इस कम्पनी में किसी की तनख़्वाह चालीस हज़ार से कम नहीं थी, पर वह हमेशा फ़क़ीर चन्द बना रहा। अपने को कुँवारा पात्र घोषित कर शुरू में वह दिल्ली सरहद के दल्लूपुरा में रहता था। उसमें ना जाने कौन-सा हीरा जड़ा देखकर एक अल्पवयस्क गूजरी रानी पीछे पड़ी तो वह समझ गया कि यह कुटम्मस करायेगी। मौक़ा पाकर रातोरात सामान लेकर भाग निकला और त्रिलोकपुरी में एक प्रतापगढ़िया मित्र के पास रुका। यहाँ भी ज़्यादा दिन नहीं रुका।

बहरहाल बापू के मितव्ययिता के आदर्शों पर चलते हुए आजकल वह नोएडा और गाज़ियाबाद से लगी खोड़ा कालोनी में डेरा डाले था। वह भी जुगाड़ से। कहते हैं कि एक गांधीवादी प्रतिष्ठान की चिरकुँआरी जया रागी का आसरा बन कर उसके साथ रह रहा था। लफंटूस में ना जाने कौन से सुरख़ाब के पर लगे थे, वही इसका अतिरिक्त और मनोवांछित ख़र्चा उठा रही थी। बदले में उसे दुर्लभ मानुस-संगत मिल रही थी, जिससे बिदके रहने के कारण वह पैंतालिस साल तक कथित तौर पर ब्रह्मचारिणी बनी बैठी रही। वह तो उसे काफ़ी बाद में महिलाओं की पत्रिकाओं में छपने वाले चटपटे लेखों से महसूस हुआ कि यह कौमार्य-संरक्षण कैसे तन-मन की बधिया बैठा देता है। सो, उसे ख़ुद भी एक माकूल और गांधीवादी क़िस्म के प्राणी की तलाश थी।

कितनी विचित्र बात थी कि बीस साल पहले उसके गांधीवादी पिता एक चावल मिल मालिक के लड़के से उसकी शादी करवाना चाहते थे। लड़का केसरवानी था। सम्पत्ति का अकेला मालिक। पर इस लड़की पर तो जैसे मीरा बेन बनने का भूत सवार था। पैर पटककर बाप से कह दिया कि विवाह की बात की तो ऋषिकेश भाग जाऊँगी। दिल के रोगी पिता दामाद का मुँह देखने की तमन्ना लिए सरग सिधार गये।

इस कटखनी तनहाई में अब उसे असहाय पिता जी की याद आ रही थी। और वैसे भी आसपास की परपंचिन पुरबिया औरतों की निम्नवर्गीय जिज्ञासाओं ने उसका चोला हर रखा था। यही सवाल–"भैन जी फैमली गाँव में है?" इन्होंने तो अति कर मारी। हारकर एक दिन वह हमारे लफंटूस को इंक़लाबी मैदान से झटक लायी। असल में इतवार की छुट्टी के दिन दोनों दिल्ली के रामलीला मैदान में अन्ना हजारे की एक रैली में मिले थे। इतनी भीड़ कि मर्दाने हाथों के शरारती स्पर्श भी संवैधानिक लग रहे थे। लेकिन यहाँ भारी वक्षस्थल की रखवाली से अहम था–लोकपाल बिल और लोकतन्त्र की रखवाली। ऐसे में लफंटूस हाफ़िज़ बनकर आया। उसने कहा : बहन जी, आप इधर आ जाइये। वह सरककर उसके पास आ गयी। वह ढाल बन गया। केजरीवाल की तारीफ़ करते-करते दोनों को एक-दूसरे की बातें सुहा गयीं। मोबाइल नम्बर का आदान-प्रदान हुआ। दोनों के हित फल गये। कई दौर की गांधीवादी वार्ता के बाद एक को विलम्बित देहानन्द मिला। दूसरे को भरा हुआ बटुआ। फेब इंडिया का कुर्ता और लेवाइस की जींस ऐसे थोड़ी मिल रहा था। टैब से लेकर आइपैड के पीछे भी कहानी थी।

जीवन की इस रसमयता के बावजूद वह दफ़्तर की लड़कियों के बीच अविवाहित होने का रुतबा हासिल किये हुए था। अपनी वित्तीय संरक्षक को वह दुनिया के बीच भाभीजी घोषित किये हुए था। एक कहानी रच रखी थी कि वह लखीमपुर खीरी के पास गोला की रहने वाली है। वहाँ काफ़ी ज़मीन छोड़कर आयी है। गांधी जी के सपनों को साकार करने के लिए घर-बार छोड़ रखा है।

जो भी हो, लफंटूस के फेर में वह संसार की मुख्यधारा में ऐसा घुसी कि कभी-कभी लिमका में ज़िन मिलाकर पी लेती और उसके बाद उसका एक ही सपना होता कि देश में हर दरिद्र तक उत्थान का उजियारा पहुँचे। नशे में वह यू ट्यूब की शरण में जाकर गांधीवादियों के प्रिय गायक कुमार गन्धर्व को सुनती–उड़ जायेगा हंस अकेला।

एक दिन लफंटूस उसे दफ़्तर लेकर भी आया। सबसे परिचय कराया कि ये भाभी जी हैं। उसका स्थूल हो चुका शरीर जैसे वास्तविक भाभीत्व को प्राप्त हो चुका था। भइया कहाँ हैं, इससे किसी को क्या वास्ता।

हाँ, दफ़्तर में एक सूक्ष्म आकलन के बाद यह चर्चा दौड़ पड़ी कि लफंटूस और नामनिहाद भाभीजी का रिश्ता एकदम प्योर तो नहीं। साथ ही एक वर्ग ऐसा भी था,

जो दावा करता था कि लफंटूस पहले से बरा-ब्याहा है। इसके पीछे कोई आधार नहीं था। क्योंकि किसी ने उसे मोबाइल पर पारिवारिक बातें करते नहीं सुना। ना किसी ने लम्बी छुट्टी पर घर जाते देखा।

किसी ने इस दिशा में स्टिंग करने की सोची भी नहीं। हालाँकि दफ़्तर की अधवयसी पर्सनल मैनेजर सपना बत्रा का कहना था कि एक बार डाक में धोखे से एक खुला पत्र आया था जिसमें लिखा था कि हमारे लफंटूस बाबू बाल विवाह को प्राप्त हो चुके हैं। यह चिट्ठी गोंडा से आयी थी और प्रेषक की जगह किसी गजानन कश्यप का नाम था। पर पता पूरा नहीं था। यह चिट्ठी ऊपर तक गयी। पर माना गया कि यह किसी परसन्तापी की शरारत हो सकती है। फिर भी चिट्ठी को एक रिकॉर्ड की तरह रख लिया गया। बाद में लफंटूस ने इतनी ही सफ़ाई दी कि उसकी बीवी गौने के पहले ही ग्रामीण बैंक के चपरासी के साथ चली गयी थी।

ख़ैर, लोगों ने इसे कोई मुद्दा भी नहीं बनाया और लफंटूस को अविवाहित ही माना जाता रहा। महिलाओं के टिफिन में उसे यथास्थान मिलता रहा। कभी-कभी उसका योगदान यही होता कि अलका सिनेमा के पास खड़े ठेले से चटपटे रामलड्डू पैक करवा लाता।

दफ़्तर में आज लफंटूस के लेकर नकारात्मक चर्चा इसलिए हुई कि छुट्टी से लौटकर आयी स्वाति मैगज़ीन के कम्प्यूटर पर कुछ ग़लत हरकत पायी गयी थी। इंजीनियर ने सर्वर की पड़ताल कर बताया कि कोई इसमें पोर्न देखता है। तकनीकी पड़ताल के बाद शक लफंटूस पर ही आया। फिर चपरासी उमाकान्त की गवाही और सीसीटीवी फुटेज ने साबित कर दिया कि यह लफंटूस ही था जो स्वाति के कम्प्यूटर पर बैठा था। प्रमाण के तौर पर उमाकान्त ने कुछ प्रिंट भी लाकर दे दिये जो इस सिस्टम से छोड़े गये थे। ये प्रिंट बाकायदा पैक कर, नयी लड़कियों की नज़रों से बचाकर जीएम तक पहुँचाये गये।

हमारी जीएम भी एक महिला थीं–दीपिका लखोटिया। वास्तव में दीपिका पादुकोण की तरह लम्बूतरी, लम्बी नाक वाली। बस गाल पर गड्ढे नहीं पड़ते थे। अभी तक साधना कट बाल रखती थीं, ना जाने क्यों। ऐस भी नहीं कि केश-सज्जा या विन्यास के नये फ़ैशन के बारे में वे अनजान हों। दरअसल कम ही लोगों को मालूम था कि उनका माथा कुछ ज़्यादा ही चौड़ा-चकला था जिसे छोटा दिखाने के लिए वे साधना कट बाल रखती थीं। पैंतालीस साल की इस उम्र में भी कभी-कभी उनके

गाल पर गुस्ताख मुहाँसा प्रगट हो जाता। इससे पहले कि उसकी दर्शक संख्या बढ़े, मैडम उसे नोच-नाच कर कपोल को समतल कर लेतीं। बस, एक नामुराद भूरा दाग़ रह जाता सबूत के दौर पर। पर इससे उनकी शोभनीयता पर ख़ास असर नहीं पड़ता।

मैडम से मिलना आसान काम तो नहीं थी, पर जब उन्हें अप्रत्याशित पोर्न कांड के बारे में बताया गया तो एक संस्कारी महिला होने के नाते उन्होंने अभियुक्त को वक़्त दे दिया। विभागीय सज़ा का फ़ैसला भी उन्हें ही करना था।

उनके सामने लफंटूस की पेशी हुई। इस केस में कोई उसके साथ नहीं था। मैडम ने डाँट लगाई–"ओ भाई मेंटली सिक हो क्या, शादी-वादी क्यों नहीं कर लेते। लड़की ने कंप्लेन कर दी, तो नौकरी चली जायेगी...।"

लफंटूस ने रोते-रोते माफ़ी माँग ली। यह भी कहा कि सज़ा के तौर पर उसकी चार दिन की तनख़्वाह काटकर प्रधानमन्त्री राहत कोष में दे दी जाये।

इस पर मैडम लखोटिया पतिया गयीं और उससे माफ़ीनामा लिखवाकर, पहले हैदराबाद ऑफ़िस फ़ैक्स किया, फिर एक आदेश जारी कर दिया कि जेंट्स लड़कियों के कम्प्यूटर पर नहीं बैठेंगे। अगर कम्प्यूटर की कमी है तो मैनेजर डिमांड लेटर दें।

इस घटना से यह ज़रूर हुआ कि लड़कियों के टिफिन के बीच उसकी हाज़िरी गुल हो गयी।

लड़कियाँ परिहास करतीं कि लफंटूस आजकल सुधारगृह में है।

पर लफंटूस के क़िस्से भला कहाँ थमने वाले। आजकल दफ़्तर का एक स्टाल दिल्ली के बड़े होटल में लगा था। लफंटूस की वाचाल प्रतिभा के मुताबिक़ उसे डिमास्ट्रेशन अफ़सर बनाकर सुरभि सक्सेना के साथ लगा दिया गया। पूरे सात दिन का यह मेला था। लफंटूस ने अच्छा कारोबार दिया। दफ़्तर से वाहवाही मिली, लेकिन अन्तिम दिन एक जलसे में वह डोल गया। असल में स्टाल वालों के लिए प्रशासन ने महँगे गिफ्ट मँगाये थे। इनमें आइपैड से लेकर स्कूटी जैसे इनाम थे। एक इनाम उसे भी मिला। पर गुड़ गोबर यह हुआ कि शाम को मदिरा पान के झोंके में उसने एक पियक्कड़ देवी जी का गिफ्ट पार कर दिया और अपने बैग के हवाले कर दिया। यह सब कब हुआ, सुरभि सक्सेना को भी नहीं पता लगा। पड़ताल शुरू हुई और फिर सीसीटीवी की क़ैद में लफंटूस आ गया।

पहले तो गांधीवादी ढंग से पूछताछ हुई। फिर मान उतारने वाली कार्रवाई। लफंटूस के बैग से सामान मिल गया। उसने फिर वही गांधीवादी तरीक़ा अपनाया।

कहा–मैं दिन भर होटल के बरतन धोने की सज़ा भुगतने को तैयार हूँ। पर मौक़े पर मौजूद पुलिस उसे साथ लेने को आमादा थी।

उसकी क़िस्मत अच्छी थी कि सुरभि ने फ़ौरन फ़ोन कर कम्पनी के पीआरओ ओझा को सूचित कर दिया। उसे अड़ियल पुलिस को साधना आता था। रिहाई पाँच हज़ार में तय हुई और यह भी फ़ैसला हुआ कि सद्भावना के तौर पर पुलिस टीम को होटल सिल्वर ओक में दारू पार्टी दी जायेगी।

लेकिन अब दफ़्तर में सज़ा मिलने की बारी थी। लड़कियों ने बड़ा मज़ाक़ उड़ाया। निष्कर्ष भी निकाला कि असल में लफंटूस चोर नहीं, बल्कि उसे क्लिपटमोनिया नामक मनोवैज्ञानिक मर्ज़ है, जिसमें हर वक़्त चोरी की इच्छा कुलबुलाती है। अब याद किया जाने लगा कि एक बार एक बंगाली क्लांइट का मोबाइल अचानक ऐसे ग़ायब हुआ कि लोगों को लगा कि वास्तव में कई बार खूँटी हार को लील जाती है। सरगोशी हुई कि कहीं उस कांड में भी तो लफंटूस का हाथ नहीं था।

लेकिन यह कांड दफ़्तर को शर्मसार करने वाला था, इसलिए उसे सज़ा के तौर पर गुड़गाँव भेज दिया गया। उसका सालाना इंक्रीमेंट भी रुक गया।

लेकिन कमाल, लफंटूस के चेहरे पर कोई शिकन नहीं। उसने आर्ट ऑफ़ लिविंग की क्लास लेनी शुरू कर दी। उसने तय कर लिया कि वह अच्छा आदमी बनकर ही नोएडा दफ़्तर लौटेगा। छुट्टी लेकर बाबा रामदेव के आश्रम भी एक बार हो आया। जया रागी इस संकट में उसके साथ थी। उसने गांधी जी के उदाहरण देकर बताया कि कैसे आदमी गिरकर उठ सकता है और बड़ा बन सकता है।

रोज़-रोज़ गुड़गाँव जाने से वह ऊब गया था। एक दिन उसने जया से विचार-विमर्श किया। दोनों ने सोचा, महान लक्ष्य के लिए बिछुड़ना ही पड़ता है। एक दिन मतलब भर का सामान लेकर वह गुड़गाँव चला गया।

जीवन का एकाकी दौर फिर शुरू। वही छोले-कुलचे और मैगी वाली ज़िन्दगी। इस दफ़्तर में भी वह कुँआरे पात्र के रूप में स्थापित था। उसके गुणों से अनजान सहकर्मियों ने धीरे-धीरे उसकी प्रतिभा पहचाननी शुरू कर दी। यहाँ उसने एक स्कूटी ख़रीद ली थी। इसका लाभ यह हुआ कि संकट के समय किसी भी लड़की को वह मैट्रो स्टेशन तक छोड़ देता। दफ़्तर में धूम्रपान करने वाली बिन्दास लड़कियाँ जब चाहे उससे गोल्ड फ्लैक मँगवा सकती थीं। मासिक धर्म से पीड़ित लड़कियों के कष्ट समझकर वह उनका थोड़ा बहुत काम भी निपटा देता। कई बार तो इतना खुल जाता कि उसे कोई ना कोई टोक देती कि "लेडीज़ के मामले में इतना ताकाझाँकी क्यों करते हो मिस्टर...?" और वह मासूम बनकर कहता, "उसके संस्कार ही ऐसे

हैं कि औरतों की परेशानी उससे देखी नहीं जाती। उसका वश चले तो इन दुखदायी दिनों में लड़कियों को काम से पाँच दिन की छुट्टी का नियम बनवा दे।"

बहरहाल, उसकी इस गांधीवादी मासूमियत से इतना हुआ कि अब हर महिला समस्या पर उसकी सेवा ली जाती। एक दिन ज़्यादा रक्तस्राव से मुरझाई पड़ी वन्दना सचदेवा ने चुपचाप स्टे फ्री और पेन किलर मँगवा लिया और कहा भी कि सारे जेंट्स आप जैसे हों तो दुनिया कितनी सुन्दर हो सकती है। इस स्त्रियोचित ग़लतफ़हमी पर वह अन्दर ही अन्दर बाज बहादुर की तरह मुस्कियाता रहा।

इन्हीं दिनों दफ़्तर में एक नयी लड़की की नियुक्ति हुई। नाम था संगीता उपासने। वह जबलपुर से आयी थी। बड़ी मीठी बोली। जैसे पता ही नहीं हो कि यह कलिकाल चल रहा है। सबको नमस्ते करने वाली। लखैरे किस्म के चपरासियों को भी भइया बोलने वाली।

लफंटूस के लिए यह नये प्रयोग का मौक़ा था। पहली मुलाकात में ही उसने सज्जनता की मूरत बनकर प्रस्ताव दे दिया कि रहने की कोई दिक्कत हो तो बताना। परदेस से आयी दुबली-पतली, तंबई रंगत वाली यह मधु-वचना मराठिन उसकी दिलदारी पर फ़िदा हो गयी। प्रस्ताव मंजूर हो गया। भोली लड़की ने सहकर्मियों से बस इतना ही पूछा, "ये सर, करेक्टर वाइज कैसे हैं...?" सबने लफंटूस को सौ नम्बर दिये।

असल में लफंटूस ने दफ़्तर के क़रीब ही एक एपार्टमेंट में दो कमरे का फ़्लैट किराये में लिया था। शुरू में उसके साथ मार्केटिंग का सलीम चौहान नामक लड़का था। वह चौहान नाम से ज़्यादा जाना जाता। उसे दफ़्तर में राष्ट्रवादी मुसलमान कहा जाता था, क्योंकि मोदी जी का भक्त था। चौहान नाम की वजह पूछने पर वह बताता था कि उसके पुरखे सहारनपुर के चौहान राजपूत थे। औरंगज़ेब के समय उन्होंने इस्लाम अपना लिया था। लफंटूस को ऐसे मुसलमान के साथ रहने में कोई परेशानी नहीं थी। वैसे भी वह गांधीवादी था।

गड़बड़ी उस दिन हुई, जब एक दिन वह लड़की ले आया। कान के पास आकर बोला, "अपनी भानजी है–फरहत...जामिया में एडमिशन लिया है। रहने की व्यवस्था होते ही चली जायेगी...।"

लेकिन वह तो पसरकर बैठ गयी। रोज़ हरे-नीले सलवार-कुर्ते से लेकर चिकटिया ब्रा और चड्ढी तक बालकनी में टाँग देती। लफंटूस को बड़ी शर्म आती। एक-दो बार तो ख़ुद उसने इन अंगवस्त्रों को अपने अंगोछे से ढँक दिया।

हारकर एक दिन पूछ ही लिया, "मामू के घर कब तक रहोगी ?"

वह चौंकते हुए बोली, "मामू... काए के मामू...ये क्या बोले हैं आपको?"

वह सहमकर चुप हो गया।

यानी माजरा कुछ और था। उसने ज़्यादा जानने का प्रयास नहीं किया। अपने दादरी निवासी गूजर मकान मालिक राजबीर भाटी की मदद ली और एक दिन चौहान साहब विदा हो गये। चौहान समझ गया कि यह मामा-भानजी का सन्दिग्ध नाता लोग समझने लगे हैं। वह यह भी नहीं चाहता था कि दफ़्तर में ज़्यादा हल्ला हो।

मकान का किराया ज़्यादा होने के कारण वह फिर नया सहभागी तलाश रहा था। क़िस्मत इतनी शानदार कि एक लड़की मिल गयी। किराया बँट गया। दोनों में यह करार भी हो गया कि खाना बनाने के लिए कुक रखकर ख़र्चा बाँट लिया जायेगा।

कमरों की सरहद बँट गयी। ताले की दो चाभियाँ बन गयीं। तय हो गया कि रात दस बजे के बाद किसी भी सूरत में वार्तालाप नहीं होगा। अक्सर स्कूटी में दोनों साथ दफ़्तर जाते। हर शनिवार को लफंटूस अपने खोड़ा वाले आशियाने हो आता। झूठमूठ यह बताकर जाता कि वह भइया-भाभी के पास जा रहा है।

यानी इतवार को संगीता तनहा रहती। पर यहाँ ऐसी कोई दिक्कत नहीं थी। इतवार को स्कूटी उसके पास रहती। लफंटूस उसे पूरी हिदायत देकर जाता। यह कहकर भी कि कोई परेशानी हो तो फ़ोन ज़रूर कर देना।

जीवन सहज चल रहा था। नये समाज में उन्होंने सिद्ध कर दिया था कि एक ईमानदार रिश्ते हों तो लड़का-लड़की साथ रह सकते हैं।

आज सोमवार का दिन था। वह नोएडा से मैट्रो पकड़कर सीधे दफ़्तर पहुँच गया। गुड़गाँव में आज किसान आन्दोलन की वजह से कई रास्ते बन्द थे। लेकिन मैट्रो की वजह से उसे कोई परेशानी नहीं हुई। दफ़्तर में हाज़िरी कम दिख रही थी। उसकी नज़रों ने संगीता को तलाशा। वह नहीं थी। उसका दिल अधेड़ अभिभावक की तरह धुक-धुका रहा था। मन नहीं माना तो उसने मोबाइल पर घण्टी मारी। नहीं उठा। वह और घबड़ाया और भागा-भागा रिसेप्शन तक चला गया। उसकी घबड़ाहट देखकर एकबारगी टेलीफ़ोन ऑपरेटर सपरा भी चकरा गया कि यह बागड़बिल्ले की तरह क्यों दौड़ लगा रहा है। वहाँ से निराश होकर वह अपनी कुर्सी में आकर बैठ गया। संगीता का मोबाइल निर्दयता से कहे जा रहा था—यह नम्बर मौजूद नहीं है।

उसका मन नहीं माना। एक अनिष्ट की आशंका से उसका पेट कम्पायमान हो रहा था। उसने फ़ौरन दफ़्तर में हाफ डे की अर्ज़ी दी और बहाना किया कि उसका बीपी एकदम लो हो रहा है। उसे फ़ौरन घर जाना होगा।

घर के बाहर यूपी-16 वाली चिर-परिचित सी काली होंडा सिटी खड़ी थी। कमरे में पहुँचकर देखा तो दरवाज़ा खुला हुआ था। बाहर वुडलैंड के बादामी जूते उतरे हुए जिसके काले मोजे बाहर झाँककर फ़र्श को छू रहे थे। उसने बिना शोर के दरवाज़ा खोला और अन्दर आ गया। अपने ही घर में जासूस की तरह।

हे भगवान...वह धरती में क्यों न समा गया!

उसकी क्षीणवदना दुलारी जींस-कुर्ता पहने बिस्तर पर अधलेटी थी। और शहज़ादे की तरह सिरहाने बैठा उसका एरिया हेड संजय खरे उसका माथा सहला रहा था। लम्बे बाल खुलकर फैले हुए थे। उनके बीच से वह भोली सी, कमज़ोर सूरत झाँक रही थी। माथे पर बचपन की चोट का निशान और पाक-साफ़ लग रहा था। ताप के कारण पतले होंठों पर एक महीन झिल्ली ने भी जगह बना ली थी, जिसका सूखापन मिटाने के किये वह बार-बार जीभ फेर रही थी।

आज का खलनायक कोई और होता तो वह चप्पल भी उतार सकता था। पर दढ़ियल खरे का खुराफ़ाती चेहरा और मुंशियानी क़िस्म की मुस्कान देखकर वह ख़ुद बीमार की तरह थककर वहीं सामने रखे स्टूल पर बैठ गया।

इससे पहले कि वह कुछ कहता, घाघ खरे लखनउवा अन्दाज़ में बमकने लगा, "अमाँ सिर्री हो क्या। बेचारी बीमार लड़की को छोड़कर निकल्लिए। देखो, देह कितनी तच रही है...।" कहकर खरे ने मरीजा के गरम माथे पर एक बार और हाथ रख दिया। लफंटूस की नज़र पहली बार खरे के अर्ध विकसित अँगूठे पर पड़ी। हस्तरेखा शास्त्र के अनुसार, यह गदाकार अँगूठा था जो आमतौर पर अपराधी और निम्न सोच वाले लोगों की हथेली में होता है।

लफंटूस का कलेजा राख हो गया। खरे की लंतरानी सुनते-सुनते उसने इतना ही कहा, "सर इसने फ़ोन ही नहीं किया। मैंने किया तो उठाया ही नहीं। कोई नहीं अब मैं देख लूँगा...।"

खरे ने एक और इमोशनल हथौड़ा मारा, "अरे छोड़ो, तुम्हारी भाभी ने कह दिया है कि इसे ले आओ। इसका मन भी नहीं लगता यहाँ...।"

अनारकली की तरह निढाल बैठी संगीता चुपचाप सुनती जा रही थी। यानी इस जबरे सलीम के लिए उसकी रज़ामन्दी थी।

खरे ने फिर हौंका उसे, "अमाँ खड़े क्यों हो? कुछ हेल्प करो बेचारी की।" वह संगीता का सामान बैग में भरने लगा। बीच-बीच वह मोहिनी सूरत देखता जाता और सोचता जाता कि कितनी स्वार्थिन निकली। संकट में मैंने साथ दिया और अब दढ़ियलबाज लिए जा रहा है।

संगीता उपासने चली गयी। वह खरे के पड़ोस में पीजी बन गयी। खरे की कृपा से वह आगे बढ़ती रही। उसकी तरक़्क़ी पर बधाई देते हुए लफंटूस ने एक दिन फ़िक्रमन्द अब्बाजान की तरह इतना ही कहा, "दुनिया बड़ी जालिम है। अपने को मज़बूत रखना...।" हालाँकि वह कहना चाहता था कि खरे जैसे लोगों से अपने को बचा कर रखना।

इस वाक़ये के आठ माह बाद ही घर वालों की मर्ज़ी से संगीता की शादी एक कार एर्जेसी के मालिक से हो गयी। वह इन्दौर चली गयी। बस, इतना ही पता चला कि उसकी शादी के लिए खरे ख़ासतौर पर जबलपुर गया था। या केवल उसे ही बुलाया गया था। लौटकर उसने मेल पर फ़ोटो शेयर किये तो लफंटूस ने उसके व्यापारी पति का चेहरा देखा। चमकदार ललाट पर आधे बाल। साक्षात् कोंकणस्थ चेहरा। और वह लग रही थी उस सुन्दरी की तरह जिसे देखकर कोई भी कलेंडर आर्टिस्ट प्रभावित हो जाये।

बेचारा लफंटूस बेमतलब में ही इसे दिल का मामला माने बैठा था। उसकी शादी तो वाकई जन्नत में ही तय हो गयी थी।

इस प्रसंग के बाद गुड़गाँव उसे कभी रास नहीं आया। कमाल की बात बस यही थी कि दो साल में यहाँ उसने कोई काण्ड नहीं किया। उसका एप्रेजल भी ढंग का हुआ। ख़ास बात यह थी कि लड़कियाँ उसके व्यवहार से सन्तुष्ट थीं।

इधर लगातार थुलथुलाती जा रही जया रागी से उसका बन्धन मज़बूत होता जा रहा था। गिरस्ती में एलईडी से लेकर माइक्रोवेव तक जुड़ गया। सेहत की महिमा जान पेयजल के लिए किचन में आरो फिट हो गया। भावुक लम्हों में एक दिन उसने लफंटूस के बाल की रूसी झाड़ते हुए कहा, "अरे, यार तुम वापस नोएडा क्यों नहीं आ जाते। नहीं आ पाते तो छोड़ो नौकरी। हम मिलकर कुछ कर लेंगे।"

नाकाम माशूक़ की तरह उसने हताश होकर कहा, "बड़ा मुश्किल है...।"

"तो हम लोग ऐसे ही रह पायेंगे?"

"क्या करें, बताओ?" कहकर वह और दुखी हो गया।

इस ग़म में आज फिर जिन का पौव्वा खुला। वह एक पेग ही लेती थी। बाक़ी लफंटूस चढ़ा जाता। प्रेमी हृदय के उद्‌गारों के लिए एक पेग ही काफ़ी होता है।

आज वह भावों से भरी थी। उसने लगभग फुसकते हुए कहा, "हमें यहाँ से कहीं ले चलो। हम तुम्हारे बिना रह नहीं पायेंगे मन्नू...।"

वह प्यार में उसे मन्नू कहने लगी थी।

यह रात ऐसे ही भावों, वादों, सिसकियों और सपनों में उलझी रही। दूर कहीं किसी रसिक ने यह तान लगा रखी थी...ज़िन्दगी कुछ भी नहीं फिर भी जिये जाते हैं, तुझ पर ऐ वक़्त अहसान किये जाते हैं।

सुबह वह देर से सोकर उठा। वास्तव में आज की खुमारी में थोड़ा अवसाद भी था। वह आज गुड़गाँव नहीं गया। खरे को मैसेज कर दिया कि उसे वायरल हो गया है।

यह वायरल तो एक-दो दिन का ही था।

गुड़गाँव के इस दफ़्तर में आम तौर पर दस बजे तक स्टाफ आ जाता था। चाय के एक दौर के बाद कम्प्यूटर पर अँगुलियाँ दौड़तीं और परदेसी क्लाइंट से गाली-गलौज का दौर चल पड़ता। आज लेकिन शान्ति थी। एक नयी लड़की घुटनों से फटी डिजायनर जींस पहनकर आ गयी थी। और उसे एक सीनियर समझा रही थी, "अरे मेरी आलिया भट्ट की मौसी यह दफ़्तर है। कल से ढंग से अइयो...।"

वह बेचारी "ओके मैम" कहकर साँवले घुटने की झलकती कटोरी को हथेली से ढँकने का जतन कर रही थी। उसे समझ नहीं आया कि बिना ब्रा के कुर्ता पहन कर आने वाली सीनियर झिर्रीदार जींस पर क्यों रोक लगाये बैठी है।

दरअसल इसे यहाँ डेकोरम कहा जाता था। गाली अंग्रेज़ी में हो तो स्वीकार्य। देसी हो तो नोटिस मिल सकता था।

शाम चार बजे का समय दफ़्तर में पीक आवर माना जाता था। हर कोई किसी को देखे बिना काम पर लगा रहता था। लेकिन आज चरमावस्था भंग होने वाली थी। जैसे टीवी सीरियलों में अचानक होता है, कुछ इसी अन्दाज़ में वे दो प्रगट हुए। हाथ में हल्दीराम की मिठाई वाले दो डिब्बे। लोग समवेत स्वर में कुछ पूछते, इससे पहले ही लफंटूस ने ऐलान किया, "फ्रेंड्स, आज से हम नयी लाइफ़ शुरू करने जा रहे हैं। ये हैं जया रागी जी। आप इनसे मिल चुके हैं, हम काफ़ी दिन से फ्रेंडशिप में थे। पर आज से हमने जीवन भर साथ रहने का फ़ैसला कर लिया है। यह मिठाई तो सिंबोलिक है। हम आपके सामने एक-दूसरे को स्वीकार करने जा रहे हैं।"

ज़ाहिर है, दफ़्तर में यह अभूतपूर्व दिन था। चपरासी जियालाल शरारती अन्दाज़ में चुस्की लेता हुआ लड्डू का डिब्बा घुमा रहा था। समझदार साथियों में एक भागकर बाहर से फूलों की दो माला ले आया। फ़ौरन कैंटीन से एक चम्मच एमडीएच की हल्दी लाकर संस्कारी सुचेता राजदान ने घोल बनाया। थोड़े से चावल लाये गये। नयी बहू को आदेश दिया कि चुन्नी से सर ढँक लो। गॉड ब्लेस यू और मंगलम भगवान विष्णु...के साथ वर-वधू के माथे पर टीका लगाया गया। यह टीका जैसे उन्हें सामाजिक प्रमाण-पत्र दे रहा था। बंगालिन नयना दास ने अपने बैग से सिन्दूरी रंग की लिपस्टिक निकालकर वधू की मांग भरी तो ऐसा लगा कि भारत सरकार ने विवाह की अधिसूचना निकाल दी हो। जीवन में पहली बार जया रागी भावुक हो गयी। जो विधि-विधान उसे मज़ाक़ के लगते थे, उसके रंग में डूबकर आज अच्छा लगा। फटाफट मोबाइल से फ़ोटो सत्र हुए। बहू से कहा गया–बोलो चीज़...। और दफ़्तर जश्न में डूब गया। पार्टी के नाम पर लफंटूस ने ऐलान कर दिया कि कल घर से कोई टिफ़िन लेकर नहीं आयेगा। लंच की पार्टी हमारी तरफ़ से।

इस ऐलान के साथ ही लफंटूस और जया रागी ने एक-दूसरे को सजल नयनों से देखते हुए जयमाल किया। घूम-घूमकर सबकी बधाइयाँ लीं। खरे अपने परिवार के साथ मॉरीशस में था। इसलिए आज आज़ादी कुछ ज़्यादा ही थी। हालाँकि दफ़्तर में चुलबुली लड़कियों के बीच एक फुसफुसाहट तारी थी–ये भी किस धम्मो रानी पर जाकर मर गया।

क्या करें, बेचारी नववधू की उम्र और सेहत ही ऐसी थी। तभी तो ज्ञानीजन कह गये हैं कि ब्याह समय पर ना हो तो दिक्कतें आती हैं।

लेकिन सत्य यह भी है कि प्यार में कभी-कभी ये बेमेल मंज़र सामने आ जाते हैं। जो भी हो, दफ़्तर में आज से वह विवाहित पात्र के रूप में दर्ज हो गया। उसने कोर्ट मैरिज की या सात फेरे लिए, इससे लोगों को ख़ास मतलब नहीं था।

कमोड

साहेब चार माह से कष्टशैया पर थे। सब कुछ बिछौने पर निपट रहा था। पड़े-पड़े ही एक दिन उन्होंने वकील मुन्नालाल जांगिड़ को बुलवाकर बाहोश वसीयत लिखवा दी। वारिस के नाम पर एक बेटी ही थी। जो कुछ था, सब उसके नाम कर दिया। गीता प्रेस वाले कल्याण के सारे अंक, विवेकानन्द साहित्य, रजनीश साहित्य और कैसेट शास्त्री पुस्तकालय को भिजवा दिये। लगे हाथ दधीचि संस्था की जयश्री बर्थवाल की तरफ़ से आया देहदान का फार्म भी भर दिया। पत्नी को हिदायत दे दी कि मृत्यु के बाद बाम्हन भोज जैसे फ़ालतू काम मत करना। जी करे तो मन्दिर में जाकर ग़रीबों को खिला देना।

मोटे चश्मे में आधी सदी गुज़ार चुकीं उनकी पत्नी सुलेखा देवी रह-रहकर पूछ लेतीं, "साहेब कोई अन्तिम इच्छा रह गयी हो तो बतायें...।" इस पर अल्प मौन के बाद उनका एक ही जवाब होता, "राजे जल्दी एक कमोड वाली लैटरीन जरूर बनवाय लियो...।" वे कपार पर हाथ धरकर बोलतीं, "आपका जीवन तो निकल लिया। कमोड काहे के लिए... हम दो ही प्राणी तो हैं ...फिर अन्तिम समय कोई राम का नाम लेता है, प्रभु को याद करता है...पर आपकी सुरत तो इधर कमोड में धरी रहती है। एक बार बोलिए, राम सियाराम...राधे गोविन्द।" पर वे बुदबुदाते रहते..."बन्दगी में तिरे भला ना हुआ....कमोड...कमोड...दिवाली से पहले देसी हटवाकर कमोड लगवाय लियो...राजे। हमारी जैसी गत किसी और की ना होय...।"

उनकी इस पीड़ा पर माहौल दुखभरा हो जाता...। एक ही बेटी थी नीलाक्षी जिसने घरवालों से लड़कर अन्तरजातीय विवाह किया था। पर क़िस्मत दगाबाज़ निकली। पति रोज़ाना एक नम्बर की लाटरी खेलने वाला, दारूबाज़ और नाकाम निकला। पाँच साल पहले उसे छोड़कर वह नैहर में ही बस गयी थी। पर बोझ बनने के बजाय माता-पिता का सहारा बनने के लिए बीएड किया और धारादेवी महाविद्यालय में मास्टरनी बन गयी। पिताजी को बप्पा जी ही कहती थी। उसकी

देखादेखी सब उन्हें बप्पा जी कहते थे। सुलेखा देवी ही उन्हें साहेब कहती थीं। वे खाद्य निरीक्षक के पद से रिटायर हुए थे और नौकरी में साहेब ही कहे जाते रहे। इस तरह घर में भी साहेब हो गये।

साहेब की ख़ासियत कहिये या ऐब कहिये, कमाऊ सरकारी विभाग में रहने के बावजूद एक एमआइजी फ़्लैट से ज़्यादा हासिल नहीं कर पाये। दफ़्तर के तिमंज़िला मकानधारी, खबोड़े बाबुओं की शान देखकर सुलेखा देवी सदैव ताना मारती रहीं, "ईमानदारी का चन्दन रगड़े रहो स्वामीजी...मिलैगो तो बाबा जी का घंटा...।"

ऐसा नहीं कि वे बेईमान या सुखपरस्त क़िस्म की पत्नी थीं, पर उनका मानना था कि दाल में नमक के बराबर भ्रष्टाचार कर लेना चाहिए ताकि एक घर, एक गाड़ी और कामचलाऊ बैंक बैलेंस हो। जैसे ही वे सरस क्षणों में साहेब को भ्रष्टाचार के लिए सहमत कर पातीं, किसी ना किसी अख़बार में ख़बर छप जाती : नगर निगम का बाबू लाखों की घूस लेते पकड़ा गया...। इन्दौर में ओवरसियर के घर से लाखों की नगदी मिली...। फिर क्या था, साहेब अपने जड़ीले उसूल का पर्चा हिलाते हुए दिखाते– "देख रही हो राजे, करप्ट लोगों का क्या हाल होता है...। इनके तो चौराहे पर कोड़े लगने चाहिए...।" यह सुलेखा देवी को शान्त करने के लिए काफ़ी था।

तो यह कमोड साहेब के जीवन में कैसे आया। दरअसल सीता कालोनी के जिस फ़्लैट में साहेब यानी कृष्ण बिहारी गंगवार स्थायी तौर पर रहने के लिए आये तो वहाँ निपटने के लिए देसी खुड्डी वाली लैट्रीन का ही प्रावधान था। साहेब ने इसे ही पसन्द किया क्योंकि यह बात उनके संस्कार में डाल दी गयी थी कि देसी लैट्रीन ही ज़्यादा विज्ञानसम्मत है। इसमें निपटने वाले हमेशा स्वस्थ रहते हैं। फिर उन्होंने आस्था टीवी पर एक बार बाबा रामदेव को यह कहते सुना–"कमोड ही सारी बीमारियों की जड़ है। इसलिए पंजे के बल पर बैठकर फारिग होने का अभ्यास डालो। लघुशंका भी बैठकर करो। इससे शुगर या प्रोस्टेट जैसी बीमारी नहीं होगी।"

इस प्रवचन से उनकी कमोड विरोधी धारणा को गहन बल मिला। उनका आत्मबल बढ़ा कि वे आजीवन भारतीय पद्धति से बैठकर ही निवृत्त होंगे। पर कहते हैं ना, विधाता को जो मंजूर होता है, वही होता है। एक दिन अचानक उन्हें अहसास हुआ कि उनके घुटने का पटेला हरकत करने लगा है। पहले उन्हें लगा कि सुबह की सैर के दौरान ज़्यादा मशक्कत के कारण ऐसा हुआ होगा। उन्होंने बिना देरी किये पहले देसी इलाज किया। सरसों के तेल को लहसुन डालकर उबाला। घुटनों की मालिश की। थोड़ा आराम तो मिला। दो-चार दिन अकउवा का पत्ता गरम करके

बाँधा। पर उनकी समझ में आ गया कि असली मर्ज़ अभी पकड़ा नहीं गया। वे समझ गये कि ऐसे संकट में आर्थो वाले डॉक्टर की मदद लेनी चाहिए। लेकिन आदतन या चीकटपने के कारण पड़ोस के लड्डन पहलवान उर्फ़ उस्ताद को दिखाने से बाज नहीं आये। लड्डन के यहाँ सुबह से ही भीड़ लग जाती थी। कुछ तस्वीरें उसने अपने गद्देदार आसन के पीछे लगा रखी थीं। ये तस्वीरें ही उसकी मार्केटिंग करती थीं। एक तस्वीर में वह क्रिकेटर कपिल देव के साथ खड़ा था। उसका दावा था कि कपिल देव की एड़ी का पुराना दर्द उसने अपने मलहम और बालाजी की कृपा से ठीक किया था। एक तस्वीर में पहलवान सुशील कुमार के साथ दिख रहा था। अन्य तस्वीर में वह मायावती के पैर छूते दिखा। यानी लड्डन की योग्यता का प्रमाणपत्र इन्हीं तस्वीरों ने दे रखा था।

साहेब ने सुबह-सुबह ही उसके दर पर दस्तक दे दी। उनके घुटने पर स्केल से हल्की थाप देकर लड्डन पहलवान के चेले ने उन्हें पेट के बल लिटा दिया। अँगूठा पकड़कर नस खींची। फिर पीठ के बल लिटाकर घुटने मोड़े। साहेब की जान निकली जा रही थी। पर उन्हें पहलवान पर भरोसा था। फिर एक काला मलहम निकालकर उनके घुटनों पर लगाया गया। एक पट्टी बाँध दी गयी। उस्ताद ने कहा, "बस एक हफ़्ते के बाद छलाँग लगाइए।"

पर हफ़्ता क्या पार होता, वे बैठने को तरस गये। सुबह निवृत्त होने जाते तो उठने के लिए जान लगानी पड़ जाती। यह दिन का सबसे दुष्कर कार्य था। ऐसे में याद करते–काश, घर में एक विलायती लैट्रीन भी होती। कम से कम इस समय घुटनों का कचूमर तो नहीं निकलता। यह पीड़ा उन्होंने पत्नी और बेटी को भी बतायी। वे इस सन्ताप में शरीक तो थीं, पर यह भी कह देतीं कि दो दिनों की ही बात है। पट्टी उतरते ही ठीक हो जायेगा। यानी कमोड के प्रति उनका राग एकदम नहीं बढ़ा।

लेकिन पट्टी उतरने के बाद भी साहेब के घुटने चर्र-चर्र करते रहे। लड्डन की प्रामाणिकता पर फ़ौरन शक करने के बजाय उन्होंने कहा, "उस्ताद उत्ती राहत नहीं है, जैसी आशा थी।"

लड्डन ने बेरुखी से कहा, "छूमन्तर विद्या हमारे पास तो है नहीं दादा। बरसों का रोग धरे हो, कुछ महीने तो इलाज करो...राजमा तो नहीं खाते ज़्यादा...। वात वाली चीजें छोड़ दो...। मेथी वाला पानी पियो...। तिल के तेल की मालिश करो।"

साहेब का जी धक से बोल गया। कुछ महीने सुनते ही उन्हें लगा कि उनके घुटनों का इलाज इस बतोलेबाज के पास नहीं है। यहाँ से निराशा मिलते ही उनका जी धक-धक करने लगा। उन्होंने तय किया, आज बीपी ज़रूर चेक करेंगे।

वे पट्टी उतरवाकर घर आ गये। नासिकाग्र पर ध्यान कर मालवीय नगर वाले डॉ. प्रेमनाथ चोपड़ा के बारे में सोचने लगे, जिनके बारे में विख्यात था कि वे कभी नारायणदत्त तिवारी का भी इलाज कर चुके थे। साहेब ने फ़ौरन गूगल में सर्च करके धड़कते दिल से उनके क्लीनिक का नम्बर ढूँढ़ा। उनसे वक़्त भी माँग लिया।

डॉ. चोपड़ा वाकई कमाल के डॉक्टर थे। उनके क्लीनिक में किसी हस्ती की तस्वीर तो नहीं थी। पर एक शानदार सनद मढ़ी हुई टँगी थी। उस पर लिखा था कि जर्मनी की एक अस्थिरोग विशेषज्ञ संस्था ने उन्हें सम्मानित किया था। साहेब ने सनद देखते ही क़सम खा ली कि जीवन भर किसी सड़कछाप हाड़ उस्ताद के पास नहीं जायेंगे।

डॉ. चोपड़ा ने फ़ौरन उनके घुटनों का एक्स-रे करवाया। अपने हाथ से घुटनों को परखा। बड़े सहज भाव से बोले, "सर, बड़ा कामन है इस एज में। बस एक काम कीजिए। घुटने मोड़ने नहीं हैं। पाल्थी नहीं मारनी। वज्रासन में नहीं बैठना। दौड़ना एकदम नहीं। सूर्य नमस्कार नहीं करना...बस सिर्फ़ हल्का वॉक कीजिए... मतलब चहलक़दमी। और एक ख़ास बात...इंग्लिश कमोड ही इस्तेमाल करना। देसी कतई नहीं।"

साहेब धर्मसंकट में पड़ गये, "डॉक्टर साहब अभी तो घर में इंडियन ही है। बैठकर ही करना पड़ता है।"

डॉ. चोपड़ा ने चिन्तित होकर कहा, "मेरे ख़याल से वैरी रिस्की...आप देख लीजिए...। अरेंज कीजिए। आपके लिए ठीक रहेगा। एक महीने दवा खाइये। कुछ एक्सरसाइज फिजियो वाला आपको बतायेगा..। पर प्लीज़ बैठना एकदम नहीं है अभी। आपके कार्टिलेज पूरा घिस गये है। ग्रीसिंग ख़त्म हो गयी है। ज़्यादा लापरवाही हुई तो नी रिप्लेसमेंट ही चारा है।"

साहेब हारे हुए योद्धा की तरह चले आये। गनीमत यह रही कि उन्होंने डॉ. चोपड़ा को यह नहीं बताया कि वे लड्डन पहलवान से इलाज करवाकर यहाँ आये हैं, वरना डाँट भी पड़ती।

घर में आते ही, दवा के थैले को पिटारे की तरह खोलते ही ऐलान कर दिया, "भई अब कमोड का इन्तज़ाम करना ही होगा। डॉ. चोपड़ा ने भी कह दिया कि लैट्रीन के लिए बैठना ख़तरे को दावत देने जैसा है।"

आज उन्होंने माहिर वकील की तरह कमोड के पक्ष में दलील दीं। डॉ. चोपड़ा के हवाले से अपना पक्ष पुख़्ता किया। माँ-बेटी सन्न-गन्न सुन रही थीं, जैसे उनके कमोड विरोधी मत को ध्वस्त कर दिया गया हो। एक-दूसरे को देखते जा रही

थीं– चौपाई याद कर रही थी : हुइहै वही जो राम रचि राखा...यानी कमोड स्थापना अटलनीय सम्भावना थी।

अब नयी चिन्ता तो यह थी कि कमोड स्थापना में कितनी धनराशि ख़र्च होगी। नीलाक्षी ने जी कर्रा करके कहा, "अम्मा जी कमोड मेरी तरफ़ से। एक बार मार्केट से रेट ट्राई कर लेते हैं। उनके कलर भी देख लेते हैं। आजकल तो इनके रंग भी कई आ गये हैं।"

अम्मा जी सदैव ही धवल समर्थक रही थीं, इसलिए उन्होंने बेनियाजी से कहा, "इत्ती मगजमारी मत करो नीलू। सफ़ेद सदाबहार होता है। बाकी अमीरों के चोंचले हैं।" नीलाक्षी ने कहा, "ऐसा नहीं, असल में रंगीन कमोड को बार-बार चमकाने की ज़रूरत नहीं पड़ती। सफ़ेद में जल्दी पीलापन आ जाता है। भद्दा लगता है। इसलिए आजकल कलरफुल लग रहे हैं।" साहेब ने इस चिन्तन को दोयम मानते हुए कहा, "कलर को गोली मारो यार...अभी इस्टीमेट ले लो यार..ओफ्फ। पता नहीं कमोड में बैठने की नौबत आयेगी कि नहीं...।"

इस पर सुलेखा देवी भावुक हो जातीं, "कुभख्या मत बोलिए...कमोड आपके लिए ही लगेगा। हम सब अभ्यास कर लेंगे...नीलाक्षी कह रही थी कि कमोड वाले से सफ़ाई की कोई समस्या नहीं है, आजकल जेट फिट हो जाता है, उसी की तेज़ धार से सफ़ाई हो जाती है...।" इस वर्णन से साहेब को बड़ी राहत मिलती। वे नास्तिक की तरह कहते, "तैंतीस करोड़ देवताओं के बजाय, पूजा तो कमोड के महान आविष्कारक की करनी चाहिए...।" बस, इसी बात पर सुलेखा देवी भिनक जातीं, "तुम्हारी बुद्धि पर पथरा पड़ गये हैं। कहाँ देवता, कहाँ कमोड..छि...।"

सचमुच पुरानी देसी सीट निकालकर नयी कमोड की सीट लगाना कोई बड़ा काम नहीं था। बस एक दिन का काम। प्लम्बर रमेश लाल ने आकर ख़र्चा बता दिया। उसे ठेका ही दे दिया गया। मान लिया गया कि वह दो-तीन सौ की हेरफेर करेगा। इस बीच एडवांस प्लानिंग के तहत, एक दिन के नित्यकर्म से निपटने के लिए निकटतम पड़ोसी सोनेलाल वर्मा से सहयोग की अपील हुई। हालाँकि सोनेलाल का परिवार बड़ा था। मोदी युग में भी उसके अँगने में चार बच्चे खेल रहे थे। चौथे नम्बर पर लड़का था, इसलिए विराम लग गया। या कहें उसके इन्तज़ार में ही पहले तीन लड़कियों का अवतरण हुआ।

बहरहाल एक दिन के लिए सोनेलाल ने अपनी देसी लैट्रीन के दरवाज़े साहेब के परिवार के लिए खोलने का ऐलान कर दिया। यह भी कहा, "पड़ोसी धर्म के लिए इतनी मदद तो करनी ही चाहिए...।" सोनेलाल की नफ़ासतपसन्द, गोरी बीवी

ने बस हिदायत ज़रूर एडवांस में दे दी कि फिनायल ज़रूर डाल दीजियो...मतलब करबे के बाद...।"

सब कुछ फायनल हो गया। कमोड के लिए धनराशि आ गयी। पड़ोसी भी मदद के लिए तैयार हो गया। पर ऐन मौक़े पर प्लम्बर रमेश पलायित हो गया। बताया गया कि उसे डेंगू हो गया है। एक हफ़्ते के लिए कमोड परियोजना टल गयी। साहेब अपनी इच्छाशक्ति से रोज़ निवृत्त होते रहे। तकलीफ़ होती थी, पर इस उम्मीद में थे कि जल्द ही कमोड कृपा से उनका संकट दूर हो जायेगा। वैसे, दवाओं से आराम भी मिल रहा था। फिजियोथैरेपी भी चल रही थी। विटामिन डी के लिए सर्दियों की धूप में भी बैठ रहे थे। पत्नी और बेटी ने यू-ट्यूब से ज्ञान ग्रहण करके उनके लिए एक तेल भी बना दिया था, जिसकी मालिश साहेब दिन में एक बार ज़रूर कर रहे थे।

पर किसे पता कि बेपीर विधना ने क्या कहानी लिख रखी है। रात बारह बजे, अच्छा-ख़ासा इंग्लैंड-ऑस्ट्रेलिया मैच की हाइलाइट्स देखकर लेटे थे। बीपी बढ़ने से पेट में थोड़ी हलचल थी। राहत के लिए रात तीन बजे फारिग होने के लिए उठे तो नींद सवार थी और वे आँख मूँदे ही पूरा बैठ गये। पर उठते समय शरीर और घुटनों ने साथ नहीं दिया और रपट कर कूल्हों के बल गिर गये। पड़े-पड़े चिल्लाते रहे। गनीमत थी कि दरवाज़ा नहीं बन्द था। पत्नी और बेटी ने उनके भारी शरीर को किसी तरह उठाया। उनकी पीड़ा से पता चल गया था कि वे अब खड़े होने की दशा में नहीं हैं।

रात तो जैसे-तैसे कट गयी। पीड़ा में यही कहकर कोसते रहे, कमोड होता तो यह नौबत नहीं आती। सुलेखा देवी और नीलाक्षी को लगा, जैसे सारा अपराध उनका ही है। सुलेखा देवी ने साहेब की गीली आँख का मैला कोना साफ़ करते हुए कहा, "बस अब आप ठीक हो जाइये। कमोड में ही जायेंगे।" साहेब ने हारी हुई मुस्कान होंठों पर लाते हुए, "अब तो यार अगले जन्म में ही कमोड में जा पायेंगे। उठ जायें इत्ता ही काफ़ी है...।" बेटी ने कहा, "बप्पा जी निराश मत होइए...आजकल मेडिकल साइंस एडवांस हो गयी है। आप एकदम ठीक होंगे और आपको अब बैठने की ज़रूरत नहीं पड़ेगी। प्रॉमिस...।"

मगर साहेब ने तो जैसे अपना भविष्य पढ़ लिया था। उन्हें आभास था कि कूल्हे की हड्डी एकदम टूट गयी है। अब यह जुड़ भी जाये, पर छह माह तक तो बिस्तर से उठना मुश्किल है। असल में उनके पिता जी भी अस्सी की उम्र में इसी दशा को प्राप्त हुए थे। बिस्तर में कढ़िलते हुए उनके दिन निकले। रात भर दोहा-चौपाई

गाकर साल भर निकाल दिये। पर फ़र्क़ इतना था कि उन्होंने कमोड को कभी याद नहीं किया।

साहेब का मामला ज़्यादा ही गम्भीर निकला। डॉक्टर ने कह दिया, "इस उम्र में ऑपरेशन भी मुसीबत है। बीपी हाई है, आपकी शुगर भी बढ़ी हुई है। पैर को सीधा खींचकर बाँध दिया है। इसी हालत में अभी दो माह रखना है। हीलिंग हो जायेगी तो चमत्कार समझो...। तब तक हड्डी जोड़ने वाली दवा चलती रहेगी।" पता नहीं, ऐसी कोई दवा थी कि नहीं, पर तसल्ली सबको थी।

साहेब लेटायमान अवस्था में ही घर आ गये। टीवी की तरफ़ उनका मुँह कर दिया गया ताकि दिनभर ख़बर देखते रहें और कांग्रेस को कोसने का सुख प्राप्त करते रहें। उन्हें अब भी भरोसा था कि मोदी जी के हाथों ही भारत और यह जगत सुरक्षित है। सुलेखा देवी ने बेटी को क़सम दिला रखी थी कि साहेब को भड़काने वाली कोई राजनैतिक चर्चा ना की जाये। प्रियंका और राहुल का गुणगान तो कतई ना हो...।

साहेब की इस अवस्था को देखते हुए कमोड परियोजना फिर टल गयी। माँ-बेटी ने ख़ुद ही विचार कर लिया कि चार-पाँच माह से पहले ये बिस्तरमुक्त नहीं होने वाले। इसलिए धन को यहाँ क्यों लगाया जाये। रमेश से क्षमायाचना के साथ एडवांस के तीन सौ रुपये वापस ले लिए गये। पर वादा किया गया कि भविष्य में जब भी कमोड का ख़याल आया तो उसे ही याद फरमाया जायेगा।

हालाँकि साहेब अब भी अवसर पाते पूछ लेते, "कमोड वाला काम करवा लिया क्या...?" पर उन्हें यह कहकर शान्त करा दिया जाता कि तनाव में हड्डी और ज़्यादा कमज़ोर पड़ जाती हैं। आप ठीक हो जाओ, एक ही दिन में इन्तज़ाम हो जायेगा...।

साहेब हताश होकर कहते, "तुम लोग अपने मन की करते हो...ध्यान रखो, एक दिन सबको कमोड की ज़रूरत पड़ने वाली है, ये हड्डियाँ बड़ी बेवफ़ा होती हैं...। कुछ सोचकर ही विलायतियों ने इसका आविष्कार किया होगा...।" वे कमोड को लेकर इतना गम्भीर हो जाते कि कई बार सुलेखा देवी सोचने लगतीं कि इनका दिमाग़ फिर तो नहीं गया है। आजकल अजीब बातें करते हैं...कल कह रहे थे कि अंग्रेज़ तलवार और बन्दूक़ ही नहीं अपने साथ मच्छरदानी और कमोड भी लेकर आये थे।

किन्तु यह कहना ग़लत था कि साहेब की सहज चेतना पर कोई असर पड़ा हो। अब भी नोटबन्दी पर वे हाँफते हुए लम्बी बहस कर सकते थे। सारे टीवी एंकरों के नाम उन्हें याद थे। रुबिका लियाकत, नग्मा और अंजना की बात वे ऐसे करते जैसे

उनसे एक भावुक नाता बन गया हो। मज़ाक़ में कह भी देते, "आज श्वेता सिंह उदास दिख रही है। अर्णब गोस्वामी दुबरा गया है।" ज़ाहिर है, टीवी ना होता तो यह गद्देदार पलंग भी उन्हें शरशैया जैसा ही लगता।

साहेब की असहाय अवस्था ने घर में एक सामाजिक परीक्षण की स्थिति भी पैदा कर दी थी। सुलेखा देवी रोज़ उनसे शिकायत करतीं कि फलनवा आपको देखने नहीं आया। गुप्ता जी हाइड्रोसील का ऑपरेशन कराके आये थे तो आप ऐसे देखने के लिए भागे थे, जैसे किडनी बदली गयी हो...। माँ-बेटी ने तो सूची बना रखी थी कि कौन साहेब को देखने आया, कौन नहीं। उनकी काली सूची में अब तक रायजादा परिवार, साहिल चौधरी, मिसेज़ क़ानूनगो व अन्य का नाम दर्ज हो चुका था। पर कुल मिलाकर इतनी निराशाजनक हालत भी नहीं थी। रोज़ कोई ना कोई आ ही जाता। इनमें वे भी थे जो साहेब के साथ नगर निगम के पार्क में बैठकर ताश भी खेलते थे। कोई आता तो सुलेखा देवी का मन भी लग जाता। चाय के दौर के बीच आशादायी बातें भी हो जातीं। वार्तालाप के दौर में साहेब सबसे यह ज़रूर पूछ लेते, "घर में कमोड है ना..?" इस तरह उन्होंने सबसे पुष्टि कर ली कि कोई इस उम्र में देसी लैट्रीन का इस्तेमाल नहीं कर रहा। इन्हीं बतकही के बीच ऑस्टियोपोरसिस या अस्थिभंगुरता का बखान हो जाता। दूध, विडामिन डी और धूप पर चिन्तन हो जाता। ग्वारपाठा यानी एलोवेरा के गुणों पर भी चर्चा हो जाती। साहेब ने सबको बताया कि इन्दौर की एक दुकान में एलोवेरा की जो बर्फ़ी बनती है, वह एक्सपोर्ट होने लगी है।

इसके बावजूद साहेब की सेहत में आशा के अनुरूप सुधार नहीं हो रहा था। उन्होंने पड़े-पड़े कुछ और रोग पाल लिए थे। बदन की नियमित सफ़ाई के बावजूद पीठ में ज़ख़्म हो जाते। शुगर के कारण जल्दी भरते भी नहीं। दूसरा पैर भी सुन्न होने लगा था। नाड़ी तो एकदम ही आवारा हो चली थी। मन करता था कि कुछ गुनगुनाकर साँस को सँभालें। पर इच्छा ही नहीं होती। उन्होंने मान लिया था कि मन ही सब कराता है। अगर वे लेखक होते तो जिस्म से बालू की तरह सरककर निकल रही ज़िन्दगी पर कुछ लिखते ज़रूर। अब वे अपनी तरफ़ आती मृत्यु की आहट महसूस करने के बजाय इस बात पर यक़ीन नहीं कर पा रहे थे कि इस संसार से उन्हें भी एक दिन जाना है। वह सवाल भी उन्हें याद आया जो धर्मराज युधिष्ठिर से पूछा गया था–संसार में सबसे बड़ा आश्चर्य क्या है...? धर्मराज ने कहा था–सबसे बड़ा आश्चर्य यह है कि मनुष्य यह नहीं सोच पाता कि इस मर्त्यलोक से उसे भी एक दिन जाना है, जब कि वह रोज़ मरणलीला देखता है।

दो-चार रोज़ से साहेब बेहद शान्त हो चले थे। पहले उन्होंने टीवी का वॉल्यूम कम करवाना शुरू किया। फिर आज़िज होकर बोले, "इन ख़बरों से तो लगता है कि संसार में कुछ अच्छा है ही नहीं। इसे बन्द ही कर दो और रजनीश वाली अष्टावक्र गीता लाकर दे दो। भण्डरिया में रामायण के साथ ही रखी है।" सारी किताबें दान देने के बाद यही ज्ञान उन्होंने बचा कर रखा था।

सुलेखा देवी को अनिष्ट की आशंका के बावजूद तसल्ली हुई कि आज उनकी पढ़ने की इच्छा हुई। फिर भी उन्होंने साहेब का मन टोहने के लिए पूछ लिया, "धार्मिक चैनल तो देख ही सकते हैं...। आजकल जया किशोरी के भजन बड़े अच्छे लगते हैं।"

साहेब ने निर्णायक भाव से कहा, "अब आवाज़ें सुनने का मन ही नहीं करता। जी कर रहा है, त्रिकुटी पर ध्यान धरते हुए ज़रा उस नाद को सुना जाये जो ब्रह्म का स्वर है। मौन में भी एक अलौकिक स्वर होता है...।"

सुलेखा देवी वाकई घबरा गयीं, "हाय दइया...आपको क्या हो गया...हमारा जी घबरा रहा है..।" कहकर उन्होंने बेटी को आवाज़ दी, पर ध्यान आया वह तो कॉलेज से आने के बाद श्रीश्री रविशंकर के भक्तों के बीच गयी है। वहाँ कोई ऑनलाइन क्लास चलती थी। वहाँ से लौटकर कहती भी थी कि जीवन का मूल आनन्द तो कहीं और ही है। बप्पाजी ठीक हो जायें तो एक बार उन्हें क्लास ज्वाइन करवाती हूँ...।

बड़ी मशक्कत के बाद सुलेखा देवी ने बिना जिल्द की अष्टावक्र गीता लाकर साहेब को दे दी। प्रस्तावना पढ़ते ही औंघाने लगे। फिर कुछ पन्ने पलटकर सो गये। जीव-जगत और ब्रह्म की गुत्थी समझते ही वे थक जाते थे। बस एक ही अच्छी बात हुई कि उनका जीवन और परिजनों के प्रति मोह छँटने लगा। सुलेखा देवी को पास बैठाकर उन्होंने बड़े ज्ञान की बात की, "जानती हो राजे, हमारे सारे कष्ट के मूल में एक ही बात है कि हम क्षुद्र और निस्सार चीज़ों में ही सनकर रह जाते हैं। जब सार समझ में आता है तो बहुत देर हो जाती है..। आज हमें भी देर हो गयी। कितनी तुच्छता में जीवन चला गया...हे प्रभु...।"

सुलेखा देवी को अच्छा लगा कि उन्होंने प्रभु का नाम लिया। वे क़रीब जाकर बोलीं, "एक बार गुनगुनाइए–प्रभु मोरे अवगुन चित ना धरो...आप पुराने वाले घर में कितने मन से गाते थे...।"

साहेब ने सिर हिलाया, "वे सुर ही नहीं रहे। साँस भी फाँस जैसी फँसी लग रही है...।"

सुलेखा देवी ने घबराकर कहा, "अच्छा रहने दीजिए...बस प्रभु का नाम लीजिए। नीलाक्षी को आ जाने दीजिए, उससे कुछ सुनेंगे।"

साहेब हँसे, "मायाजाल में मत उलझाओ...उसकी भी अपनी व्यथा है। कितने नाजों से पाला था। एक काँटा भी नहीं चुभने दिया उसे। आज उसके जीवन में कितने काँटें हैं...। हमारा तो वंश ही डूब गया...। "

सुलेखा देवी को लगा, ग़लत चर्चा छेड़ दी। उन्होंने साहेब की आँख के कोने में ढरके आँसू को पोंछते हुए कहा, "आप दुखी मत होइए। वह ख़ुश है...।"

इतने में नीलाक्षी भी आ गयी। एक रहस्यमय मौन ने उसे भी सहमा दिया। घबराकर बोली, "अम्मा जी क्या हुआ...बप्पाजी ठीक हैं ना?"

पलंग से आयी कराह भरी आवाज़ ने बताया, "सब ठीक है। जगत, प्रियजन सब मिथ्या हैं...। तमन्नाओं में उलझाया गया हूँ, खिलौने देके बहलाया गया हूँ...।"

माँ ने इशारे से नीलाक्षी को पास ही बैठने को कहा। फिर धीमे से बोलीं, "वह भजन तुम ही सुना दो–प्रभु मोरे अवगुन चित ना धरो...साहेब का सुनने का मन है।"

नीलाक्षी अन्तरा लेकर गुनगुनाने लगी, एक लोहा पूजा में पूजत एक घर बधिक परयो...।

साहेब अनन्त ध्यान में जाते दिखे। चेहरे पर शान्ति...मानो किसी से शिकायत नहीं...।

विराम लेती साँस प्रमाण देती जा रही थी कि जीवन अभी शेष है। भोर के दीये जैसा बुझता जीवन...।

महादुख से कातर होती माँ-बेटी ने एक-दूसरे की ओर देखकर कहा–"इनके लिए प्रार्थना करते हैं...। अब हमारे वश में यही है..।"

साहेब ने जैसे यह सुन लिया, "राजे बुरा मत मानियो...प्रभु की इच्छा है सो है...पर हमारी कसम तुम्हें...एक कमोड जरूर बनवाय लियो...।"

ये साहेब के आख़िरी शब्द थे।

पिलखुवा की जहाँआरा

लालक़िले में घूमते-घूमते शहनाज़ हसन तैयबा उस हिस्से में आ गयी जहाँ जहाँआरा बेगम यानी औरगंज़ेब की बहन और शाहजहाँ की दुलारी बेटी का कढ़ाईदार लहँगा रखा हुआ था। बदरंग हो चुका कढ़ाईदार लहँगा, जिसके आकार से शहनाज़ अन्दाज़ लगा रही थी कि जवानी में जहाँआरा की कमर दोहरी रही होगी, जिस्म लम्बा, भरा हुआ...। वह लहँगा देखकर भूल गयी कि आगे भी बढ़ना है। उसका मरद खालिद चिढ़कर बोला, "अरे आगे बढ़ री...। यहीं शाम कर देगी क्या... टैम पर निकरेंगे, तभी आठ बजे तक पिलखुवा पौंच पायेंगे। अभी किनारी बाजार से सामान भी उठाना है गुप्ता अंकिल के हियां से...।"

लेकिन शहनाज़ तो वाकई उस बड़े से शाही लहँगे में समा गयी। उसकी कल्पनाओं में अनब्याही रह गयी जहाँआरा की तस्वीर घूमने लगी–बड़ी-बड़ी आँखों वाला गोल चेहरा। सिर पर मलिका वाला ताज, रंग एकदम सुर्ख़। गाल पर मोटा-सा तिल। नाक छोटी, मगर चेहरे पर फ़बती हुई। लम्बे काले बाल। नाक में बड़ी नथ और कान में लासानी चमक वाले झुमके। उसे लगा जैसे सपनों में वह जहाँआरा को देखते आयी है। उसे बेगम से मोहब्बत हो गयी। थोड़ी देर के लिए उसे लगा कि जहाँआरा की रूह उसके अन्दर आ गयी है और दिल्ली की नयी हुकूमत को कोसते हुए कह रही है–यह लालक़िला तो हमारा था। यह तख़्तेताउस, ये बुलन्द दरवाज़े, सजी-धजी हाट और लालक़िले की प्राचीर पर पहला हक हमारा है। नये दौर का कौमी परचम फहरता दिखता है तो मैं सिसकियों के साथ दौरे-मुग़लिया याद करती हूँ...।

वह इतना ज़्यादा सोच में पड़ गयी कि पीछे खड़ी एक साड़ी वाली थुलथुल औरत ने उसे धक्का देकर आगे बढ़ाया और कहा : "ओय बेगम साहिबा, रास्ता छेंककर काहे खड़ी हो...?" शहनाज़ को अच्छा लगा कि उसे किसी ने बेगम साहिबा कहा। हालाँकि उस औरत ने उसका मुसलमानी हिजाब और सुधबिसरी

हरकत देखकर ही तंज़ में उसे बेगम कहा था। पर शहनाज़ को पल भर ऐसा लगा कि सत्रहवीं सदी की रियाया उसके पीछे चल रही है और उनमें से गुस्ताख़, कनीजनुमा औरत को उसका बेगम होना रास नहीं आ रहा।

इस आवाज़ से थोड़ा सहमकर वह आगे बढ़ गयी। लेकिन ध्यान आया कि उसका आदमी तो यहाँ है ही नहीं। वह घबरा गयी। शादी के बाद पहली बार पिलखुवा से दिल्ली आयी थी। पेट में पहले बच्चे की कुनमुनाहट शुरू हो गयी थी। गनीमत थी कि अभी पेट ज़रा-सा भी नहीं उचका था। लेकिन घर से हिदायत मिलनी शुरू हो गयी थी कि–"छोरी, सँभल कर चलियो, भारी-वजनी कछु ना उठइयो। गरम-सरद से बच कर रहियो। बस की पीछे वाली सीट पर मत बैठियो...उलार मारेगी...।"

थोड़ी-सी दीनी तालीम के बाद बारहवीं तक पढ़ी होने के बावजूद वह बेपढ़ी, देहाती औरत की तरह घबराने लगी। उसने हड़बड़ाकर पर्स से मोबाइल निकाला तो वह भी गिर पड़ा। बग़ल में खड़ी एक गुजराती औरत ने उसे उठाकर दिया और हँसी : "बच गया बहोत...।"

उसने कुछ भी सुने बिना मोबाइल लिया और 'शौहर मियाँ' पर अँगुली दबा दी। दस बार घण्टी बजने के बाद खालिद ने जब फ़ोन उठाया तो वह बिछुड़े बच्चे की तरह आपा खोकर बरस पड़ी, "कां छोड़ के भाज गये...पहली बार दिल्ली आयी हूँ पता है ना...।"

उधर चिढ़ती हुई आवाज़ आयी : "और तू कहाँ मर गयी। मोबाइल में देख मेरी कितनी मिस काल हैं। मुझे ज़ोर से पेशाब लगी थी, मैं इधर निकल आया। अभी इधर हूँ जहाँ नाइट का शो होता है। तू कहाँ है...?"

खालिद झूठ बोल रहा था। उसे तलब लगी थी। वह पान मसाला खाने के लिए बाहर आया था।

शहनाज़ गुस्सा गयी : "काए, तू पिलखुवा से थामे बैठा था।"

खालिद चिढ़कर फ़ोन पर कमीनी-कुत्ती करने लगा– "और तू कहाँ मर रही थी उस लहँगे में...भैंन की...।"

खालिद की मरदाना तल्खी से शहनाज़ के अन्दर घुसी जहाँआरा की रूह फना हो गयी। वह डरते-डरते हुए बोली : "तुम्हाई कसम मैं तो वहाँ से हिली कहाँ, लैंगे के पास ही थी...तू ही दीदा गड़ाए पंजाबी औरतों के पीच्छे घसटा जा रिया था।"

इस इल्ज़ाम पर खालिद और चिढ़ गया। उसने आगे-पीछे खड़ी ख़ुशबूदार औरतों की चिन्ता किये बिना कहा, "अबे सुन, ज़्यादा हिनहिना मती... आगे बढ़कर मैदान के पास आ जा। किनारी बाज़ार भी चलना है...।"

शहनाज़ की जहाँआराई तबीयत को एक और झटका लगा। मन ही मन कहा–हरामी फ़ोन पर कैसी छिछोरीगीरी कर रहा है। रात में चढ़ेगा तो कूं-कूं करता बोलेगा : शहनाज़ मेरी जान, मेरी मलिका, मेरे ख़्वाबों की शहज़ादी...। तेरी ज़बान पर इल्ली पड़ें गपोड़े..।

खालिद की गालियों से वह हताश हो गयी। वह गिन रही थी कि यहाँ उसके जैसी पर्दानशीं औरतें कितनी हैं। तादाद देखकर वह समझ रही थी कि यहाँ हिन्दू मरद-औरतें और बच्चे ज़्यादा हैं। एकबारगी उसका मन किया कि सारे मुसलमानी कपड़े उतारकर, सजी हुई हिन्दू लड़की की तरह घूमे। लेकिन हिम्मत ही नहीं हुई। सोचने लगी, एक बार खालिद से पूछकर देखती हूँ...पर कमीना मानेगा नहीं। वैसे तो कैटरीना का फैन है, पर बीवी के लिए पूरी पर्दादारी चाहिए। जब खालिद का अच्छा मूड होता तो वह कहती भी थी, "यह बढ़िया, तुम मियाँ मोबाइल पर तो नंगी फोटू देखे हो, पर बीवी पूरी लुकी-मुँदी चाहिए।"

खालिद को तलाशने में उसे दस मिनट लग गये। वह खार खाये कुर्सी पर अधलेटा-सा बैठा था। बग़ल में उसने पान मसाला खाकर रजनीगन्धा और तुलसी का पाउच फेंक रखा था। अच्छा ही हुआ मुँह भरा था, वरना उसे देखते ही दो-चार गालियाँ और दे डालता। पर यह भी क्या कम कनकना बेगम थी। आते ही पहले पुड़िया उठाई और ख़ुदमुख़्तार टीचर की तरह बोली : "ये क्या है... स्वच्छ भारत की ऐसी-तैसी करने में लग गये। क्यों मोदी का बैंड बजा रहे हो...बेचारा सफ़ाई करे-करे मर रिया है, और तुमने ठान रखी है कि...।"

पहले से गरमाया खालिद फिर पैजामे से बाहर हुआ : "चल बकवास मति कर...मोदी-मोदी कर रही है...। एक दिन कोई रगड़ देगा तुझे चौड़े में...चल तुझे करावल नगर छोड़ कर आता हूँ खाला के घर। अपने केजरीवाल की पत्तेचाटी करके अइयो पिलखुवा।"

असल में कुछ दिनों से वह केजरीवील की फैन बन गयी थी। उसकी बिजनौर वाली खाला का लड़का इश्तियाक मलिक केजरीवाल की पार्टी के साथ लगा रहता था और कई ईरिक्शा ख़रीदकर और असम से एक बांग्लादेशी औरत लाकर दिल्ली में मज़े कर रहा था।

आपस में ज़ोर-ज़ोर से बात करते हुए दोनों अगल-बग़ल देखते भी जा रहे थे। उन्हें अन्दाज़ था कि भले ही वे अपने पुरखे शाहजहाँ और औरंगज़ेब के लालक़िले में खड़े हैं। पर आसपास की प्रजा नये साहिबे-आलम नरेन्द्र मोदी की है। दो गूजर

सरीखे कसदार लड़के उनकी बात सुनकर आपस में कुछ कहने लगे थे : भाव यही था कि मोदी ना होता तो ये स्साले लालक़िले से मूतते।

इन लड़कों की बेआवाज़ हँसी समझते हुए खालिद ने अपनी शोख बीवी से कहा : 'अबे, थोड़ा चुप्प भी रहा कर। आसपास देखकर बोला कर, टैम ठीक नहीं है।"

वह चौंककर बोली : "मैंने ऐसा क्या कह दिया।"

खालिद ने उसका मुँह बन्द करते हुए कहा : "चल पराँठे वाली गली चलकर पराँठे खाते हैं, फिर गुप्ता जी के यहाँ से अपना सामान लेकर वापस मैट्रो से आनन्द विहार आ जायेंगे।" उसने बताया कि उसके अब्बा भी गुप्ता जी से सामान ले जाते थे। इसलिए घरेलू रिश्ता है। लाखों का माल उधारी में देते हैं। पिलखुवा, हापुड़ के सारे अपने लोग यहीं से माल उठाते हैं।

गुप्ता जी प्रख्यात सुखबासी लाल गुप्ता एंड संस के मालिक थे और उनके लहँगे, गोटे, झालर पूरे देश में जाते थे। खालिद अपनी दुकान के लिए यहीं से माल ले जाता था। पूरे पचास साल का पारिवारिक कारोबारी नाता था गुप्ता जी से। खालिद के अब्बा भी यहीं से सामान ले जाते थे। ज़बान से बड़े-बड़े सौदे हो जाते।

शहनाज़ अपनी ससुराल में गुप्ता जी का नाम अक्सर सुनती थी। जिज्ञासावश उसने खालिद से पूछा, "इधर सारे हिन्दू से ही आप सामान लेते हो। किनारी, गोटा, झालरें, मोती, लहँगे...। इस बिज़नेस में अपने लोग कम हैं क्या...।"

खालिद ने कहा : "अरे हाँ भई, यहाँ सारा काम बनियों के पास है। तू इतनी परेशान क्यों है। दुकानदार हिन्दू, कस्टमर मुसलमान, वैसे ही जैसे पिलखुवा में हमारे सारे बड़े कस्टमर तो हिन्दू ही हैं–बनिया, पंडत, ठाकुर। चल तुझे दिखाऊँगा कि गुप्ता जी के पास लहँगे लेने के लिए कलकत्ते और बगंलौर तक से लोग आते हैं। ये जहाँआरा का सड़िल्ला लहँगा तो तू भूल जायेगी।"

अब इस सरस वार्तालाप से उनकी मोहब्बत जाग रही थी। खालिद गाली देने वाला इन्सान लग ही नहीं रहा था। लहँगे का नाम सुनकर शहनाज़ का मन हुआ कि रोशनख़्याल औरत की तरह लपककर मरद की चुम्मी ले ले। पर भीड़ के आलम के बीच हिम्मत ही नहीं हुई। हाँ, इतना ज़रूर कहा : "बदतमीजी छोड़ दो, आप गाली देते हो तो घिन छूटती है, पर ये बातें करते हो लगता है कि यहीं चपका लूँ।"

मेरठ से बीए पास मोहम्मद खालिद को शरारत सूझी : "अब ये सारी एनर्जी तू रात के लिए रख। अभी तेरा-मेरा कोई भरोसा नहीं...फिर भी यह जान ले कि जहाँआरा से अच्छी तकदीर तेरी है। कम से कम तू शौहर का मज़ा तो ले रही है। वह

तो ताज पहने, लहँगा पहने, तलबगार औरत की तरह मर गयी। यह इल्जाम लेकर कि उसका बाप शाहजहाँ ख़ुद ही उसके खाविंद का रोल निभाता रहा।"

थोड़ी देर तक जहाँआराना खुमार में रही शहनाज़ के कलेजे पर पत्थर सा गिरा, "ये क्या बकवास है। कोई बेटी के साथ ऐसा करता है क्या?"

खालिद शरारत पर आमादा था, "आदमी बड़े कुत्ते होते हैं, तू है किस दुनिया में। किसी मुग़ल शहज़ादी की शादी हुई क्या...घर में ही सब चलता था...।"

"अरे चल्ल बकवास मति कर..."

"बकवास नहीं, हक़ीक़त है मेरी जान। बादशाह शाहजहाँ से एक बार उनके मुँहलगे दरबारियों ने पूछा था तो उनका जबाव यही था कि जो दरख़्त हमने लगाया है, उसके फल खाने का हक़ भी हमीं को है।" खालिद अटकलबाज़ इतिहासकार की तरह बोला।

शहनाज़ तारीख़ के इस नागवार आख्यान से मायूस हो गयी, "पर यह सब आपको कैसे मालूम?"

खालिद हँसा : "अरे भाई, मैं तालीमयाफ़्ता सेठ हूँ। मैंने बीए में हिस्ट्री पढ़ी है। बचा-खुचा इस मोबाइल और गूगल ने बता दिया है। तू तो बस वाट्सअप और यूट्यूब देखकर माथा पीटती रहती है। हिन्दुओं को गरियाती रहती है। तेरी तरह मदरसे से आये भाई लोग यों ही तसल्ली कर लेते हैं कि इस मुल्क में हमने बादशाहत का मज़ा लिया है। अब ग़ुलामी और जिल्लत के दिन देखने पड़ रहे हैं। मेरी कही मान, लहँगे का नशा छोड़, तुझे लखनवी चिकन का बढ़िया सलवार-सूट दिलवाते हैं, अपने आलोक खत्री साहब की दुकान से। बड़े भाई हैं अपने, सस्ते में मिल जायेगा।"

अब तक वह गरमी फेंकते बुर्के में कसमसा गयी थी। एक मासूम ज़िद लेकर बोली–"भई, मुझे सलवार-सूट में ही घूमना है मार्केट में। बस में बैठते ही बुर्का पहन लूँगी, अल्ला कसम।"

इस मासूम और अहानिकर ज़िद पर खालिद मुस्करा पड़ा : "मैंने कब रोका है। तू ही जब से खुर्जा होकर आयी है, अल्ला-अल्ला ज़्यादा करती है। जब देखो कहती है–मदरसे के इमाम साहब ने ये तालीम दी थी। कहते थे, बदन दिखाकर चलने वाली औरतें फाहिशा होती हैं। उन्हें दोज़ख़ देखना पड़ता है। उनकी औलादें दीन से भटक जाती हैं।"

शहनाज़ समझ गयी कि खालिद ने उसकी राह आसान कर दी है। वहीं एक खम्बे की आड़ लेकर उसने बुरका उतारा और बैग में घुसेड़ दिया।

सामने एक नयी ताज़ातरीन शहनाज़ थी। अन्दर की ख़ुशबू ने हवा को भी निहाल कर दिया। जो कन्नौजी इत्र क़ैद था, वह बाहर आ गया। काजल के घेरे से सजी आँख पूरी तरह दिखी तो लगा मृगनयनी की उपमा ऐसी ही नहीं बनी होगी। वली दक्खनी ने शायद ऐसे ही नैन देखकर लिखा होगा : जादू हैं तेरे नैन ग़ज़ाला से कहूँगा...।

इस नयी शहनाज़ को देखकर खालिद बहक गया : "क्या बात है, मेरी कैटरीना मिक्स करीना?"

दुबली-पतली, 20 साल की शहनाज़ को मैरून-सलवार सूट में देखकर वह पहली बार दिल से बोला : "जानेमन, पिलखुवा की जहाँआरा तो तुम लग रही हो। बस अपनी नाक के इस छेद में नथ और डाल ले।"

लखनऊ की शिया लड़कियों की तरह फक्क गोरी शहनाज़ की नाक बचपन में गाँव के दुर्गा सुनार ने छेदी थी। पर नाक में कुछ पहनना अच्छा नहीं लगता था। अम्मी जान हमेशा कहतीं कि बिना कील-नथ के औरतों का मुँह चूतर जैसा लगता है। पर उसने नाक की कील बचपन में ही उतारकर फेंक दी थी। आज पहली बार खालिद ने कहा तो उसका मन हुआ कि चाँदनी चौक से एक नथ और नग जड़ी कील ले ली जाये।

अब वह दिल्ली के इस तारीख़ी इलाक़े में हसीन खत्री लड़की की तरह घूम रही थी। खालिद उसे छेड़ता जा रहा था, "सुनो, जानू, मेरी जहाँआरा माथे पर कहो तो एक लाल बिन्दिया लगा दूँ।"

"अरे नहीं यार मरवाओगे क्या..." शहनाज़ ने ऐसे घबराकर कहा, जैसे माथे पर बिन्दी लगते ही इस्लाम ख़तरे में पड़ जायेगा।

"अच्छा नज़र वाला टीका लगा देते हैं।"

"अरे छोड़ो भी..."

"अच्छा एक सेल्फी लेते हैं।"

"नहीं-नहीं, राज़ फ़ाश हो जायेगा..."

"कोई चोरी तो कर नहीं रहे..."

"हिजाब पहनकर मैट्रो में सेल्फी लेंगे।" मज़ाक़ में बोली शहनाज़।

फिर दोनों हँस पड़े।

चाँदनी चौक में खालिद पहली बार अपनी हसीन बीवी के साथ घूम रहा था। अपने अन्दर की क़िस्सागोई जगाते हुए उसने शहनाज़ को बताया : "तेरी जहाँआरा बेगम के प्यारे भाई दारा शुकोह को इस सड़क पर गरम मौसम में खजहे हाथी पर

बैठाकर घुमाया था आलमगीर औरंगज़ेब ने।... और हाँ एक बात और जान ले, जिस चाँदनी चौक में तू आज घूम रही है वह भी जहाँआरा की देन है।"

लेकिन शहनाज़ अब इस इतिहास को सुनना नहीं चाहती थी। झल्लाकर उसने कहा कि अरे छोड़ो पुरानी बातें, ये बताओ टिक्की कहा अच्छी मिलेगी। पेट में सारंगी बज रही है।

"ये ल्यो, मैं कहता हूँ तो पुरानी बातें...ख़ुद ही जहाँआरा के लहँगे के पीछे पड़ गयी हो।"

शहनाज़ ख़ामोश थी। इसके बाद दोनों पराँठे वाली गली की तरफ़ चले गये। अब तक गुप्ता जी तीन बार फ़ोन कर चुके थे कि "खालिद मियाँ तुम्हारे लिए हल्दीराम से खाने-पीने का सामान मँगाया है। अरे भाई, पहली बार अपनी बीवी यानी हमारी बहूरानी के साथ आ रहे हो।"

खालिद ने पराँठे का आर्डर कैंसिल करते हुए कहा : "पंडिज्जी ज़रूरी काम आ गया है, फिर आता हूँ।"

शहनाज़ अनमने भाव से उठी। पराँठे की ख़ुशबू ने उसकी ज़बान को तर कर दिया था।

तेज़ क़दमों से वे दोनों गुप्ता जी की दुकान की ओर बढ़ गये। खालिद ने जाते ही भूमिका बनायी : "चाचा जी, जल्दी सामान पैक करवा दो। शाम होते-होते घर पहुँचना है।"

गुप्ता जी : "कौन से घर।"

खालिद : "पिलखुवा।"

गुप्ता जी : "अमाँ मियाँ पहली बार बहू को लेकर आये हो, और सिर पर पाँव रखकर भाग रहे हो। हद कर दी।"

सामने बैठा एक सजीला जवान लगातार शहनाज़ की भंगिमाएँ देखे जा रहा था। उसे सीधे टोकने के बजाय गुप्ता जी ने कहा, "बेटा अंकित ये मिलो तुम्हारे पिलखुवा से आये हैं।" उसने हड़बड़ाकर खालिद को नमस्ते कहा। दो मिनट उन्होंने पिलखुवा की चादरों पर बात की। अंकित का यही कारोबार था। मोबाइल नम्बर का आदान-प्रदान हुआ। अंकित गुप्ता जी का भतीजा था और आज ही दिल्ली आया था। शाम को ही किनारी बाज़ार से गोटे-झालर और भागीरथ पैलेस से एलईडी बल्ब लेकर उसे घर लौटना था।

और इन सबसे बेख़बर शहनाज़ कौतूहल से दुकान में टँगे लहँगों और शेरवानी को देख रही थी। चमकीले किनारे-गोटे देखकर उसकी आँखें चमक रही थीं।

गद्दी के पास ही खानपान सज गया। गुप्ता जी ने पान से भूरी हो चुकी पूरी खीसें दिखाते हुए कहा: "हमारे यहाँ यही सब मिलेगा, कहो तो दरीबा से कुछ और मँगवाऊँ...। बहू रानी जो कहेंगी, वही आयेगा।"

खालिद अभिभूत था। ख़ासतौर पर अपनी जहाँआरा बेगम की आवभगत से। उसे इसकी उम्मीद ही नहीं थी। इसी बहाने शहनाज़ की मुग़लिया खुमारी भी धीरे-धीरे उतर रही थी।

फ़िलहाल शहनाज़ इतनी भूखी थी कि उसने तय कर लिया था कि पूरा पेट भरने के बाद ही कुछ बोलेगी। खाते-खाते वह शीशे में क़ैद एक नायाब लहँगे की तरफ़ भी देख लेती थी। और जितनी बार वह लहँगे की तरफ़ देखती, अंकित मुस्कराकर रह जाता। जैसे, उसने इस बेगम साहब का दिमाग़ पढ़ लिया था।

गुप्ता जी का घर ऊपर था। दुकान नीचे। बग़ल में एक घर लेकर गोदाम बना रखा था। शहनाज़ की जिज्ञासा ताड़ते हुए वे बता रहे थे : "रंगीले बादशाह और बहादुर शाह जफ़र तक इस दुकान की मशहूरी रही। शहज़ादियों-बेगमों के लहँगे-घाघरे इसी दुकान के कारीगर बनाते थे। जार्ज पंचम का जब दरबार लगा तो उनके साथ आयी फिरंगी औरतें यहाँ से सामान ले गयीं और आज भी सर जान वाल्टर नामक अंग्रेज़ हाकिम की भेजी चिट्ठी हमारे पास है।"

उन्होंने दीवार पर लगी एक फ़ोटो भी दिखाई जिसमें राजकुमारी अमृतकौर, विजयलक्ष्मी पण्डित उनकी दुकान के बाहर खड़ी हैं। सारे दुकानदार हाथ जोड़े उनके सामने खड़े हैं।

दुकान क्या, यह भी एक तारीख़ का पन्ना था। शहनाज़ ने उत्सुकता से पूछा : "वह जहाँआरा का लहँगा कहाँ बना होगा।"

इस सवाल पर गुप्ता जी हँसे : "बेटा, शाहजहाँ के दौर में तो सारे कारीगर आगरे से आये थे। लालक़िले में उनकी रिहायश का बन्दोबस्त था। शहज़ादियों-बेगमों का अपना बाज़ार था। तब हमारे पुरखे फर्रुखाबाद से आये होंगे। अब बक्सों में पुराने काग़ज़ देखें तो पता चलेगा कि हम कब आये थे। पर इतना बताते हैं कि हमारे पूर्वज लाला गजानन प्रसाद वैश्य ने मुग़ल कोतवाल अदावत अली को भी उधार दिया था।"

शहनाज़ को इन बातों में रस तो आ रहा था, पर आत्मा लालक़िले के उस लहँगे पर अटकी थी।

खालिद ने उसके हसीन ख़यालों पर कंकड़ी फेंकी : 'चल जहाँआरा की खालाजान, पिलखुवा वाली बस पकड़नी है।"

सेठजी ने फ़ौरन उसका सामान पैक किया। खालिद ने तीन चेक काटे। यानी तीन किश्तों में।

इतने में गुप्ता जी का नौकर यासीन ऊपर से एक और पैकेट ले आया। मालिक के कान के पास जाकर बोला : माई साहिबा ने दिया है, दरद के मारे उठके आ नहीं पा रही हैं।

खालिद समझ रहा था कि ये सेठ जी नेग-सेग वाली कुछ ख़ानदानी कारगुजारी करने जा रहे हैं।

समझते हुए भी उसने बहाना किया : "चाचा, मैट्रो में जाना है। फिर बस पकड़नी है। इतना सामान कहाँ ले जा पायेंगे।"

इस बार गुप्ता जी ने दिलदार मगर कड़क ताऊ की तरह डपटते हुए कहा : "अमां, एक पैकेट से कौन बोझा बढ़ रहा है। यह लहँगा है बहूरानी के लिए। जहाँआरा वाला जैसा तो नहीं, पर हमारे पिताजी बताते थे कि बहादुर शाह जफ़र की बेगमों के लिए लहँगे यहाँ से भी जाते थे। यह लहँगा ख़ासतौर पर जीनत महल के लिए बना था। मगर ग़दर की मारामारी और कटाछान में सारा हिसाब बिगड़ गया। काफ़ी पैसा दरबार में फँस गया। ये लहँगे पहनने वाले लोग ही नहीं रहे...।"

शहनाज़ तो जैसे सचमुच ग़दर में खो गयी। जीनत महल का नाम भी उसने सुना था। जहाँआरा नहीं, तो जीनत ही सही। उसका मन तो किया कि यहीं एक बार जी भरके इस लहँगे को देख ले। पर हिम्मत ही नहीं हुई।

इससे पहले कि खालिद बकबकाता, सेठ सुखबासी लाल गुप्ता ने फरमान सुना दिया : "बेगम जीनत महल के लहँगे को लेकर दिल्ली मैट्रो से जाना सख़्त मना है। इस नायाब निशानी को लेकर हमारे अंकित की गाड़ी जायेगी पिलखुवा तक। यह उधर ही तो जा रहा है। बस मेन रोड तक चलना पड़ेगा...क्यों अंकित?"

"जी बड़े पापा...।" अंकित तो हाथ में चाभी घुमाता तैयार ही बैठा था।

गुप्ता जी गाड़ी तक छोड़ने आये। खालिद सब समझ रहा था और शहनाज़ के ख़ुशनुमा चेहरे को देख मुस्कराये जा रहा था। अंकित की टाटा सफारी में सामान रखते हुए वह धीमे से बोला, "तेरे तो मज़े हो लिए पिलखुवा की जहाँआरा।" और शहनाज़ उस लहँगे वाले पैकेट को सीने से लगाये शर्माये जा रही थी। सचमुच नयी दुल्हनिया की तरह।

बंसी पैंथर की प्रेम कहानी

नदी के घाट की ओर जाते रास्ते में लगे इस पत्थर को ना पढ़ा होता तो यह कहानी पता ही नहीं लग पाती। इस सफ़ेद पत्थर पर काले से लिखा था–बंसी पैंथर मार्ग। अजीब नाम था ना! आसपास पूछा तो ग़ज़ब के क़िस्से...। जैसे, बंसी बाबू ने यहाँ अखाड़ा बनवाया था जो आज भी जागेश्वर पहलवान चलाता है। रांड़ों के घाट के नाम से मशहूर घाट की सीढ़ियाँ भी उसने बनवायी थी। पर सबसे ख़ास बात थी भवानी मन्दिर में लगा पाँच पसेरी का घण्टा जिस पर खुदा था–श्रीमान बंसीधर गजानन शुक्ल ने मैडम रोज़लीन की स्मृति में लगवाया।

यह कहानी दरअसल इसी घण्टे से शुरू होती है। बताते हैं बंसी बाबू ने जीते जी, अपने सामने सीकर से पीतल का यह घण्टा मँगवाकर यहाँ लगवाया था। पुजारी भी भक्तों-आगन्तुकों को भवानी मन्दिर में लगे घण्टों के बारे में बताते तो कुछ कहानियाँ भी बताते चलते। मसलन, एक घण्टा डाकू सुलताना ने भी लगवाया था। आज भी उसका धुँधला नाम दिख जाता है।

अब सीधे बंसी पैंथर नामक हस्ती पर आते हैं जिसके नाम पर हमारे क़स्बे में कई साल से यह पत्थर गड़ा है। हालाँकि किसी वाहन की टक्कर से यह थोड़ा कोने से टूट गया है। लोग चाहते तो किसी मज़बूत बोर्ड पर यह नाम उत्कीर्ण हो सकता था। पर इस पत्थर से तो जैसे लोगों को मोहब्बत हो गयी थी। इसमें वाकई बंसी पैंथर की आत्मा बसी थी। अब तो इसकी रक्षा के लिए कुछ नवोदित इतिहास प्रेमियों ने पर्यावरण प्रेमी का बाना पहनकर अगल-बग़ल दो लाल कनेर के पेड़ लगा दिये थे।

दरअसल, जिन दिनों पराधीन भारत में नेहरू और एडविना की प्रेम कहानी विकसित हुई थी, उन्हीं दिनों एक कथित प्रेमगाथा संयुक्त प्रान्त के इस छोटे हिस्से में पल्लवित हुई। कहते हैं, यह धरती के आकाश से मिलने जैसी प्रीत थी। हमारे इस ग़ुलाम प्रेमी

का नाम था बंसीधर गजानन शुक्ल जो टिकरागंज के इतिहास में बंसी पैंथर के नाम से दर्ज और प्रख्यात हुआ।

इस नायक बंसीधर की हसीन फिरंगन दिलबर थी रोज़लीन क्रिस वाल्टर। उसके पास गोरी हुकूमत का दिया सबसे बड़ा ओहदा यही था कि वह पचास साला मेजर वाल्टर रोज़ की दूसरी, लेकिन जवान बीवी थी। पति से क़रीब सत्ताइस साल छोटी। असल में वाल्टर की पहली बीवी रूबी क्रास्थवेट एक मगरूर आयरिश थी। बिना औलाद जने ज़िन्दगी का आनन्द लेने वाली। जब वाल्टर को अवध भेजा गया तो उसने साफ़ मना कर दिया, यह कहकर कि मच्छरों और ब्लडी नेटिव्स के साथ वह रह नहीं सकती। कलेजे पर पत्थर रखकर वाल्टर फटाफट अपनी टीचर मिसेज़ सोफिया हॉस्टर की तलाकशुदा लड़की रोज़लीन को ब्याह कर हिन्दुस्तान ले आया। बस, उसे मिसेज़ हॉस्टर को मोटी भेंट देनी पड़ी।

बहरहाल, जब मेजर वाल्टर अपनी टुकड़ी के साथ कानपुर, फतेहगढ़ होते हुए यहाँ आया तो ज़िन्दगी में कुछ सुकून भी आया। उसने शानदार डाकबंगला बनवाया। नाम रखा–वाल्टर हाउस। गोरे मेहमानों के शिकार-शौक़ के लिए मचानें बनवायीं। आसपास की ज़मीन पर खेती करवाने लगा। स्काटलैंड से मँगवाये बीजों से फूल उगाये। इस वीराने में जब वह जन्नत बना रहा था, तभी एक दिन कलक्ट्रेट दफ़्तर से आये सार्जेंट रोजर टोनी ने अपने साथ आये एक साँवले से मज़बूत हिन्दुस्तानी का परिचय कराते हुए कहा, "जनाब यह आपके पास ही रहेगा। इंडियन खाना बनाता है, अच्छा शिकारी है। इतना पढ़ा-लिखा है कि मेम साहब को हिन्दुस्तानी सिखा सकता है।" फिर हँस कर बोला, "और मेमसाब इसे अंग्रेज़ी सलीके सिखायेंगी।"

बंसी का साक्षात्कार हुआ।

"टोनी से कैसे मिला?"

"अखाड़े में...। भुइयांदेवी मन्दिर के मेले में हमारी कुश्ती देखे थे टोनी साब।"

"ओह, तुम रेसलर हो?"

"नहीं सरकार, बस शौक है। हम बछवा-पड़वा कन्धे पर उठा सकते हैं।"

"वो कैसे?"

"बचपन से प्रैक्टिस की। बिद्दोदीन महाराज के चेले पहलवान मंगली अहीर हमारे गुरु रहे।"

"बहोत अच्छे। कुश्ती करो, और करो। नौकरी क्यों करने आया?"

"मालिक खुराक, माल-गीजा कहाँ से लायेंगे?"

"ओके...!" वाल्टर थोड़ा संजीदा हुआ। तुम्हारा काम है–"मैडम को हिन्दुस्तानी सिखाना। इधर कोई जानवर, पैंथर आया तो रोकना। हम तुमको

बन्दूक़ देगा। पहलवानी की खुराक गौरमेंट की ओर से। स्काच भी हम पिलायेगा।" कहकर वह हँसा।

"हम नहीं पीते मालिक।"

"पीयेगा तो जेंटलमैन बन जायेगा।" वाल्टर फिर हँसा।

वह हँसता तो उसकी सुनहरी मूँछें भी हरकत करतीं। पर आँखें बन्द हो जातीं। चेहरे की लाल सलवटें बता देतीं कि वह बुढ़ापे की उदास नगरी की ओर बढ़ रहा है।

आगन्तुक को, उसकी मासूमियत को परखकर उसने बीवी को बुलाकर कहा, "बेबी रोज़, अब तुम बोर नहीं होगी। यह तुम्हारे साथ रहेगा। पढ़ायेगा। इंडियन चपाती भी बनायेगा। शिकार पर भी जायेगा। यह रेसलर है। बंसी रेसलर।"

रोज़लीन को जैसे वह कोई चलता-फिरता गुड्डा या उपहार दे रहा था। उसने हँसकर कहा, "सो क्यूट फेलो...।" बंसी की कोहनियों से उभरकर कलाई तक आयी सर्पीली नसें उसके दमखम का ऐलान कर रही थीं। उसके काले घने बालों के बीच साँवले चेहरे पर एक ऐसी आदिम और चितहरनी आभा थी, जिसने रोज़लीन के भीतर खुमारी जगा दी।

उसने बंसी को ऊपर से नीचे तक निहारा।

उसके बेतरतीब बाने पर कुछ बोलने के बजाय इतना ही कहा, "हमारी ड्रेस में तुम और स्मार्ट दिखोगे बंसी।"

बंसी समझ गया। उसके कायाकल्प की तैयारी शुरू हो गयी है।

उसने हाथ जोड़कर इतना ही कहा, "मेमसाहब कुछ भी करवा लेना। हमसे मीट-मच्छी और शराब की बात मत करना। हम बिरहमन हैं।"

"ओके, पर तुम बॉडी कैसे बनायेगा। चिकन सूप तो लेना पड़ेगा।"

"नहीं, मैडम यह दूध-घी-नेनू वाली बाडी है। हम एक दंगल आज नहीं हारे। कउनो तुरुक नहीं हमरे टक्कर में।"

रोज़लीन ने हँसते हुए कहा, "चलो तुम्हारे लिए एक भैंस ले लेते हैं। तुम ले के आओ, पे हम करेंगे।"

दूसरे दिन वाल्टर को बीवी ने ऑर्डर दिया कि एक भैंस बंगले में बँधवाई जाये। दूसरे दिन नसीबगंज के ज़मींदार झूरी सिंह के पास परवाना गया और एक दुधही, दूसरी ब्यांत की भैंसिया आ गयी। इतनी चमकदार खाल कि रोशनी पड़ने से पॉलिश की तरह चमक मारती। रोज़लीन ने देखते ही कहा, "सो क्यूट!"

बंसी की तो दुनिया बदल गयी। कपड़े बदल गये। वह आधा हिन्दुस्तानी आधा अंग्रेज़ हो गया।

मेजर साहब बेफ़िक्र हो गये। पहली बीवी के जाने के बाद से वे इतना तो समझ ही गये थे कि दूसरी को सँभालकर रखने के लिए थोड़ा उसे ख़ुश रखना ही होगा। उन्होंने शानदार बाग़ बनवाया। ब्राजील से आये रंग-बिरंगे बातूनी तोते पाले जो दिन भर मेम साहब का दिल बहलाते रहते। उनकी अंग्रेज़ी गालियों से ऊबकर बंसी ने उन्हें सिखाया–राम राम। पट्टू, चित्रकोटी, टियूं टियूं टियूं...।

रोज़लीन भी हँसकर कहती, "गुडमार्निंग राम-राम...पर बंसी ये हिन्दुस्तानी नहीं सीख पायेंगे।"

बंसी कहता, "कमाल है जब आपने सीख ली तो तोते क्यों नहीं।"

"ओह..." वह हँसकर शरारती चितवन से बंसी को देखती।

वह लजा जाता। मैडम की आँख में जो फरकन थी, वह बंसी बर्दाशत नहीं कर पाता।

सोचने लगता... कहीं मैडम की तबीयत तो नहीं मचलती। कई बार वह भेदने वाली नज़रों से देखतीं।

आख़िरकार, एक दिन वाल्टर के पास वायसराय दफ़्तर से ऑर्डर आ गया कि अब इलाहाबाद के क़िले में डेरा पड़ेगा। वाल्टर ने जनरल साहब से गुज़ारिश की–"उसे टिकरागंज में ही रहने दें। बड़ी तबीयत से आशियाना बनाया है। बीवी प्रेगनेंट है। वह वापस लन्दन चली जायेगी...।" पर उसकी नहीं सुनी गयी। हाँ, यह छूट ज़रूर दे दी गयी कि वह चाहे तो उस बँगले को अपने पास रख सकता है। लेकिन बीवी की हिफ़ाजत की गारंटी कौन लेगा। यह इलाक़ा तो शिकारगाह वाला है। इतना जोखिम क्यों लेते हो। पर वाल्टर को तो जैसे बंसी पर भरोसा था।

उसने कहा–"साहब वह एक वफ़ादार हिन्दुस्तानी गार्ड है। वह जान पर खेल जायेगा। रोज़लीन को कुछ नहीं होने देगा।"

वाल्टर ने बंसी को बुलाकर पूछा, "तुम्हारी फैमिली में कितने लोग हैं?"

बंसी ने बताया, "बीवी और एक साल की लड़की। दो भाई का परिवार और पिता जी गाँव में हैं।"

"तो तुम एक काम करो, वाइफ और बच्ची को यहीं ले आओ। सबका मन लग जायेगा। मैं तो बाहर जा रहा हूँ।"

उसकी सारी चिन्ता रोज़लीन को लेकर थी। एक तो वह गर्भवती, दूसरे इस जगह में वह पूरी तरह रम चुकी थी। उसे बंसी का साथ मिल गया था और वह ख़ुश रहती थी। बंसी उसे हिन्दी में पत्र लिखना सिखा चुका था। उर्दू में उसे थोड़ी दिक्कत

थी। बंसी को उसने इतनी अंग्रेज़ी सिखा दी थी कि वह अपनी देहाती पत्नी से कुछ बात छिपाने के लिए मैडम से अंग्रेज़ी में बोल देता था।

वह इतना सीख गया था कि अंग्रेज़ी में कब मैडम की तारीफ़ करनी है।

एक दिन रोज़लीन ने उदास लम्हों में बंसी से कहा, "तुम लकी हो। कम से कम अपनी फैमिली के साथ तो हो।"

पहली बार बंसी ने मेम साहब की बिलरई आँखों में सुन्दर तरइया देखी।

उसने कहा, "आप रो रही हैं?"

उसने झीनी हँसी के साथ सिर हिलाया। वह आँख का तारा नीचे सरककर लाल कपोल के उभार पर आ गया।

बंसी ने कहा, "मेम साहब अभी आपको ख़ुश रहना है। आपका लिहाज है ज़्यादा नहीं बोलेंगे। आपको नये जीव के बारे में सोचना है।"

"ओ माई गॉड!" कहकर रोज़लीन ने बंसी का कसीला हाथ अपने हाथ में ले लिया।

बंसी इस सर्दी में भी गर्मी महसूस करने लगा। जीवन में पहली बार किसी नरम, गोरे हाथ ने उसे छुआ था। वह डर गया... कहीं यह प्यार तो नहीं। अरे बाप रे, उसे तो बचना होगा! फिर दिल ने तसल्ली दी कि नहीं नहीं मेम साहब के पति घर से दूर कहीं पड़े हैं। उदासी की मारी है। दिल के किसी कोने में उन्हें याद करके गमगीन होती रहती है।

मैडम रोज़लीन ने इस बँगले में ही एक लड़के को जन्म दिया। वाल्टर तब भी अपनी लाम के साथ पट्टी प्रतापगढ़ में था। उसे ख़बर मिली, पर अभी वह आ नहीं सकता था। सब कुछ बंसी और उसकी पत्नी सरोज ने किया। वह बच्चा देखकर दंग थी–इतना गोरा, लाल बच्चा ज़िन्दगी में पहली बार देखा। देखते ही कहा, "अरे दइया एकदम्मै वाल्टर साहब पर गया है।" बंसी ने डाँटा, "लुल्लई वाली बात करती है, अरी सिर्रिन और किसपे जायेगा।"

वह डर गयी। बोली, "हमारा मतलब साहब जित्ता सुन्दर है। मेम साहब कहेंगी तो हम इसका नाम रखेंगे।"

बंसी ने ने फिर हड़काया, "चल काम कर, ज़्यादा बुआ-दिद्दा मत बन!"

पर रोज़लीन ने हँसकर कहा, "एक नाम तुम रखना, एक हम..ओके...डन।"

सरोज ख़ुश हो गयी। उसने प्रस्ताव रख दिया, "मेम साहब बुरा ना मानें, हमारे अभी दूध उतरता है। कहो तो..."

रोज़लीन को तो जैसे मुराद मिल गयी।

"हम इसका तुमको पैसा देंगे।"

सरोज पाँव पर गिर गयी, "मेम साब दूध का कोई मोल नहीं होता। जैसे हमारा गुड़िया पल गयी, वैसे ही कान्हा को हम अपना दूध देंगे।"

तो इस तरह सरोज विलियम कान्हा की धाय माँ बन गयी।

असल में नाम तय हुआ विलियम कान्हा। यह कान्हा सरोज की ओर से था। वह कन्हैया की भक्त जो थी।

रोज़लीन की ज़िन्दगी में जैसे रोशनी आ गयी। वाल्टर को काम से निजात नहीं थी। उसने एक दिन तार पर सन्देश दिया कि तुम दोनों को इलाहाबाद बुला लेंगे। मैं अभी नहीं आ सकता। रोज़लीन ने साफ़ मना कर दिया। सन्देश दिया, लन्दन से ख़बर आयी है कि ब्रिटिशर्स इसी साल इंडिया छोड़कर लौट रहे हैं। जितने दिन हैं, यहीं रहेंगे बँगले में।

वाल्टर ने हार मान ली। एक दिन अपने बेटे को देखने के लिए आ गया। पूरे छह महीने लग गये। वह भावुक होकर बच्चे की तरह फुसका। रोज़लीन से माफ़ी माँगी और वादा किया कि लन्दन जाते ही वह फ़ौज छोड़ कर कैंट्सबेरी के अपने फार्महाउस में खेती करेगा। बच्चे और बीवी को सिर्फ़ प्यार देगा।

बंसी से उसने इतना ही कहा, "दोस्त पिछले जन्म में हमारा ज़रूर कोई नाता रहा होगा। हम तुम्हारा साथ नहीं छोड़ने वाले।" जाते-जाते वह बंसी को सौ रुपये दे गया। कहकर गया, "इस बार तुम्हारी कुश्ती इलाहाबाद में किसी सितारे-हिन्द से कराएँगे।"

बंसी ने हाथ जोड़ लिए, "मेजर साहब हमारे हाथ-गोड़ बचाये रखना।"

वाल्टर ने उसे गले लगा लिया।

वाल्टर ने शिकार के लिए मचानें बनवा रखी थीं, पर वे काम नहीं आयीं। इधर जानवर भी नहीं दिखते थे। गाँव वालों ने भी शिकारियों से बचने के लिए ख़बर उड़ा रखी थी कि गोरे सारे शेर मारकर खा गये। उनकी खालें विलायत चली जाती हैं। मांस सुरक्षित रखकर साहब बहादुर से लेकर वायसराय साब के पास जाता है। इसी लापरवाही में बंसी ने भी निशानेबाज़ी बन्द कर दी। वाल्टर ने उसे मेड इन बर्किंघम पिस्टल भी दी थी। पर सब बक्से में बन्द। पर अच्छी बात यही थी कि सुबह उठकर वह पाँच-पाँच सौ दंड बैठक लगाता। मुगदर भांजता। खेत पर मेहनत करता। भैंस का औंटा दूध पीकर दन्न रहता। एक दिन उसने मेम साहब को बता दिया कि

भैंस छुटा जायेगी तो दूध कैसे मिलेगा? फिर क्या था! हाल में ब्याई एक श्यामा गाय आ गयी। बंसी ने रोज़लीन को बताया कि गाय का दूध बच्चे के लिए भी फ़ायदे वाला है।

लेकिन यह गाय क्या, देवदूतिन साबित हुई। एक दिन सर्दी की शाम में अप्रत्याशित ढंग से बंबाने लगी। उसका बछड़ा भी फुदकने लगा, जैसे रस्सी तुड़ाकर भागना चाहता हो। पर भैंस तो वाकई पड़ी-पड़ी पगुरा रही थी। गाय की हरकत देखकर पहले तो बंसी खीजा, पर अचानक उसे इशारा समझ में आ गया। उसने चीख़कर रोज़लीन को आवाज़ दी, सब घर में बन्द हो जाओ। पैंथर है आसपास। उसने सोचा, जितने में वह बन्दूक़ साफ़ करके गोली भरेगा, पैंथर अपना काम कर जायेगा।

उसने पाँच हाथ का भाला लेकर गाय के पास ही मोर्चा लगा लिया। फटाफट वहीं आग जला ली। पत्थर जमा कर लिए। आबादी कोई आसपास थी नहीं। वही हुआ जिसका डर था। पैंथर या तेंदुए ने घात लगाकर सबसे पहले भैंस के पड़वे पर हमला किया। उसकी गर्दन एक झटके में कस डाली। पड़वा वहीं ढेर हो गया। बंसी के लिए जीवन का यह सबसे बड़ा मुक़ाबला था। उसने भुइयां मइया का जैकारा मारकर भाला सीधे तानकर उसे ललकारा। तेंदुए ने जैसे ही छलाँग लगायी, बंसी का भाला उसके पेट में घुसता गया। जैसे ही वह नीचे गिरा, बंसी ने जंगली योद्धा की तरह उसके शरीर को बेध डाला। पूरे आधा घण्टा जंग हुई। ज़ख़्मी तेन्दुआ इतनी आसानी से शिकार नहीं छोड़ता। बंसी के जहाँ-जहाँ पंजे लगे, चमड़ी उधड़ती गयी। फिर वह सुलगता चैला लेकर लड़ा। आग से बड़ा ख़तरनाक हथियार इस हिंसक जानवर के लिए कोई नहीं था। बंसी ने उसका मुँह झौंसा डाला। उसकी दहाड़ अब जान बचाने का आर्तनाद था। बस थोड़ी कसर बाक़ी थी। बंसी ने उसकी गर्दन में भाला गाड़कर इन्सानी फतह का झण्डा लहरा दिया। पर ख़ुद भी निढाल होकर आग के क़रीब पसर गया।

रोज़लीन डरी-डरी यह मंज़र अन्दर से देख रही थी। आदमी और हिंसक जानवर की ऐसी जंग उसने कभी नहीं देखी थी। इस सर्दी में भी वह पसीने से भीग गयी थी। वह फ़ौजी अफ़सर की बीवी थी, लेकिन ऐसी जंग पहली बार देखी। एक हिन्दुस्तानी की वफ़ादार दिलेरी देखकर वह दंग थी। तेंदुए की लाश और उसका पस्त शिकारी। पड़े-पड़े बंसी ने थकी पुकार के साथ कहा, "मेमसाहब पानी पिया दो...।" पता नहीं क्यों, ज़बां पर मेम साहब का नाम ही आया।

रोज़लीन ने पानी लाकर दिया। उसकी आवाज़ ही नहीं निकल रही थी। सरोज

तो काँपते हुए पास आने की हिम्मत भी नहीं कर पा रही थी। वह अपनी बेटी को दूर लिए खड़ी थी।

रोज़लीन ने अपने हाथ से उसे पानी पिलाया। ख़ून के छींटे पोंछे। ज़ख़्म पर मरहम लगाया। उसके माथे को सोहराया।

इस पीड़ा और थकावट में भी बंसी पूरे होश में था। उसने रोज़लीन का हाथ परे करते हुए कहा, "आपके हाथ गन्दे हो जायेंगे।"

वह क्षीण हँसी के साथ बोली, "बंसी नहीं, तुम रियली बंसी पैंथर हो।" बंसी का थका सिर उसकी गोद में लुढ़क गया। रोज़लीन उसकी पत्नी की चिन्ता किये बिना उसके माथे को सहलाये जा रही थी।

तो इस तरह एक हिन्दुस्तानी और गोरी मेम की अफलातूनी प्रेम कहानी शुरू हो गयी। गोरी मेम ने नाम क्या रखा, वह वाकई बंसी पैंथर हो गया। अकेले में रोज़लीन उसे मिस्टर पैंथर कहती तो वह लजा जाता। वह लिहाज़दार इन्सान था। विलियम कान्हा को गोद में घण्टों खिलाता। वाल्टर साहब को जब इस घटना के बार में पता चला तो उसने इतना ही कहा, "हमें पता था कि बंसी यह कर सकता है। उसे गौरमेंट सर्विस में रखवाएँगे।" बंसी यह सुनकर ख़ुश हुआ। ब्रिटिश राज के सिपाही की वर्दी उसे हमेशा मोहित करती थी। वह जानता था कि फिरंगी हुकूमत के फ़ौजी की गाँव में कितनी इज़्ज़त होती है। असल में उसकी रिश्तेदारी में एक सूबेदार चाचा चन्द्रबली शुकुल थे। उनके लिए मर्दाने हाथ के एक बलिश्ता भर की रोटियाँ बनती थी। जब घर में ख़बर आती कि सूबेदार चाचा आ रहे हैं, पूरे घर में भोरहरे तैयारी शुरू हो जाती। अरहर की दाल के साथ आलू की सब्ज़ी बनती, दही का रायता बनता। और साथ में खीर। एक नया तौलिया, साबुन और पिसना मंजन एक दिन पहले ही लाकर रख दिया जाता।

बंसी सोचता कि काश, वह भी एक दिन फ़ौज का सिपाही बन जाता। हालाँकि सूबेदार चाचा यह कहते जाते थे कि गोरी हुकूमत अब कम्पनी में बाम्हन सिपाही नहीं रखती।

उसने पूछा था–काहे?

"मंगल पाण्डे और चित्तू पाण्डे के काण्ड के बाद।"

"पर चाचा वो तो सही किये थे।"

"अबे चुप, तभी तो बाम्हन नहीं भरती करते। हमारे कर्नल टैड कहते हैं, बाम्हन सरकश और फइनहे किसिम के होते हैं, जरा से में बागी बन जाते हैं। उन्हें अब सिक्ख, गुरखा, मद्रासी ज़्यादा चाहिए।" फिर सूबेदार चाचा बाम्हन बागियों के नाम

गिनाते। तात्या टोपे, नाना साहब से लेकर अपने क़स्बे के बागी गेंदालाल दुबे और छत्रसाल पाठक के नाम गिनवाते।

बंसी समझ गया कि अंग्रेज़ बाम्हनों को वफ़ादार नहीं मानते। मन में ठान ली कि इस साल अंग्रेज़ नहीं गये तो वह भी सत्याग्रह या बग़ावत में कूद पड़ेगा। वह गांधी बाबा को पसन्द तो नहीं करता था। पर यह बात अच्छी लगी कि गिरस्ती चलाते हुए चुपचाप धरना, जुलूस करो। सलामत घर लौट आओ।

पर अब तो कहानी बदल गयी थी। रोज़लीन मेम साहब तो प्यार से उसका नाम बंसी पैंथर रखे है। उसे भरोसा हो गया कि वाल्टर साहब अपने देश जाने से पहले उसे सिपाही, सूबेदार बना कर जायेंगे।

इधर बंसी ग़ौर कर रहा था—रोज़लीन रोज़ कुछ ना कुछ सामान पैक करती रहती। पुराने कपड़े अलग रखे जा रहे थे। लकड़ी की पेटियाँ आ रही थीं। बंसी का दिल बैठता जा रहा था। इस बार वाल्टर साहब फ़ोन लगवाकर गये थे। ज़िन्दगी में पहली बार उसने फ़ोन देखा। फ़ोन पर उसने वाल्टर साहब की आवाज़ सुनी तो हैरान रह गया। आज वाल्टर साहब ने बताया कि अभी हम लोग लन्दन नहीं जा रहे। पर उसकी बदली आगरा हो गयी है।

रोज़लीन ने बंसी को बताया कि अब वाल्टर हाउस छोड़ना पड़ेगा। मेजर साहब आगरे जा रहे हैं। अब हमारा रहना ठीक नहीं। बंसी मायूस हो गया। रोज़लीन ने उसकी आँखों में अपनी आँखें डालकर कहा, "पैंथर तुम्हारी आँख में आँसू...?"

बंसी ने झीनी हँसी के साथ कहा, "चित में चोट लग जाये तो ऐसा हो जाता है।"

"ओ माई गॉड...!" रोज़लीन ने उसके सिर पर अपना हाथ फेरकर कहा।

"चिन्ता नहीं करो, हमारे साथ तुम भी चलोगे। हम भी तुम्हारे बिना नहीं रह पायेंगे। रियली!"

शायद आगरा मेजर वाल्टर का आख़िरी पड़ाव था। मेजर को ख़बर लग गयी थी। वायसराय ने कलकत्ते दौरे में आर्मी यूनिट को बता दिया था कि लेबर पार्टी का दबाव है और प्राइम मिनिस्टर एटली के फार्मूले पर काम चल रहा है। हिन्दुस्तान को आज़ाद करना ही पड़ेगा। मिस्टर गांधी भी नरम पड़े हैं। बड़ा ख़तरा हिन्दुस्तानी फ़ौजियों में सुलगती बग़ावत से है। नेताजी की फ़ौज से आये फ़ौजियों के तेवर का असर दिख रहा था।

आगरा में रोज़लीन के लिए एक ही आकर्षण था कि यहाँ ताजमहल था। बंसी ने एक दिन बताया कि वह रोज़ कैंट से दौड़ता हुआ ताजमहल तक जाता है। वहाँ

से लौटकर सुल्तान सिंह के अखाड़े पर ज़ोर लगाता है। बंसी की गाय-भैंस सब छूट गयी। आगरा भी वह अकेले आया। पत्नी और बच्चे को गाँव में छोड़कर। बहाना कर दिया, अभी पैसा जमा करना है। एक दिन रोज़लीन ने उससे पूछ लिया, "पैंथर पत्नी की याद आती है?"

वह शर्माते हुए बोला, "आती थी, पहले...।"

अब?

पैंथर बस मुस्करा दिया, "मेम साहब बुरा मत मानना हमें आपके साथ रहना अच्छा लगता है।"

"जब हम चले जायेंगे यहाँ से तो..."

"क़सम से जीना मुश्किल होगा।"

बंसी इश्क़ियानी बात करने लगा था।

रोज़लीन ने इतना ही कहा, "हम तुमको इंग्लैंड ले चलेंगे।"

"सच्ची में?"

"क्यों नहीं ?"

बंसी गुदगुदे सपने में खो गया।

वाल्टर ने एक बार बंसी से वादा किया था कि वह उसकी कुश्ती बड़े पहलवान से करायेगा।

उसे नगर मजिस्ट्रेट डेनियल रोजेन से पता चला कि आजकल सितारे-हिन्द गामा अपने पूरे कुनबे के साथ आगरा में है। इमाम बख्श, उसके भतीजे भोलू उस्ताद ने पूरे आगरे और हिन्दू पहलवानों को चुनौती दे डाली है। जसमेर गुरु ने इस चुनौती का मुक़ाबला करने के लिए अपने अहीर, चौबे और जाट पहलवानों को तैयार कर लिया। यह भी तैयारी कर ली कि हिन्दू पहलवान धोखे से हार गया तो भोलू को सही सलामत नहीं जाने देना।

दंगे की नौबत आ गयी थी। जब से पाकिस्तान की चर्चा ने ज़ोर पकड़ा था, पहलवानी में भी हिन्दू-मुसलमान घुस गया।

खुफ़िया सूत्रों ने कलेक्टर को बता दिया कि इस बार राजा की मंडी की कुश्ती के बाद दंगे के पूरे आसार हैं।

प्रशासन चौकस हो गया। मेजर वाल्टर ने शान्ति की ज़िम्मेदारी ली। उसने प्रशासन को बता दिया कि पहलवान भी उसका रहेगा। बंसी पैंथर के नाम से एक बड़ा-सा पोस्टर लगवाकर पूरे राजा की मंडी में चिपकाया गया। जसमेर गुरु की

समझ में नहीं आया कि यह बाहरी पहलवान कहाँ से टपक पड़ा।

अखाड़े में हिन्दू और मुसलमान पहलवान का ज़ोर था, इसलिए अंग्रेज़ कलेक्टर ने ख़ासतौर पर पुलिस लगायी। चार घुड़सवार लगा दिये गये। गामा ख़ुद कुश्ती देखने आया। पहले से ही दर्शकों को बता दिया गया था कि भोलू उस्ताद ने सारे आगरा को चैलेंज कर दिया है। यह भी बताया गया कि भोलू के लिए रोज़ एक मेमना कटता है। रामपुर का नवाब उसकी खुराक देखता है। अगले महीने वह कुश्ती लड़ने के लिए बर्मा जा रहा है।

दरअसल अब यह कुश्ती साहब बहादुर को ख़ुश करने के लिए थी। भोलू हारता तो गामा की नककटी हो जाती। गामा को मुसलमान डीएसपी सफदर अली चुपचाप समझा गया...माहौल ठीक नहीं...। कैसे भी कुश्ती निपटाओ और पटियाला निकल लो...।

बंसी भोलू जैसा तगड़ा तो नहीं था। पर उसके अन्दर वास्तव में पैंथर जैसी तेज़ी और फड़कन थी। वाल्टर ने उसे कान में समझा दिया कि डरने वाली बात नहीं। बस ज़ोर दिखाओ। वह एकलंगा और कलाईतोड़ का उस्ताद था। गामा के इशारे के बाद उसने और भोलू ने एक-दूसरे की आँख में झाँकते हुए हाथ मिलाया और जूझ पड़े। वास्तव में यह एकदम नूराकुश्ती थी। एक बार कलाजंग से भोलू, दूसरी बार एकलंगा से बंसी जीता। तीसरे तक भोलू की साँस नहीं चलने वाली थी। बंसी पैंथर को अपनी दम पर भरोसा था। उसके पास वास्तव में कुदरती ताक़त थी। मेजर साहब ने इशारा किया। तनाव के माहौल में भीड़ भी नहीं चाह रही थी कि उनका पहलवान हारे। दोनों गर्दन कसे एक-दूसरे को थकाते रहे। मेजर वाल्टर ने इशारा किया। मोटी थोथ वाले हमीदा पहलवान ने कुश्ती को बराबर बता दिया। सरकार की ओर से इनाम में बंसी को पाँच सेर घी और पचास रुपये का इनाम मिला। दोनों पहलवानों को चाँदी का ताज पहनाया गया। हींग के व्यापारी केजरीवाल सेठ ने एक-एक साइकिल भेंट की। भोलू ने जाते-जाते कहा, पैंथर भाई कस तो है तुम्हारे अन्दर। पहलवानी छोड़ना मत।

गामा तो इतना ख़ुश हुआ कि उसने बंसी को मुगदर की जोड़ी भेंट कर दी, जिसमें चाँदी की मूठ लगी थी। वाल्टर साहब ने बंसी की पीठ ठोंकी। यह कहा भी, बंसी तुमने हम सबकी नाक बचा ली।

बंसी की यह शोहरत ऊपर तक गयी। मेजर साहब ने और मजिस्ट्रेट साहब ने उसकी सिफ़ारिश ऊपर पहुँचाकर सरकारी मुलाजिम बनवा दिया। खेल कोटे से उसे हवलदार बनाने के साथ यह छूट दे दी गयी कि वह चाहे तो फ़ौज की रसोई सँभाल सकता है। पर बंसी ने कहा, जनाब हमें मोर्चा पर जाना है। तो इस तरह बंसी पैंथर

फिरंगी राज का वफ़ादार सिपाही बन गया। अब वह अर्दली बनकर मैडम रोज़लीन से मिलने जाने लगा।

एक दिन वह वाल्टर साहब के हुक्म पर रोज़लीन को लेकर इतवार को ताजमहल गया। गाइड यह देखकर ज़्यादा चकित था कि एक वर्दी वाले हिन्दुस्तानी के साथ इतनी हसीन गोरी मेम कैसे। हालाँकि बंसी ने कहा भी कि मेम साहब आपको साहब के साथ आना चाहिए था...। वह पहली बार झल्लाई बेबाकी से बोली, "साहब की शादी तो नौकरी से हो गयी है।"

पहली बार वह बंसी का खुरदुरा हाथ पकड़कर ताजमहल में घूमी। एक दढ़ियल बंगाली तस्वीरकार पीछे पड़ गया। दोनों ने फ़ोटो खिंचवाई। बंसी ने पूछा, "भइया फ़ोटो खींचते भी हो कि देते भी हो?"

वह हँसा, "एक फ़ोटो हम अपने स्टूडियो पर लगायेंगे। दूसरी बाई पोस्ट आपको पहुँचा देंगे। नो चार्ज। यह क्लासिक है। अभी हम एडविना और नेहरू की फ़ोटो खींचकर आया है।"

दोनों ने तस्वीर खिंचाई। रोज़लीन के चेहरे पर ताजे गुलाब जैसी मुस्कराहट थी, पर बंसी पैंथर के चेहरे पर जैसे पराधीन हिन्दुस्तान बसा था। थोड़ी-सी सकुचाई हुई ख़ुशी गोरी मेम की सोहबत के कारण झलक रही थी।

फोटोग्राफर तपन पॉल ने कहा, "यह अद्‌भुत है। कलकत्ता पहुँचकर यह फ़ोटो आपको भेजूँगा।"

बंसी ने अपना पता लिखवाया। पता नहीं क्यों एक डर था कि वाल्टर साहब को यह फ़ोटो अच्छी नहीं लगेगी। असल में तस्वीर में रोज़लीन कुछ ज़्यादा ही सट गयी थी। ना जाने क्यों तपन पॉल इसे क्यों मुहब्बत की निशानी वाली फ़ोटो बनाने पर आमादा था। उसने सिर्फ़ इतना बताया कि प्रताप घोष लेन में तिवारी लस्सी सेंटर के पास उसका मशहूर काली स्टूडियो है।

बंसी ने पता नोट कर लिया। यह सोचकर कि पता नहीं यह फ़ोटो भेज पाये कि नहीं। ज़्यादा हुआ तो वह बड़ा बाज़ार में रहने वाले अपने रिश्तेदार अटल बिहारी को फ़ोटो लाने का ज़िम्मा दे देगा।

बंसी के मन में यह सोचकर ही गुदगुदी फैल गयी कि रोज़लीन ने उसके साथ फ़ोटो खिंचवाई। बाप रे, उनके बाल कैसे महर-महर महक रहे थे। विलायती तेल की तासीर ने जैसे उसके दिल तक मार कर दी थी।

मेजर वाल्टर ने एक अच्छा काम यह किया कि बंसी पैंथर को कहीं और लगाने के बजाय अपनी गारद में लगा दिया। गारद से ज़्यादा वह उसके घर पर पहरेदारी

करता। छोटे साहब बहादुर विलियम कान्हा की सवारी बनकर झूमता। अब इतनी हिम्मत बढ़ गयी थी कि डरते-डरते रोज़लीन का हाथ पकड़कर मोहब्बत का एक ही लफ्ज बोल पाता, "आपकी अँगुलियाँ कित्ती लम्बी है....।"

वह हँसकर कहती, "पैंथर तुम्हारी तारीफ़ में भी फिलासफ़ी है।" वह समझ जाता कि उसकी मोहब्बत का मज़ाक़ उड़ाया जा रहा है।

वाल्टर ने सही कहा था कि आगरा उनका आख़िरी पड़ाव होगा। दो मुल्क बनने की क़ातिल गहमागहमी के बीच पैग़ाम आ गया कि गोरी हुकूमत ने हिन्दुस्तान छोड़ने का फैसला कर लिया है। दिन भी मुकर्रर हो गया है। पर वाल्टर को जैसे हर जगह ख़ूनी कालीन ही मिलती अगवानी के लिए। जाते-जाते उस पर आगरा को शान्त करने का ज़िम्मा था।

अब वह देर रात तक लौटता तो कई कहानियों के साथ। तमाम फ़ौजी छावनी, बैरकें ख़ाली कर गये थे। कलेक्टर ने संवेदनशील इलाक़ों में चौकसी बढ़ा रखी थी। पर रोज़ एक आध मरा पाया जाता। सूअर और गाय की सियासत भी चल रही थी। पर सबसे ज़्यादा कबाड़ा किया लाहौर और कराची से आने वाली ख़बरों ने। रोज़ मोर्चे निकलते। व्यायामशालाओं में हिन्दुओं की संख्या बढ़ने लगी। सरहद पार से आये लोगों ने जो दारुण कहानियाँ सुनायीं, उसने आगरा में चिनगारी फेंक दी।

बंसी पैंथर वाल्टर के साथ रहता था। एक रात को लौटते-लौटते वे एक शरणार्थी शिविर के पास टोपी वालों की भीड़ में फँस गये। उन्हें लगा कि सरकारी जीप देखकर भीड़ कुछ नहीं कहेगी। पर ये तो पागल थे। साथ में ड्राइवर और बॉडीगार्ड के नाम पर बंसी पैंथर। वाल्टर साहब डाँटकर बोले, "हट जाओ नहीं तो गाड़ी चढ़ा देंगे।" पर भीड़ डरने के बजाय, डंडे, तलवार लिए आगे बढ़ती रही। उसने घबराकर कहा, "पैंथर मरवाओगे क्या..., फायर... माई ऑर्डर...।" बस, इतने में ही पैंथर जैसे काल बनकर टूट गया। गोलियाँ चलने लगीं। वाल्टर भी पिस्टल निकाल खोपड़ियों और टोपियों पर सीधे निशाना साधने लगा। दस लाशें गिरते ही भीड़ छितरा गयी। और इस तरह वाल्टर साहब की जान बच गयी। दूसरे दिन अख़बार की बड़ी ख़बर यही थी कि बड़े हाकिम की जान बचाने के चक्कर में दस मुसलमानों की जान ली।

बंसी पैंथर फ़रार। लेकिन अभी हुकूमत तो अंग्रेज़ों की थी। इस काण्ड की ज़िम्मेदारी वाल्टर साहब ने ली। जिन्ना और मुसलमानों से नाख़ुश कांग्रेस ने भी मामले को आगे नहीं बढ़ने दिया। मरने वालों को दंगाई और लीगी बताकर मामला शान्त करा दिया

गया। लेकिन तनाव को देखते हुए वाल्टर को वायसराय ने हिन्दुस्तान छोड़ने का हुक्म दे दिया। फ़ाइल बन्द हो गयी।

ना जाने कहाँ-कहाँ की खाक छानकर बंसी पैंथर आगरा लौटा तो दुनिया बदल गयी थी। उसे पता चला कि रोज़लीन लन्दन जा रही है, तो दिल पर जैसे बरछा चल गया। वह रो पड़ा। वाल्टर साहब ने कहा, "हमें जाना ही पड़ेगा। दस मुसलमान मरने की घटना वायसराय और लन्दन तक पहुँच गयी है। पर तुम्हारा शुक्रिया बंसी, तुमने हमारा घर बचा लिया!...।"

वाल्टर ने पहले पूरी घटना नहीं बतायी थी। आज बीवी के सामने बोला, "बंसी ना होता तो मुसलमान हमें मार डालते।" सुनकर रोज़लीन की तो जान ही निकल गयी।

अहसानों से दबी हसीन मेम ने बंसी के सामने यह पेशकश भी रखी कि वह चाहे तो उनके साथ लन्दन चल सकता है। काम की अंग्रेज़ी वह जानता ही है। वाल्टर रोज़ ने भी समर्थन किया। उन्होंने बताया कि लन्दन में सभ्यता और सम्पन्नता ने नयी ऊँचाई तय कर ली है। वह चलेगा तो इन्सान बन जायेगा।

बंसी सपने में खो गया। इतना ज़्यादा कि उसे अपना साँवला रंग भी गोरा लगने लगा। कल्पना करने लगा कि उसके बच्चे भी सुनहरे बालों वाले, नीली आँखों वाले हो गये हैं। अपना फ़ैसला सुनाने में उसे देर हो रही थी और रोज़लीन रोज़ उससे कहती, "बंसी फैमिली से पूछकर डिसाइड करो...।"

बंसी ने हिचकते हुए इतना ज़रूर कहा, "मेमसाहब मेरी बीवी ने गाँव में हाल ही में एक और बच्चे को पैदा किया है। पूछने में डर लगता है।"

रोज़लीन ने साफ़ कह दिया कि तुम लन्दन अकेले चलोगे। बीवी का, बच्चों का बाद में डिसाइड होगा।

बंसी को पता था कि उसकी बूढ़ी पण्डिताइन अम्मा कभी समन्दर लाँघने नहीं देंगी।

रोज़लीन तो जैसे अपनी मुहब्बत की निशानी के तौर पर उसे बेल्जियम के शीशे वाला मुरादाबादी सिंगारदान, बुनी हुई कुर्सियाँ, पेरिस वाले पाउडर के डिब्बे, फ्रेंच लिपस्टिक, लेदर वाली जैकेट, ढेर सारी चीज़ें देकर जा रही थी।

उसने फीकी मुस्कान के साथ कहा, "ये सिंगार का सामान काहे के लिए।"

रोज़लीन ने कहा, "सरोज भी तो है। और ये चाकलेट बच्ची के लिए।"

ये सामान देखकर बंसी पैंथर भावुक हो गया। उसने साहब बहादुर को कस्तूरी भेंट की जिसके बारे में कहा जाता था कि उसके पिता गजानन भूपाल शुक्ल को

शिवपुरी के जंगल में मिली थी। अद्भुत भेंट लेकर वाल्टर ने उसे गहरी साँस लेकर सूँघा और नम आँखों से कहा, "पैंथर तुम याद रहोगे..." और बंसी ने पहली बार साहब बहादुर के पैर छूकर कहा, "ज़िन्दगी रही तो फिर मिलेंगे हुजूर साहेब।"

रोज़लीन ने शिकायती प्रेम के साथ कहा, "बंसी तुमने हमें तो कुछ दिया नहीं...।"

बंसी उदास हो गया– "मेम साहब हम सोचते ही रह गये कि दुनिया की कौन सबसे क़ीमतदार चीज़ है आपको देने के लिए।"

"कोई बात नहीं। अभी दो दिन हैं। कोई ना कोई चीज़ निकल आयेगी। हमें यक़ीन है।"

बंसी पैंथर का सीना चौड़ा हो गया।

वाल्टर ने कहा, "डियर रोज़ तुम बंसी को टेंशन मत दो। वह परेशान है। उसे नौकरी करने दो। हम जब टूरिस्ट बनकर हिन्दुस्तान आयेंगे, बंसी के साथ रहेंगे। क्यों बंसी...।"

बंसी अकबका गया।

पहली बार रोज़लीन ने वाल्टर के सामने ही बंसी पैंथर के साँवले हाथ को अपने हाथ में लेकर कहा, "मुझे पता है तुम परेशान हो गये हो। पर यह आना-जाना चलता रहता है।"

आज़ादी का दिन मुकर्रर होने के बाद आज आगरा लगभग ख़ाली हो रहा था अंग्रेज़ों से। कैंट में सामान बटोरने वालों का मजमा लगा हुआ था। कुछ सामान बिक रहा था। कुछ भेंट में जा रहा था। सागौन के तख़त, फ़र्नीचर, फ़ानूस वग़ैरह हवापरस्त बनियों-मारवाड़ियों ने अपनी बैठकों के लिए ख़रीद लिए। रईस शौक़ीनों ने ईरानी कालीन और पेंटिंग ख़रीदीं। कपड़े ग़रीबों में बँट गये।

कुछ अंग्रेज़ चुपके से मेड इन स्काटलैंड के नाम से बिकने वाली पिस्टलें दबंग ठाकुर-ब्राह्मणों को बेच गये।

मेजर वाल्टर पहले ही सब दान कर गया था। वह बस हिन्दुस्तानी हुक़्क़ों का शौक़ीन था, इसलिए फ़िरोज़ाबाद से आये दो हुक़्क़े साथ ले जा रहा था। कानपुर में बनी लेदर की दो अटैचियों में उसका सारा सामान आ गया था।

सब तैयारी थी। फ़ौजी गाड़ियाँ सबको लेने के लिए खड़ी थीं। ग़मगीन माहौल था। अपने गोरे मालिकों को हमेशा के लिए जाता देख उन हिन्दुस्तानी नौकरों में तो उदासी थी ही, जिनकी जीविका का ये सहारा थे। वैसे भी इनकी सेहत पर क्या फ़र्क़ पड़ता। इनकी तक़दीर तो आज़ाद देश में भी बदलने वाली नहीं थी।

लेकिन रोज़लीन सचमुच उदास थी। जाते-जाते वह एक बार बंसी पैंथर को जी भरके देख लेना चाहती थी। ग़ुस्सा और रोना भी आ रहा था कि कितना नक़ली प्रेम दिखाने वाला था यह आदमी...। इतना टाइम भी नहीं कि अपनी मेम साहब और वाल्टर साहब से मिलने आ जाये...।

पर यह ग़ुस्सा फ़ौरन छँट गया। उसने देख लिया कि दंगल में जीती साइकिल दौड़ाता बंसी पैंथर उनकी ओर लपका चला आ रहा था।

वह डर गयी, कहीं भिड़ा ना दे बावला।

बंसी पैंथर ने साँस को आराम दिये बिना कहना शुरू कर दिया, "मेम साहब आपने गिफ्ट के लिए बोला था। मैंने वाल्टर साहब से छिपायी थी एक बात।"

"क्या...?" रोज़लीन ने आगे बोलने का इशारा किया।

वाल्टर भी मुस्कराता हुआ सुनना चाहता था।

बंसी ने वाल्टर के सामने नज़र उठाये बिना कहा, "साहब हम झूठ बोले थे कि मुसलमानों को मारने के बाद हम आगरा में ही छिपे थे।"

"कहाँ थे ब्रदर ...?" वाल्टर चौंका।

बंसी ने अपने खाकी झोले से एक श्वेत-श्याम तस्वीर निकालकर कहा, "साहब इस फ़ोटो के लिए मैं कलकत्ते भाग गया था। मैंने सोचा था...ज़िन्दगी बचे ना बचे। मेम साहब की तस्वीर बचनी चाहिए। यही मेरी ओर से मेम साहब को भेंट। इस नाचीज़ की गुस्ताख़ी माफ़ हो...।"

वाल्टर ने तस्वीर देखी। पुरातत्त्वविद् जैसे अन्दाज़ में नज़रें घुमा रहा था वह।

बंसी ने ग़ौर से देखा–गोरे साहब का लाल चेहरा, जिसमें फ़िलहाल इत्मीनान भरी नरमी थी।

हसीन रोज़लीन पतले होठों को दाँतों से काँटते हुए मुस्करायी, "क्या हरकत करते हो पैंथर... माई गॉड...! आगरे से कलकत्ते चले गये इस तस्वीर के लिए।"

वाल्टर ने मुस्कराकर कहा, "डियर रोज़ इसे कहते हैं दुनिया का सबसे नायाब गिफ्ट।"

"नाइस फ़ोटो, ग्रेट फ़ोटोग्राफर।"

राहत के साथ बंसी ने कहा, "एंड सर ग्रेट ताजमहल।"

सुनकर, बस मुस्करा दिया मेजर वाल्टर रोज़।

लेकिन रोज़लीन की आँखें वाकई नीर भरी थीं। उसके लिए कलकत्ते से आयी ताज की यह तस्वीर वाकई मोहब्बत की अनमोल निशानी से कम नहीं थी।

ख़ैर, यह कहानी घाट के पास लगे पत्थर और मन्दिर के घण्टे के कारण हमारे सामने आयी। पर इसमें कुछ छोटे क़िस्से हमेशा हिलगे रहे। एक बार मैंने बंसी पैंथर के साथ रहे भंगेड़ी लोगों को कुरेदा तो पता चला कि इन्दिरा गांधी के समय वाल्टर रोज़ बाद में एक राजनयिक यात्रा पर भारत आया तो उसने दो-तीन राष्ट्रीय अंग्रेज़ी अख़बारों में इश्तहार दिया कि बंसीधर गजानन शुक्ल नामक व्यक्ति, जो टिकरागंज के पास गाँव रौनकपुरा का रहने वाला है, उनसे इसी हफ़्ते होटल अशोका में आकर मिल ले। बंसी को इस इश्तहार के बारे में कांग्रेस नेता बेनी पाल ने बताया। बंसी ने देर नहीं की। वह तो अपनी मैडम रोज़लीन से मिलना चाहता था। बेनी पाल के साथ कार से वह दिल्ली गया। सफ़र में उसका दिल इतनी तेज़ी से धड़क रहा था कि वह रोज़लीन से सीखी अंग्रेज़ी तक भूलने लगा।

अशोका होटल में उसे बेहद बूढ़ा वाल्टर मिला, जिसके माथे का कसा हुआ मस्सा भी लटककर बूढ़ा हो गया था। पर इस मस्से और फूली नाक से उसे पहचान कर बंसी ने भावुकता में काँपते हुए कहा, वाल्टर साहेब...और क़दमों में झुक गया। वाल्टर ने उसे चिपका लिया–बंसी...बंसी...माई बंसी...।

उनके मिलन का दृश्य भरत मिलाप से कम नहीं था। पर बंसी की बेताब नज़रें जिसे खोज रही थीं, वह नहीं थी। गमज़दा वाल्टर साहब ने बता दिया कि "वह इस दुनिया में नहीं है। तुम्हें हमेशा याद किया। तुम्हारी दी तस्वीर आज भी हमारी बैठक में लगी है...।"

बंसी का दिल टूट गया। रोते-रोते उसने इतना ही कहा, "भगवान अच्छे लोगों को अपने पास इतनी जल्दी काहे बुला लेता है...।" वाल्टर के पास इसका क्या जवाब होता।

बताते हैं दिल्ली से लौटकर ही बंसी पैंथर ने मन्दिर में यह घण्टा लगवाया था। परदेसन रोज़लीन उसके मन से कभी नहीं गयी। एक दिन ऐसा भी आया जब विरही धुन और विजया की तरंग में वह क़िस्सागोई करने लगा था। लोग बक्का जैसा मुँह बाये उसकी बातें, लंतरानियाँ सुनते। फिरंगी ज़माने की दास्तान सुनते। इन क़िस्सों ने उसे जीते जी किंवदन्ती पुरुष बना दिया। और जब वह एक दिन भरे-पूरे परिवार, नाती-पोतों को छोड़ संसार से गया तो उसके चाहने वालों ने और क़िस्से भी गढ़ दिये। उसके नाम का मुस्तकिल पत्थर कब लग गया, यह पता ही नहीं चला।

चचा अंसारी की गिलसिया

वह आम गिलास ही था। पर उसे हर बार साफ़ कर आँगन में बनी अलमारी में छिपा कर रख दिया जाता था। उसका बाकायदा नामकरण हो गया था—चचा अंसारी का गिलास। लेकिन अम्मा इसे गिलसिया कहती थीं। इसका आकार चाय वाले गिलास से थोड़ा बड़ा और शरबत वाले गिलास से थोड़ा छोटा था। थोड़ा मोटा था। इसलिए कई साल से सलामत था।

इलाहाबाद में (तब प्रयागराज नहीं था) महीने में दो-तीन बार चचा हमारे घर में आते थे। आते ही पहले उनकी रवायती खँखार बता देती थी कि चचा अंसारी तशरीफ़ ला रहे हैं। आते ही हमारी अम्मा से उनकी एक ही फ़रमाइश होती : भाभी अदरक वाली चाय बना दो। फटाफट निकलना है पेमेंट वसूली के लिए।

तूफ़ानी गति से काम होता। अदरक वाली चाय बनती। पत्तल वाली प्लेट में इलाहाबादी नमकीन या प्रख्यात हरिराम के समोसे रखे जाते। और फिर निकलता वह गिलास जिसमें रखी चाय देखकर चचा मुस्कराते और कहते—ओह, भाईजान सही सलामत हैं। इस गिलास से जैसे उनका याराना हो गया था।

चचा को कभी नहाते-धोते नहीं देखा। शायद उनके पास वक़्त ही नहीं होता था। वैसे भी वे इतने फक्क गोरे थे कि बिना नहाये चमक मारते रहते थे। सर्दी में लाल भी दिखते थे, जिसका श्रेय वे लाल देसी टमाटरों को देते थे।

बहरहाल हमारी समझ में कभी नहीं आया कि यह काँच के गिलास का माजरा क्या है।

गिलास की चाय फटाफट सुड़ककर वे कीटगंज और जानसेन गंज की तरफ़ निकल जाते। फिर वहीं से कानपुर। कानपुर के चमनगंज में उनका घर था। वहाँ फ़य्याज अहमद अंसारी के नाम से हर कोई वाकिफ़ था। कानपुर-लखनऊ रूट पर उनकी ग़रीबनवाज़ बस सर्विस थी। साथ ही वे ठेकेदारी का काम करते थे।

किस चीज़ का ठेका था, यह हमें कभी पता नहीं चल पाया। पर इतना जानते थे कि उनके पायजामे की साइड जेबें नोटों से भरी रहती थीं। हाथ में एक ब्रीफ़केस होता जिसमें एक जोड़ी कुर्ता-पायजामा, तौलिया और साबुन होता। चचा हर मौसम में समाजवादी टोपी पहनते थे। सर्दी में वे बन्द गले के कोट और ऊनी पैंट में आ जाते। दाढ़ी कभी नहीं रखी, इसलिए नाम बताने पर ही पता चल पाता कि वे अंसारी मुसलमान हैं। क़द उनका लम्बा था। स्थायी नशे के नाम पर एक ही शौक़ था मैनपुरी तम्बाखू का। पर तौबा किसी से नहीं।

मयपरस्ती के लिए उन्होंने एक-दो कायस्थ दोस्त बना रखे थे। हमारे घर जब भी आते, वे अम्मा से यही कहते : भाभी अपने पास बहुत पैसा है, चिन्ता मत करना। ठाकुर से कह दिया है कि नौकरी से निजात पाने के बाद कानपुर में ही घर बनाना। अम्मा की एक ही रट होती : भइया, कानपुर में संगम-त्रिवेणी थोड़ो है।

इतने पैसे होने के बावजूद चचा इलाहाबाद के किसी होटल में नहीं रुकते। अटाला में उनकी रिश्तेदारी थी। वहाँ भी नहीं जाते। शायद उनको वहम था कि सबकी नज़र उनके पैसे पर रहती है। इसीलिए उनका डेरा एक ही जगह था–हमारा घर। वजह यह भी थी कि जब भी डग्गामारी में उनकी कोई बस पकड़ी जाती, हमारे पिताजी उनका संकट दूर करते। पिताजी विकास प्राधिकरण के आला अफ़सर थे। डीएम, एसपी से लेकर आरटीओ दफ़्तर तक उनकी पहुँच थी। किसी भी काम के लिए एक फ़ोन ही काफ़ी होता था। ऐसा हर संकट पार होते ही हमारे घर में मेवा-मिठाइयों का ढेर लग जाता। चचा अंसारी का कोई कारिन्दा दे जाता एक लिफ़ाफ़े के साथ। उसका इस बात पर ज़ोर होता कि तोमर साहब को चचा ने सलाम भेजा है।

पिताजी के दफ़्तर से लौटते ही हमसे पहले ही अम्मा उन्हें बता देतीं : चचा अंसारी का सलाम धरा है लिफ़ाफ़े में। मिठाई भी आयी है। वे मूँछों में मुस्कान भरते हुए हल्का सा झिड़कते : अरे जाओ, अपना काम करो...। फिर वह लिफ़ाफ़ा उनके साथ ही ऊपर वाले कमरे में चला जाता, जहाँ उनका रिवॉल्वर, विवेकानन्द साहित्य और डिप्लोमैट की बोतलें वास करती थीं। शाम को आधे घण्टे वहीं बिताकर लौटते। लौटते तो उनकी बुन्देली भाषा अंग्रेज़ी में तब्दील हो जाती। अम्मा से भी कहते : हाऊ आर यू मिसेज़ सविता तोमर...आई एम वेटिंग फार...। और इससे पहले ही उन्हें स्त्रियोचित जवाब मिलता : बस, दुई कुल्ला में जार्ज पंचम बन गये।

इसके बाद वे हमारी भाभी से थोड़ा अंग्रेज़ी बोलते, जो लखनऊ से पढ़कर आयी थीं। और जैसे-जैसे सुरूर छँटता वे वापस हिन्दी प्रेमी हो जाते।

जैसा हमने सुन रखा था–चचा अंसारी से उनकी दोस्ती बहुत पुरानी थी। दोनों कानपुर के बीएनएसडी में साथ पढ़े। एक साथ लफंगई की। एक इन्दिरा के भक्त थे। एक शास्त्री के। इस बात पर दोनों अक्सर लड़ जाते कि कौन महान था। सावरकर और जिन्ना भी झगड़े में आ जाते। इस झगड़े ने दोनों को छोटा-मोटा इतिहासकार बना दिया था। कई बार झगड़े का अन्त आदतन खिसियाये जवान के इस जुमले से होता : तुम तुरकों ने देश बरबाद कर दिया। स्साले सैंतालिस में पाकिस्तान चले जाते तो भैनचो सारा टंटा ख़त्म हो जाता...।

इस हिन्दुआने शिकवे पर नौजवान अंसारी हँसता और कहता : चलो छोड़ आओ। और ठाकुर नरेन्द्र सिंह तोमर माथा पीट कर रह जाता और दूसरे दिन उनकी यारी नये एजंडे के साथ शुरू होती। समय के साथ दोनों के रास्ते अलग हो गये। पिताजी पढ़ने के लिए इलाहाबाद आ गये और चचा अंसारी अपने खानदानी बस के काम के साथ काबुल से हींग लाकर बेचने से लेकर ना जाने कितने धन्धे में लग गये।

पिताजी से उनकी दोस्ती का इम्तहान उस दिन हुआ जब उनका चौथे नम्बर का लड़का सलमान बाराबंकी की शिया लड़की को भगा लाया। बाराबंकी और लखनऊ के शिया लड़के के ख़ून के प्यासे थे। चमनगंज में उनके मुहल्ले के लोगों ने भी साथ नहीं दिया। काजी सलामत खान ने भी कह दिया कि अभी लखनऊ के मोहर्रम की आग ठण्डी नहीं पड़ी है। तुम उनकी लौंडिया लाकर नया बवाल करना चाहते हो।

हारकर चचा दबंग अफ़सर बन चुके पिताजी की शरण में आये। कानपुर में रज्जन दुबे भट्ठेवाला की मदद से दस राइफ़लों का इन्तज़ाम हुआ और सचमुच संगीनों के साए में देवनगर की एक गली में एक पण्डित जी के घर में चुनिन्दा मेहमानों के बीच निकाह हुआ। लड़की के घर से सिर्फ़ माँ-बाप आये थे। बस, यह पहला ऐसा निकाह था जिसमें सारे व्यंजन तिवारी रेस्टोरेंट से आये थे। मेहमानों से वादा किया गया था कि ख़ुदा ने चाहा तो अगली दावत लखनऊ में होगी।

यह चचा का बहुत बड़ा संकट था। पिताजी ने इस चुटकियों में हल कर दिया। यही नहीं इस प्रकरण ने दोस्ती की ऐसी बुनियाद बनायी, जिसे कोई समाजशास्त्र नहीं हिला सकता था।

समय के साथ चचा का कारोबार बढ़ता गया। पिताजी कई प्रमोशन पाकर आख़िरी पोस्टिंग पर इलाहाबाद में थे। हम मेरठ, ग़ाज़ियाबाद कहीं भी रहे हों, चचा बिना बताये आ धमकते। मिठाइयों का ढेर लग जाता और सबके हाथ में सौ-सौ रुपये थमाकर दो घण्टे में निकल जाते। वे हमारे यहाँ खाना नहीं खाते थे। क्योंकि

चक्कर हमेशा बरतनों का होता था। चाय पीते थे, काँच के गिलास में जो ख़ास मेहमानों के लिए बाकायदा सँभालकर रखा जाता था। अम्मा शायद अब भी इस सत्य से वाक़िफ़ नहीं थीं कि अब नेम-धरम गिलासों से नहीं चलता। दफ़्तरों में भी एक ही गिलास हो गये थे। जिसे नहीं गिलास से पीना, वह चुलुआ लगाकर नल से पी ले।

अब वैसा ही गिलास इलाहाबाद में था। जार्जटाउन में हमारा घर था। एलाटमेंट कोटे में होने के कारण इस घर के पाँच कमरे हमारे पास आ गये थे। मकान मालिक शंकर लाल हजेला नैनी की एक कम्पनी से रिटायर हुआ था। उसे डर था कि उसका घर हाथ से ना निकल जाये। पिताजी के पास ठाकुर-ब्राहमण बदमाशों की हाज़िरी लगती थी। मौला-भुक्खल के नाम पर पूरे इलाहाबाद में गुंडई करने वाले उनके पैर छूते थे।

एक दिन बूढ़ा हजेला पिताजी के पैर पकड़कर फ़रियाद करने लगा : तोमर साहब, यह घर ही मेरी कमाई है। मेरे बच्चों पर कृपा करना। पिताजी ने राजपूती अदा के साथ वादा किया कि यह घर आपको वापस मिल जायेगा। लेकिन जब तक नौकरी है, यहीं रहूँगा।

नौकरी में पिताजी का आख़िरी साल था। वे गाँव में खेती ख़रीदते जा रहे थे। हम दोनों भाई भी नौकरी में थे, इसलिए उन्हें ज़्यादा चिन्ता नहीं थी। भाभी भी डीपी कॉलेज में लग गयी थीं। आजकल चचा अंसारी के इलाहाबाद दौरे बढ़ने लगे थे। उन्होंने बताया कि बस के धन्धे में अब पहले जैसी कमाई नहीं रही। लखनऊ में नयी सरकार आने के बाद सख़्ती बढ़ गयी है। करेली के पास हमारी पहले से काफ़ी ज़मीन पड़ी थी। अब वहाँ पर फ़्लैट बनाने जा रहे हैं। लड़के भी इस काम में लग गये हैं। अफ़ग़ानिस्तान से हींग लाने में भी ज़्यादा मुनाफ़ा नहीं रहा। नकली हींग के कारोबार में ही कमाई है।

इस बार इलाहाबाद में कुम्भ मेले का पूरा भार जैसे पिताजी पर ही था। रात देर से आते और सुबह ही निकल जाते। लेकिन इस मेले ने चचा की चाँदी कर दी। तगड़ी कमाई हुई थी। पिताजी ने सीमेंट और मोरंग का ठेका उन्हें दिलवा दिया था। इस मेले के फ़ौरन बाद ही पिताजी ने कानपुर में कल्याणपुर के पास एक प्लाट ख़रीद लिया। शायद उन्होंने कानपुर में रहने का मन बना लिया था।

कुम्भ मेला ख़त्म होते ही पिताजी को सरकार ने रिटायरमेंट के दिन ही एक्सटेंशन का प्रस्ताव दिया। मेले में उनकी शानदार सेवाओं के कारण उन्हें यह इनाम दिया

जा रहा था। पर उन्होंने मना कर दिया। अब वे कानपुर में सुकून के दिन काटना चाहते थे। साथ ही बिठूर में और ज़मीन लेकर आर्गनिक खेती करने का इरादा था।

दफ़्तर में आज पिताजी के रिटायरमेंट की पार्टी थी। वैसे तो सारा इन्तज़ाम कर्मचारी यूनियन और विभाग की ओर से था। पर विशेष पार्टी का ख़र्चा चचा अंसारी ने उठाया। पिताजी ने पार्टी में अपने परिवार के सदस्यों के साथ जब उनका परिचय कराया तो जमकर तालियाँ बजीं। दफ़्तर के संघ समर्थकों ने भी इस भावना की तारीफ़ की और कहा राष्ट्रवादी लोग ऐसे ही होते हैं।

रात आठ बजे तक हम सब लौटे। रोशनी से भरे रास्ते में पिताजी दिखाते जा रहे थे कि कौन-कौन से पार्क उन्होंने बनवाये। एक बड़े मलबे के ढेर को दिखाकर उन्होंने बताया कि यह अतीक अहमद के आदमियों की अवैध इमारत थी। इसे चार दिन पहले ही मुख्यमन्त्री के आदेश पर हमने गिराया।

वे अपनी उपलिब्धयाँ बताने के साथ ही काफ़ी पुराने महमूद बट और भूरेलाल जैसे अफ़सरों को याद करते जा रहे थे। थोड़ा-सा ग़मगीन होकर उन्होंने कहा कि सरकार और अफ़सर चाहें तो दुनिया को बदल दें। पर ससुरा सिस्टम इतना चौपट है कि सब एक ही धारा में बह जाते हैं।

सचमुच हमें लग रहा था कि पहली बार वे बिना पेग लिए इतना भावुक हो रहे हैं। चचा अंसारी भी उनकी हाँ में हाँ मिला रहे थे। उन्होंने हम दोनों भाइयों की तरफ़ देखकर कहा : बेटा, तुम लोग ख़ुशनसीब हो जो ऐसा बाप मिला। भई, हमारी दोस्ती तो ऐसी रही कि वी शान्ताराम देखते तो ज़रूर फ़िल्म बना डालते। क्यों तोमर साहब?

ऐसे भावुक माहौल में, मुमकिन ही नहीं था कि बोतल ना खुलती। पिताजी ने ऐलान कर दिया कि आज ड्राइंग रूम में ही बैठक जमेगी। इससे पहले उन्होंने संक्षिप्त प्रवचन दिया कि जीवन में दो पेग से ज़्यादा लेना सेहत के लिए ठीक नहीं। अंग्रेज़ यही करते हैं। यह बात उन्होंने ऐसे कही, जैसे अंग्रेज़ों के ज़माने के अफ़सर रहे हों।

फिर हमारी तरफ़ मुख़ातिब हुए : तुम सब अपने पैरों पर खड़े हो गये हो। अगर चाहो तो इस पार्टी को ज्वाइन कर सकते हैं...। लेकिन अम्मा ने निषेधाज्ञा लगा दी और यह भी कह दिया कि ज़्यादा बौराओ नहीं, थोड़ा शरम-लिहाज तो रखो।

पहला प्रस्ताव फेल। दूसरे प्रस्ताव के तहत भाभी को आदेश मिला कि ज़रा सलाद और अंडे की भुर्जी ले आना। पनीर हो तो नमक डालकर ले आना, हाँ खीरा भी...।

इन तारीख़ी क्षणों में फिर अम्मा की कुड़कुड़ाती आवाज़ आयी : अरे, ह्विस्की वाले गिलास कहाँ धरे हैं। यह धरा-उठाई कौन करता है।

इस बेमज़ा आवाज़ पर चचा अंसारी ने बिना पेग लिए ही शोखी भरा जुमला दागा : भाभी हमारा वाला गिलास भी लेते आना।

पिताजी मुस्कराये : नहीं, नहीं आज तो हमारा ही गिलास चलेगा। वो भी चाँदी वाला, जो सिंधिया जी की पार्टी में मिला था हमें...। अरे जाओ, हमारे कमरे की अलमारी से निकालकर लाओ।

बड़ा भाई सत्येन्द्र दो चमकदार सफ़ेद गिलास लेकर आ गया। बड़े गिलास, जिन पर शानदार नक़्क़ाशी थी।

पिताजी चचा फ़य्याज अहमद अंसारी के बेशकीमती गिलास में जानीवाकर की पतली धार छोड़ते हुए बिना नशे के गुनगुना रहे थे : फ़य्याज तू नया है अभी बात मान ले, कड़वी बहुत शराब है, पानी मिलाके पी।

मुलतानी काफ़ी के उस्ताद

यह कहानी उस्ताद की मौत से ही शुरू होती है।

दरअसल सुबह से ही बैगपाइपर ने भौंकना शुरू कर दिया था। वह उस खिड़की के पास ही बैठकर भौंक रहा था, जहाँ से उस्ताद की मुलतानी काफ़ी का सुरीला टुकड़ा निकलकर बेसुरे इन्सानों के कानों तक पहुँचता था। मुतवातिर भौंक सुनकर रोज़ देर से सोकर उठने वाले चरसी-गंजेड़ी लौंडे भी कुकुवाते हुए जग गये। कुत्ते की भाषा और इशारे वे समझते थे। अलसाये बिस्सू भटेरे ने उसके पास जाकर कहा, "अबे मेरी जान, काहे इत्ता भौंक रहा है...उस्ताद सरक लिए क्या?" बैगपाइपर क्या जवाब देता। उसने बस अपनी रुअँटी तान मारी। पूरे तार सप्तक के समान्तर असगुनही तान।

यानी वाकई उस्ताद अनन्त यात्रा पर चले गये थे। बिना किसी को बताये। ना जाने क्यों मूड में अक्सर वे गाते भी थे–पड़िए गर बीमार तो कोई ना हो तीमारदार, और अगर मर जाइए तो नौहाख्वाँ कोई ना हो...। फ़िल्म मिर्ज़ा ग़ालिब में सुरैया की गायी इस ग़ज़ल को उन्होंने उस्ताद सलामत अली की एक पंजाबी धुन लेकर थोड़ा सुधारा था। चमत्कारी खटके-मुर्की के साथ कलेजा लगाकर गाते थे और कहते थे, 'मेरी जान सुरैया, तुम्हारे लिए ही इसे ग़ालिब मियाँ ने लिखा होगा...।' वही हुआ। उनकी हसरत पूरी हो गयी। इस बेमुरव्वत जहाँ से गुज़रे तो कोई तीमारदार, ख़ैरख़्वाह तक नहीं...और तो और देह का वारिस तक नहीं। यह भी नहीं बता गये कि दफ़नाना है, जलाना है या किसी दरिया में गर्क करना है।

बिस्सू ने खिड़की के पल्ले को धक्का दिया। खुलते ही उसके प्राण सूख गये। उस्ताद ज़मीन पर ढनगे पड़े थे। टाँगें थोड़ी मुड़ी हुई। बग़ल में बैगपाइपर का चन्द बूँदों वाला पउवा, जर्मन रीड वाली हारमोनियम और ख़ाली प्लेट जिसमें लगा खाना सूख चुका था। मक्खियों ने जिस्म पर क़ब्ज़ा शुरू कर दिया था। बड़े छेदों वाली मोटी

नाक से घुसकर मक्खियाँ खुले मुँह से निकल रही थीं । कुछ ने आँख के चीपड़ पर बसेरा बना लिया था...। बिस्सू से ज़्यादा देखा नहीं गया। मिचली आने लगी। उसने घबराते हुए, पलटकर नरसिंह और बिहारी से कहा, "अबे पउवा उस्ताद सही में मर गये हैं। साला दरवज्जा भी अन्दर से बन्द है...।"

तीनों परेशान। बिस्सू बोला, "गुरु पुलिस को बतलायें क्या?"

पुलिस के नाम से ही दोनों लौंडों का मेदा हौल गया। खाकी देखकर उनका दिन ख़राब हो जाता था। हालाँकि 'नागिन' और 'परमशक्ति' की पुड़ियों की सप्लाई उन्होंने बन्द कर दी थी। महीने में एक बार चौकी में उनकी हाज़िरी लगती थी और हलफ देकर आते थे।

मोहल्ले में झटके में ख़बर फैल गयी कि पउवा उस्ताद कोरोना से निपट गये। उस्ताद के आवारा चेलों को छोड़कर कोई क़रीब आने को तैयार नहीं। पर लाश तक कैसे पहुँचें। भले पड़ोसियों ने आते ही पेच फँसा दिया कि कोरोना से मौत हुई है, कोई डेडबॉडी छुयेगा नहीं। सरकार को जवाब देना पड़ेगा। मोहल्ले का सबसे महत्त्वपूर्ण व्यक्ति एसपी पाण्डे नाम का आज़मगढ़िया हॉकर था, जिसका दावा था कि पुलिस भी हमसे पंगा नहीं लेती। लौंडों ने पाण्डे से गुहार लगायी। पाण्डे ने इस शर्त पर पुलिस को सूचित करने का ज़िम्मा लिया कि बताया जायेगा–मोहल्ले में यह कोरोना से पहली मौत है। नहीं तो यह पूरी गली सील हो जायेगी। पाण्डे इस मामले में जानकार था, क्योंकि सील की गयी गली में हॉकरों पर भी रोक लग जाती थी।

पाण्डे ने चार अख़बार भेंट कर पुलिस चौकी को सूचित किया। सिपाही चन्द्रशेखर रावत ने आते ही पहले तो हृदयहीन पड़ोसियों की माँ-बहन की। फिर सीएमओ दफ़्तर से लेकर सेहत कर्मियों को सूचित किया कि कोरोना से एक तनहा निवासी की मृत्यु हुई है। उसका कोई अटेंडेंट, तीमारदार नहीं था...। फिर गरजकर फ़ालतू मजमे को भगा दिया, "अबे भागो यहाँ से। लप्सी बँट रही है का... अब यह बॉडी सरकार के जिम्मे हो गयी है। लावारिस कोटे से लिहास का किरिया करम हो जायेगा।'

फिर आवारा लौंडों को पहचानकर बुलाया, "तुम लोग रहो...यह बताओ यह कौन जाति-बिरादरी का था। वही हिसाब से ले जायेंगे।" सबसे ज़्यादा नौवीं तक पढ़े अतरी पाल ने चिन्तक की तरह याद किया, "उस्ताज जी दीवार में गुरुनानक और ईसामसीह का फोटू लगाये थे...तो पक्का है मुल्ला नहीं थे।"

सिपाही ने राहत की साँस ली, "साला मियाँ होता तो दफ़नाने जाने पड़ता सुलेमानपुरवा। इसे यहीं घाट में निपटा देंगे, बस कोरोना टीम आ जाये।"

आवारा लड़के अब सिपाही से खुल गये थे। बताने लगे–"पउवा उस्ताद बहुत बड़े गायक थे। बस पीते थे और गाते थे। कभी-कभी हमें भी...हमने उनका नाम पउवा उस्ताद रखा था, काहे कि वो बस बैगपाइपर का पउवा मँगवाते थे। बस इस कुत्ते से ही उनकी यारी थी, इसे भी कुछ बूँदें चटवाते थे। इसीलिए उनसे हिला था। नाम भी बैगपाइपर रखा था। इनके दरवाज़े पर ही बुरिया में सोता था। अक्सर बैगपाइपर के गले पर हाथ फेरते हुए कहते थे, बेटा धरमराज युधिष्ठिर के साथ कुत्ता ही गया था। मेरे साथ तू भी जायेगा...देखिए मुंशी जी बैगपाइपर कितना उदास है...।"

रावत नाराज़ हो गया, "भैनचो, मुंशी किसे कह रहा है...बीट कांस्टेबल हूँ, पूरी चौकी सँभालता हूँ।" लड़के डर गये, सर हमें तो लगा मुंशी बड़ा होता है।

"घण्टा बड़ा...।" रावत ने ना जाने किस पर अपनी खीज निकाली।

विषय बदलने के लिए सहमे हुए लड़के फिर कुत्ते पर आ गये। इससे भुकरा हुआ सिपाही भी सहज हो गया था। फोकट की मिली लम्बी सिगरेट सुलगाकर ज्ञानी हो चला था, "यार तुम्हाई कसम अपने पर शर्म आने लगी है कि एक लाश के पास तक नहीं जा सकते...अच्छा चल मिलकर दरवाज़ा तो खोल देते हैं।" लड़कों की हिम्मत बढ़ी। मिलकर धक्का दिया और दरवाज़ा चर्राकर खुल गया। पर कोरोना के डर से पास जाने की हिम्मत किसी में नहीं थी। सिर्फ़ बैगपाइपर ही था, जो बेसब्र होकर मालिक के पास गया, और जैसे मौत की पुष्टि करके, फिर बाहर आकर निर्णायक ढंग से भौंका। सिपाही ने भौचक्के भाव से कहा, "भइया इन्हें भगवान ने छठी इन्द्री दी है। सब ज्ञान होता है इन्हें।" श्वान महिमा फिर शुरू हो गयी। अतरी ने पंजाब केसरी के हवाले से जानकारी दी कि भिंड में एक वृद्धा की मौत हो जाने पर कुत्ता उसकी शवयात्रा में श्मशान तक गया। पूरे अन्तिम संस्कार के बाद लौटा। इसके बाद खाना त्याग दिया और वियोग में जान दे दी...। इस क़िस्से ने बैगपाइपर का मान बढ़ा दिया, बल्कि पूरे श्वान संसार पर आस्था बढ़ी। उनके दिमाग़ में यह बात भी घुसी कि जब कोरोना के भय के मारे इन्सानों ने एक इन्सान को भुला दिया, तब एक कुत्ते को ही उस तनहा आदमी की फ़िक्र थी।

रावत ने बताया, "कोरोना टीम महाराज नगर पुलिया के पास जाम में फँस गयी है। दूसरे केन्द्र से एक एनजीओ की टीम पहुँच रही है। वह अन्तिम संस्कार का इन्तज़ाम कर देगी। लेकिन टाइम लगेगा।" वह माथा पकड़कर बड़बड़ाया, "अबे पुलिस का काम थोड़ी है ये सब..." उसने चौकी इंचार्ज महिपाल सिंह को बताया। महिपाल ने

डाँटकर उसे बताया, "यह बिल्कुल पुलिस का काम है। तुमने दरवाज़ा तुड़वाकर और ज़िम्मेवारी ले ली है।"

वह दुखी था वाकई, "अबे कुछ खिलवा दो भाई। यह तुम्हारा सिंगर तो पूरा दिन ही खा गया।"

तुरन्त चाय-नमकीन का इन्तज़ाम हुआ। अब सबमें मित्रता भाव जग रहा था। बिस्सू ने उदास सिपाही को तसल्ली देते हुए कहा, "अभी छोले-कुलचे की पार्टी करते हैं।" रावत अब भूल गया था कि वह इलाक़े का बीट कांस्टेबल है।

माहौल देखकर मददगार आने लगे। जुनैद अली हकीम साहब ने पाँच-छह कुर्सियाँ रखवा दीं। एक दौर चाय का हो गया। मृत्यु-चिन्तन शुरू हुआ, "बेचारे का कोई सगा होता तो सब देखता। कैसी गत हुई कि लाश पर रोना वाला तो छोड़ो, किरिया करने वाला तक नहीं।" ये चिन्तन करने वाले वे बुझैल बूढ़े थे जिन्होंने उस्ताद की गायकी का रस लिया ही नहीं। इनका जीवन चपरासीगीरी या पल्लेदारी में गुज़रा। काव्य, कला, संगीत से रहित इन्सान होकर रोटी के राग में जीवन खप गया। जीवन में मनोरंजन के नाम पर फ्री का पतुरिया नाच देखकर इनकी रसिकता फड़कती रही। मुलतानी काफ़ी के इस दिवंगत गायक से इनका वास्ता ही नहीं हुआ। बस सुन रखा था, पक्के गाने वाला कोई बाहर से आकर बसा है।

चलिये ज़रा उस्ताद के जीवन में झाँक लेते हैं।

एक ज़माने में अच्छे-ख़ासे आकाशवाणी में ए ग्रेड के उपशास्त्रीय गायक थे। कभी दूरदर्शन की एक रात्रिकालीन संगीत महफ़िल उनके नाम थी। मुलतानी काफ़ी के जो चन्द उस्ताद भारत-पाकिस्तान में बचे थे, उनमें से एक थे ये उस्ताद। लेकिन इस यथास्थितिवादी मोहल्ले में उन्हें सीमित शिनाख़्त देकर पउवा उस्ताद के नाम से जाना जाता था। यह इसलिए कि बैगपाइपर का पउवा चढ़ाये बिना उनसे मुलतानी काफ़ी सुनना सम्भव ही नहीं था। अक्सर जब वे भरी दोपहरी में गली की ओर खुलती खिड़की के पास पर बैठकर 'गोरी तोरे नैन कजर बिन कारे...' की रसभीनी लहरिया मारते, तो लोग समझ जाते कि आज उस्ताद असली धुन में आ गये हैं। सलामत अली, नजाकत अली और बरकत अली सब उनके गले में उतर आते। पर यह सँकरी कुलिया रसिकों की तो थी नहीं, इसलिए कोई ना कोई चिकाईबाज लड़का उन्हें छेड़ता निकल जाता, "उस्ताज जी ऐइसनै गाते रहोगे...कउनो दिन गोरी दिलवाओ भी...।"

बस इतने में खमाज और भैरवी के सुर लपट मूतने लगते, "अबे भैण के... अपनी अम्मा को भेज देना एक दिन, फिर गोरी दिलवायेंगे...भो...वाले।" तमाशा इसी के बाद तो मज़ेदारी दिखाता। उस्ताद गालियों की बौछार के बीच सुर से नहीं सरकते। क्या मजाल खटका, मुर्की और पत्ती में कहीं नुक्स आ जाये। तेरी बहन की...के साथ ही वे आकर टिकते... 'कजर बिन कारे...।'

खिल्लीबाज लहकटवे हार मान जाते, "गुरु एक बात है, पउवा उस्ताद गाली भी सुर में देता है। बहन-मादर...में भी सुर की रंगत कायम रहती है।" समझौते की बात तब आती, जब एक लफंडर आके प्रस्ताव रख देता, "उस्ताज जी टिक्का खाओगे....सलीम के हियाँ जा रहे हैं..." यहाँ उनका जी जुड़ा जाता–"जा भाग के ले अइयो...सुन एक बैगपाइपर का पउवा भी...।" यह कहकर वे टूटे दाँतों के साथ मुस्कियाते...। ललडोरिया नैन भी मुस्कान मारते...। यही बैरन बैगपाइपर तो उस्ताद की कमज़ोरी थी। आवारा लड़कों के लिए यह भी एक मनोरंजन था। मुलतानी काफ़ी, गाली और बैगपाइपर का पउवा...क्या मेल था!

उस्ताद का दिन ऐसे ही गुज़रता। हाँ, जिस दिन कोई धनी मुरीद आता तो बैगपाइपर उपेक्षित हो जाती। महफिल और ब्रांड बदल जाते। लड़कों की भूमिका भी सेवकों जैसी रह जाती। वे छोड़े हुए माल के अधिकारी बनकर रह जाते। इसी में ख़ुश हो जाते। ख़ाली बोतलों से उन्हें पता चलता कि अमीर रसिकों के ब्रांड कौन से होते हैं।

शरीफ़ों के बीच उस्ताद का असली नाम था–हयात सिंह सन्धू। काग़ज़ भी यही कहते थे। घर के बाहर दरवाज़े पर जड़ी एक गन्दी-सी प्लेट में उनका यही नाम लिखा था, अंग्रेज़ी में। उम्र पचहत्तर को पार कर गयी थी। सन्धू थे, पर जट्ट सिख नहीं...। इस उम्र तक आते-आते एकदम गंजे हो गये थे, इसलिए मोना मान लिए गये। इतवार को जेंटलमैन बनकर वे चर्च भी हो आते थे। किसी ने पूछा नहीं, क्या करने जाते हैं। पर असल में वे मज़हबी सिख थे, और बताते हैं कि अम्बाला में बसी अपनी किसी ईसाइन माशूका के चक्कर में चर्च जाने लगे थे। हो सकता है, ईसाई भी बने हों, पर नाम नहीं बदला।

उनकी मुखाकृति में कोई इलाक़ाई झलक नहीं। चेहरे पर चेचक के चन्द बड़े दाग़। छिदे हुए कान। माथे का मस्सा सेहतमन्द होकर बायीं भौंह को छूने लगा था। गटई मज़बूत दिखती। इससे लगता कि जवानी में संगीत के रियाज के साथ अखाड़ा

भी गोड़े होंगे। पहले शायद यह परम्परा भी थी कि गायक को पहलवान की तरह दमदार बनना पड़ता था। सन्धू उस्ताद इस चक्कर में अपना एक कान भी तुड़ाये बैठे थे।

ज़िन्दगी भी क्या मज़ाक़ और सितम करती है। उस्ताद जी शामचौरासी घराने की महान गायकी की विरासत सँभाले-सँभाले अपना घर नहीं सँभाल सके। एक दिन, तकरीबन चार साल पहले कछियाने की इस बेनूर गली में आ गये।

इसकी कहानी भी ग़ज़ब की है। हुआ यह कि चौक के मशहूर शम्भू ज्वेलर्स के जवान मालिक बिज्जन बाबू उर्फ़ बिजेन खंडेलवाल ने चोरी से जिस रखैल को माल रोड से लगे खत्रीगंज में रखा था, वहीं एक पान की दुकान में बैठा आदमी उस्ताद सलामत अली की नकल करके गुनगुनाता मिलता, 'सांवल मोर मुहारां...।' बिज्जन बाबू से रहा नहीं जाता। सौंफिया पान खाते, उस गायक को भी खिलाते और कह जाते, "उस्ताद कहाँ से आवाज़ निकालते हो। करेजवा चीर जाती है।"

गायक हँसता, "काक्के ये मुलतानी काफ़ी हैगी...रूह में उतर जाने वाली गायकी...। हम आख़िरी चिराग हैं, समझो...हमारे उस्ताद आफताबे-मुलतानी नट्टन अली की बन्दिशें गाकर हमने ज़िन्दगी गुज़ार दी..." बिज्जन सेठ को इससे क्या मतलब। वह तो दो मुखड़े सुनकर, गुनगुनाते हुए अपने विलासठौर की तरफ़ बढ़ जाता। एक दिन प्रतापगढ़िया पान वाले बीरबल पाण्डे ने बेठौर गायक यानी उस्ताद सन्धू को बताया, "छिनरे सेठवा का शौक देखो। घर में शानदार सेठानी है, तीन बच्चे हैं। पर अगले को मुताई का नशा ऐसा कि हर चार दिन बाद यहीं आता है। एक छुट्टा-छुड़ैल सिंधिन को रखे है। पर गुरुवर, एक बात है, निभा भी रहा है... सिंधिनौ पूरा टन्न बसीकरण करवाए है। पन्द्रह तोला का सीतारामी हार पहनकर निकलती है गजगामिनी...।" बीरबल अपने रस-वचन से ही तसल्ली कर लेता।

ना जाने क्यों, उस्ताद को उम्मीद की रोशनी दिखने लगी थी। ज़िन्दगी में अल्ला-खल्ला घूमते वह थक चुका था। एक दिन बिज्जन सेठ की गाड़ी जैसे ही रुकी, उसने मुखड़ा छेड़ दिया, 'मैं ढुक विच पी लवांगा साकिया...।' बिज्जन गजब का दिलफिगार था। ये सुर तो जैसे उसे छेद जाते थे। वह मुस्कराकर बोला, "गुरु बीनदार आवाज़ कहाँ से निकालते हो... लागत है कौनो दिन करेजवा में कटारी माल्लेई...। हमरे बेनीगंज वाले रामखिलावन उस्ताद याद आ गये...क्या गाते थे– लग गयी चोट करेजवा में हाय रामा...तब से वही सुर हिया में बसे हैं...।"

सन्धू ने औघड़िया अदा से कहा, "काक्के कटारी क्यों मारोगे, मजा लो फुल्ल...।"

बिज्जन सेठ उसके क़रीब आ गया, "उस्ताद जी एक बात बतायें, आप कसम से दिल जीत लिए हो हमारा। दारू पियोगे, लौंडिया दिलवाएँ...नेपालिन, मद्रासिन..."

गायक मायूसी और उम्मीद से बोला, "आप दयानतदार हो...रहने का ठिकाना दिला दो, यह अहसान रहेगा। खानाबदोशी से थक गया हूँ।"

बिज्जन सेठ ने कुछ देर सोचा। मुस्कियाते हुए शर्त रख दी, "कोई नहीं, हम ठिकाना दे देंगे। हमको और हमारी दिलजानी को कुछ सुनाया करोगे, कभी-कभी...।" कहकर वह हँसा भी, "बुरा मत मानियो, दिल्लगी कर रहे थे।"

सौदा तय हो गया। खत्रीगंज से काफ़ी दूर कछियाने में बिज्जन ने कभी विकास प्राधिकरण की लाटरी में निकला एक जनता फ्लैट लेकर डाल दिया था। सफ़ाई-धुलाई करके उस्ताद को सम्मान सहित पहुँचाया गया। उनकी गिरस्ती के नाम पर एक जर्मन रीड वाली हारमोनियम, एक कलकतिया सुरबहार और एक टीन का बक्सा था, जिसमें चार-छह जोड़ी कपड़े, दो प्रोग्राम लायक कुर्ते, कुछ संस्थाओं के सर्टिफिकेट और अख़बार में छपी ख़बरों की कतरनें थीं। आय के नाम उस्ताद को कला कोटे से सरकारी पेंशन मिलती थी। पेट पालने के लिए काफ़ी। यूनिवर्सिटी में संगीत शिक्षिका रानी सब्बरवाल की कृपा से काफ़ी दिन वे सर्वेंट क्वार्टर में रहे। उनके वर्धा जाने के बाद उस्ताद की फ़ुटपाथपरस्ती और बढ़ गयी। कुछ दिन एक साईं मन्दिर की शरण ली। टिक के रहना उनकी फ़ितरत में ही नहीं था। पहली बार बिज्जन सेठ से मिलकर उन्हें लगा कि आख़िरी वक़्त बसेरा होना ही चाहिए, जहाँ मौत भी इज़्ज़त के साथ नसीब हो।

ऐसा नहीं कि उस्ताद ने घर बसाया नहीं। ढलती जवानी में गुरुदासपुर की एक मुस्टंड सुनियारिन से शादी की थी। पर निभी नहीं। दोनों के शौक़ ही अलग थे। उसे अच्छा नहीं लगता कि घर में मिरासियों का डेरा लगे। एक दिन माल-मत्ता समेट कर अपने आवारा आशिक़ के साथ भाग गयी। तब से मुलतानी काफ़ी ही उस्ताद की बीवी थी। मुलतानी काफ़ी से चहेतियाँ तो बनायीं, पर कोई हमसफ़र नहीं बना पाये। आवारगी का आनन्द ही लेते रहे। घर के सारे कलाविहीन लोग कनाडा में बस गये। पर ये अपनी मुलतानी काफ़ी छोड़कर कहाँ जाते। जलन्धर, चण्डीगढ़, दिल्ली होते हुए इस शहर का दानापानी नसीब हुआ। पर कोई औरत नसीब नहीं हुई। छेड़ने वाले कहते ज़रूर थे, "उस्ताद ये बताओ, गाते तो प्रेम और माशूक़ की चीज़ें हो,

पर असल ज़िन्दगी में कुछ और ही है।" क्या जवाब देते। जैसे, अपनी मर्दानगी की हार मंजूर करके रह जाते।

बहरहाल, बिज्जन सेठ उस्ताद का स्थायी चेला बन गया था। उसने कलकत्ता से एक हारमोनियम मँगायी। रियाज भी करने लगा। उस्ताद ने एक दिन पूछ ही लिया, "एक बात बता काक्के, आजकल के ज़माने में कौन ऐसा जिगरदार है, जो गाना सुनकर फ्लैट दे दे...कुछ तो है पोशीदा केस...।"

बिज्जन ने दिल की बात बता ही डाली, "उस्ताद छुटपन में हम भी सोचते थे कि कभी गायेंगे। एक बार तो हबीब कव्वाल को सुनने के लिए घर से भाग गये, ऐसी तो दीवानगी थी। बाप ने कहा, बनिया के लौंडे हो, साले मिरासीपने से दूर रहो। हमें धन्धे में लगा दिया। गाना सीखने का शौक़ मन में ही रह गया। लेकिन कानसेन बनने की फ़ितरत तो ऊपर वाले ने दे ही रखी थी। थाट-राग तो पता नहीं पर जो भी अच्छा लगता है, वह ज़रूर राग में होगा, ऐसा लगता रहा है।"

उस्ताद ने पूछा, "किसी ने दिल में चोट तो नहीं पहुँचाई..."

बिज्जन सेठ हँसकर बोला, "उस्ताज जी, फुरसत ही कहाँ मिली। बाप ने बीस साल में शादी कर दी, यह कहकर–बेटा इधर-उधर मुँह मत मारियो...।"

उस्ताद ने कहा, "यह फार्मूला भी ठीक है...।"

"घण्टा ठीक है। मौज करने की उम्र तीन-तीन बच्चे खिला रहे हैं...।"

उस्ताद बिज्जन सेठ से कुछ राज़ जान नहीं सके। पर यह जान गये कि वह दिलदार है और सुर का क़द्रदान है। इसके बाद उस्ताद ने कोई राज़ जानने की कोशिश नहीं की। सेठ भी मस्तमौला आदमी था। शुरू में हफ़्ते में एक बार आता। धीरे-धीरे उत्साह जाता रहा। अब तीन-चार माह में आता। उस्ताद को सलाह देता, "उस्ताद जी इतनी कला लेकर कहाँ जाओगे, चार-छह शागिर्द छोड़ जाओ दुनिया में।" उस्ताद कहते, "काक्के यही तो ग़म है। सरगम, पलटे सीखते ही लौंडे डिमांड करते हैं उस्ताद ठुमरी सिखा दो...अमाँ ठुमरी के लिए घिसना पड़ता है...।"

बिज्जन ने एक काम बढ़िया यह किया कि उसने उस्ताद की गायकी रिकॉर्ड करके यू ट्यूब में डालना शुरू कर दिया। वादा भी किया कि आप पर डाक्यूमेंट्री फ़िल्म भी बनवाऊँगा।

अब कछियाने की इस आवारा गली की ओर चलते हैं। पहले यह अवैध बस्ती थी। बाद में वोटों के लालच में सरकार ने इसे नियमित कर दिया। पास में ही एक

सेटलमेंट बस्ती थी, जिससे निकलकर काफ़ी हबूड़े-साँसी यहाँ आकर बसने गये थे। अब हर साल पन्द्रह-बीस बिहारी परिवार आकर बसने लगे थे। ना जाने कब एक पुराने घर में हरी-सफ़ेद मस्जिद उग आयी और लोगों को अन्दाज़ हो गया कि इधर-उधर के मियाँ काफ़ी आ रहे हैं। यहाँ ज़्यादातर आटो, ईरिक्शा चलाने वालों और सब्ज़ी के ठेले लगाने वालों के घर थे। सब चरसी या दारूबाज़। आधुनिक विकास के नाम पर बस्ती के सबसे पास वाली सड़क पर दारू की मॉडल शाप खुल गयी थी। इसी की प्रेरणा से यहाँ मुरादाबादी चिकन बिरियानी की दुकान स्थापित हो गयी। कुछ सहायक खोखे बस्ती वालों के ही थे।

उस्ताद का मोहल्ला ही ऐसा था कि यहाँ की हवा में भी आवारगी पसरी थी। पुलिस अक्सर रेड के बाद किसी जवान हबूड़िन को ले जाती। हबूड़िन दुपट्टे से मुँह ढँककर निकलती, पुलिस को गरियाती चलती। महिला पुलिस ज़वाब देती चलती, "रंडोरानी चौकी पर चुतरिया सेवा होगी तो सारा मांस छँट जायेगा।" कहानी अख़बारों के जरिये बाद में रिलीज होती, "हबूड़ों की लौंडियाँ हाईवे पर जाकर धन्धा करती हैं...।" कभी-कभी लौंडे भी धरे जाते, ज़्यादातर जेबतराशी में, नेपाली गाँजा बेचने के आरोप में। जेल से लौटे लड़के कुछ दिन लँगड़ाने के बाद रफीक पहलवान से हाड़ बैठवाकर, फिर फार्म में आ जाते।

उस्ताद जी को ऐसे लोगों से परहेज भी नहीं था। खिड़की से झाँककर ही किसी चेले को बुला लेते और हुक्म देते, "ये ले सौ का नोट, भागकर बैगपाइपर का पउवा ले आ।" यह उनका रोज़ का काम हो गया था।

उस्ताद की ज़िन्दगी में इन गुज़रे सालों में यही बदलाव आया कि उन्हें अपने ठिकाने में दो वक़्त की रोटी मिलने लगी। क़िस्मत से एक साझे चूल्हे वाले से रोटी, दाल मिल जाती। जब जश्न मनाने का मन होता, सोहन ढाबे से मुर्गा-मछली आ जाता। यह उनके जीवन का स्वर्णिम दौर था। लड़के छेड़ते, "उस्ताज जी कल जैन पारिक में परिचय सम्मेलन है, चलते हैं, शायद कोई बूढ़ी माई टकरा जाये..." इसके बाद सन्धू साहब की बेसुरी गालियों का प्रेमभरा सत्र होता....फिर गुनगुनाते–'ओ परदेसी सपने में आ जा, सारी बिपतिया खतम हुई जाये...।'

ज़ाहिर है, उस्ताद के पास मुलतानी काफ़ी ना होती तो शायद घुटकर मर जाते। अपने हुनर से शहर में कई दीवाने बना लिए थे। इनमें कथक केन्द्र चलाने वाली

सन्नो शंकर खत्री, एक सम्पादक रामेन्द्र निरंजन, एक साड़ी निर्माता सेठ सुखराज कंसल भी थे। इनकी लम्बी गाड़ियाँ जब उस्ताद के लिए कुछ लेकर आतीं तो यहाँ की सिकुड़ी हुई बेनियाजी दुनिया को पता चलता कि यह गरियहा मुलतानी काफ़ी का गायक मामूली चीज़ नहीं है। उस्ताद को पेशकश भी कई आयीं। भारत भवन से भी एक बार बुलावा आया। भातखण्डे संगीत विद्यालय में उन्हें न्योता मिला। पर आवारगी के नशे में ही उन्हें मज़ा आता। बस कभी-कभार आकाशवाणी वाले ही याद करते।

उस्ताद सन्धू का पिछला यानी आख़िरी कार्यक्रम एफएम चैनल की शोख एंकर शादा शिबली ने कराया था। इसके बाद ही कोरोना की मार ने ज़िन्दगी को ठप कर दिया। डर ने ज़्यादा सितम ढाया। उस्ताद जब भी उदास होते, "अपने आवारा चेलों से कहते, इस बार मौत का परवाना चल चुका है...।" यह उनका पूर्वाभास ग़लत भी नहीं था। दुनिया अपने में खोयी रही, उन्होंने तनहाई में ही ज़िन्दगी की डोर छोड़ दी।

दोपहर तक इतना ज़रूर हुआ कि उस्ताद को अन्तिम विदा देने के लिए फुरसतिया मजमा लग गया। ये लोग कोरोना वाली टीम को भी देखना चाहते थे। तीन बजे के आसपास शोर करती, रगदा उड़ाती गाड़ी आयी। अमले ने आते ही महामारी के ख़ौफ़ की डुग्गी पीटी। पहले से ही सहमा हुआ मजमा ऐसे डरा जैसे उनके मुहल्ले में मौत नहीं, क़त्ल की वारदात हुई हो। लोग छँटने लगे।

अपने आप कर्फ़्यू लग गया। बीट कांस्टेबल चन्द्रशेखर रावत ने सारी कहानी बयाँ कर दी। अन्तरिक्ष यात्रियों की तरह ढँके कर्मचारियों ने मशीनी फुरती से लाश को पैक किया और पलक झपकते ही रवाना हो गये।

सब शान्ति से निपट गया। रावत ने राहत की साँस लेकर निर्देश जारी किये, "यह घर सील हो गया है। इसके मालिक से कह देना कि जाफरगंज थाने में एसओ साहब से जाकर मिल ले।"

और उस्ताद सन्धू की मौत के बाद कछियाने के सबसे महत्त्वपूर्ण व्यक्ति यानी पाण्डे हॉकर ने एक बड़ा काम यह किया कि उसने दैनिक आज और घनघोर टाइम्स में उस्ताद की मौत की ख़बर छपवा दी–एक गायक की लाश को वारिस भी नहीं मिला...। ख़बर में सनसनी का सुर था, इसलिए प्रशासन भड़भड़ाया। एसडीएम

नीकेलाल तंवर घर के चक्कर मार गया। अब बस्ती को आभास हुआ कि मरने वाला बन्दा कुछ ख़ास था। उन्होंने उदासीन पड़ोसियों से पूछा कि सरकार क्या कर सकती है उनकी याद में। पड़ोसियों ने फरियाद कर दी–दो हैंडपम्प लगवा दीजिए। लॉकिंग टाइल लगवा दीजिए। बीच-बीच में फोगिंग ज़रूर करवाइए। सामने का नाला कवर करवा दीजिए...। साहब ने सब नोट कर लिया।

बिज्जन सेठ को उस्ताद की ख़बर अख़बारों से ही मिलीं। अख़बारों और सोशल मीडिया से सरकार ने जाना कि संगीत की विरासत को काफ़ी नुक़सान पहुँचा है। सबसे पहले राज्यपाल टीएम मेश्राम का सन्देश आया कि उनके जैसे कलाकार की मौत कला जगत के लिए अपूरणीय क्षति है। चूंकि वे पंजाब से निकले थे, इसलिए वहाँ की सरकार ने ऐलान कर दिया कि उनकी याद में एक पीठ स्थापित की जायेगी। सबसे बड़ा काम दिल्ली सरकार ने किया कि नैना देवी संगीत महाविद्यालय के बन रहे नये छात्रावास में एक ब्लाक का नाम उस्ताद हयात सिंह सन्धू के नाम पर होगा।

इसे कहते हैं जीवन का मज़ाक़दार संयोग। जो उस्ताद जीवन भर अपने वास के लिए भटकते रहे, उनके नाम पर एक ब्लाक बन रहा था जिसमें काफ़ी लोग रहने वाले थे।

और चन्द दिनों बाद कछियाने की इस गली के उजाड़ घर में उस दुर्लभ, दिवंगत शख़्स के नाम की नयी तख्ती लग गयी थी। थानेदार नरेन्द्र सिंह यादव को चढ़ावा देने के बाद बिज्जन सेठ को अपना घर मिल गया था।

घर के बाहर लगी बड़ी सुनहरी नेमप्लेट में लिखा गया था : मुलतानी गायकी के उस्ताद हयात सिंह सन्धू का निवास।

कामरेड श्रीमान समस्या प्रधान

कामरेड का यह अद्‌भुत और जिज्ञासापूर्ण नाम दरअसल युवा पत्रकार चन्द्रकेश सिन्हा की कथाकार-कवयित्री पत्नी रागिनी सिन्हा तापसे ने रखा था। हुआ यह कि एक दिन उसाँसें भरे सुबह-सुबह वे प्रगट हुए। आते ही दो बार पाँच नम्बरी चश्मा पोंछा और बिना भूमिका के बोले, "भाईसाहेब अपने आसपास गाइने की अच्छी लेडी डॉक्टर है कौनो?"

चन्द्रकेश चकराया, क्योंकि कभी इसकी ज़रूरत ही नहीं पड़ी। दोनों बच्चे ननिहाल में हुए इसलिए उसे कोई समस्या लगी ही नहीं। यह तो जैसे पूरी तरह बीवी का डिपार्टमेंट था।

बेबाक और दुनियादार रागिनी ने कहा, "अचानक आपको क्या समस्या आ गयी?" कामरेड टिल्लन ने सकुचाते हुए कहा, "समस्या वाइफ की है। फाइनल चेकअप करवाना है।" चन्द्रकेश ने कहा, "गुरु यह कहो घर में किलकारी के आसार बन पड़े हैं।"

कामरेड बोले, "सर आप को खेलबकड़ी सूझी है। वाइफ बड़े मेंटल ट्रॉमा में गुज़र रही हैं। थायरायड के कारण कुछ हार्मोनल दिक्कतें आ रही हैं...। पहला मामला भी है ना...।" कामरेड का चेहरा उदास था। क्रान्ति के कई विकट पड़ावों में भी ऐसी उदासी और चुनौती से उनका पाला नहीं पड़ा था।

ख़ैर, उनकी समस्या तो सुलझानी ही थी। रागिनी ने अपने वाट्स ग्रुप में मैसेज डाल दिया। साथ ही कहा, "टिल्लन भाई आप टेंशन बहुत लेते हो। आप तो गूगल से भी नम्बर निकाल सकते हो?" कामरेड टिल्लन ने बेहद मन्द, मिठुआ सुर में कहा, "गूगल की सूचनाएँ भरोसे लायक नहीं होतीं...।"

रागिनी के पास दो मिनट में निर्माण विहार की लन्दन रिटर्न डॉक्टर तृप्ता रोहतगी का नाम और नम्बर आ गया। वे उनकी सहेली की ननद थीं। कामरेड यह नम्बर लेकर चले गये।

उनके जाते ही रागिनी ने चन्द्रकेश के कान खींचते हुए कहा, "ऐ भाई तुम तो कह रहे थे कि ये महान बमबाज क्रान्तिकारी हैं। वरवर राव के चेले हैं। छत्तीसगढ़ में एक्शन कर चुके हैं। हमें तो एकदम खिसकूदीन लगे, बल्कि इन्हें तो श्रीमान समस्या प्रधान कहना चाहिए। काहे के कामरेड टिल्लन।"

यह नया नाम सुनकर चन्द्रकेश ख़ूब हँसा और रागिनी से कहा, "अरे भाई यह भाजपाइयों जैसी बातें मत करो। कोई हमसे हेल्प मांग रहा है तो कुछ सोचकर ही।" इसके बाद तो बहस ही छिड़ गयी।

रागिनी बरस रही थी, "अरे भाई मदद का कोई लेवल भी तो हो। याद करो, कड़ाके की सर्दियों में ये भाईजान रात में पूछने आ गये थे कि अपने इलाक़े में एयरटेल की सर्विस अच्छी है कि बीएसएनएल की। एक बार डुप्लीकेट चाभी वाले को ढूँढ़ने के लिए स्कूटर ले गये और खम्भे में भेड़ मारा, कभी पूछेंगे– होम लोन पीएनबी से लें कि एचडीएफसी बैंक से... अति कर दी! अरे भाई, यहाँ इन्क्वायरी दफ़्तर खुला है या हम एरिया अफ़सर हैं...ऐसे ही ढिलुवा किसिम के कामरेडों ने क्रान्ति का कचूमर निकाला होगा।"

चन्द्रकेश मुस्कराया, "तुम इन पर एक कहानी लिख डालो, 'कामरेड का कोट' जैसी। नहीं तो कहानी का आइडिया अपने गुरुजी उदय प्रकाश जी को भेज दो। आजकल यहीं ग़ाज़ियाबाद के वैशाली में रह रहे हैं।"

"इन पर ही नहीं, तुम पर भी लिखूँगी कि कैसी निखट्टू मण्डली जुटाई है।"

"ठीक है।" चन्द्रकेश ने बाखुशी समर्पण कर दिया।

अब बेचारे कामरेड टिल्लन करते भी क्या! जीवन के महान कष्टों, जनवादी तप के बाद उन्होंने कुछ सालों से कुर्ता-पायजामा छोड़कर ब्रांडेड जींस और शर्ट पहननी शुरू की थी। और कई बार किसी ना किसी बहाने सामने वाले बुर्जुआ को बता देते कि "बताइए क्या ज़माना आ गया है कि बारह सौ की क़मीज़ मिल रही है। इतने में तो हमने अपने मिर्ज़ापुर में एक खुन्नी भैंसिया ख़रीद ली थी।'

असल में वे पूरे अनोखे लाल थे। जीवन में एक बार भी प्रेम पर कविता नहीं लिखी, ना किसी दिलकश कन्या को कोहनियाया, पर लखनऊ में जनवादी गुटका अख़बार विप्लवधारा में काम करने के दौरान ही उन्हें प्रेम हो गया। उन्होंने भगत सिंह के साथी कामरेड यशपाल और प्रकाशवती की प्रेम कहानी पढ़ रखी थी। कुछ इसी अन्दाज़ में उनका प्रेम फर्राटेदार हुआ। उन्होंने नासिर काज़मी के कुछ शेर याद कर डाले। एक दिन कामरेड टिल्लन ने साँवली-सलोनी, कजरारे नैनों वाली, निचले होठ पर

तिल वाली कामरेड युक्ता पाणिग्रही से कहा, "ऐसा कहीं नहीं लिखा है कि कामरेडों को प्रेम नहीं करना चाहिए।" और एक दिन संसार की मुख्यधारा में शामिल होने के लिए वे लखनऊ के चारबाग से बस पकड़कर सीधे दिल्ली आ गये। कामरेड ने कनपुरिया मालिक वाला एक पूँजीवादी अख़बार ज्वाइन किया और युक्ता एक पूर्व आईएएस सम्पत छिब्बर के एनजीओ में काम करने लगी। आजकल वह तिहाड़ के क़ैदियों के बीच काम कर रही थी।

नोएडा के जिस अख़बार में कामरेड वरिष्ठ उपसम्पादक बनकर आये, वहाँ चन्द्रकेश सहायक सम्पादक था और एडिट पेज उसके हवाले था। कामरेड को वह मिर्ज़ापुर से ही जानता था। दोनों के पिता दोस्त थे। गाने-बजाने की बैठक में एक मंजीरा बजाते थे, दूसरे नाल पर कमाल दिखाते थे। लेकिन समय की गति ऐसी कि चन्द्रकेश और कामरेड की मुलाक़ात पन्द्रह साल बाद सीधे यहीं हुई। चन्द्रकेश ने चाय-वाय पिलाकर पहले यही पूछा कि अनुवाद कैसा है। कामरेड ने अकड़कर कहा, "मैं अनुवादक थोड़ी ही हूँ। पत्रकार हूँ।"

चन्द्रकेश ने समझाया, "पहलवान यह लाला का अख़बार है। यहाँ अनुवाद की ज़रूरत पड़ जाती है। इसे तौहीनी काहे मान रहे हो। आप टैस्ट दिये थे तो अंग्रेज़ी के एक पीस का अनुवाद किये थे कि नहीं...।"

कामरेड सब समझ गये। चन्द्रकेश ने अपने शानदार, नीले मोबाइल में उसका नम्बर फीड करते हुए, यह शेर भी सुना दिया–

हम अय्याम ज़माना देखे हैं, हम वक़्त पर नज़रें रखते हैं,
कुछ मजबूरन कुछ मसलहतन क़ातिल को मसीहा कहते हैं।

कामरेड मन मारकर बोल गये–"ठीक बात भाईसाहेब, पापी पेटवा जो ना कराये...।"

चन्द्रकेश की शान देखकर वे अभिभूत भी हुए। शक हुआ कि यह बनिया के अख़बार में रहकर पक्का भाजपाई तो नहीं हो गया।

बहरहाल विचारधारा के टकराव के बावजूद चन्द्रकेश ने उनकी काफ़ी मदद की। मयूर विहार फ़ेज 1 में घर के पास ही एक फ़्लैट दिलवा दिया। कामरेड दम्पती सुखद और शोषणमुक्त भारत की कल्पना करते हुए जीवन बिताने लगे। वे साथ-साथ सैर करते और आम दिल्ली वाले की तरह मदर डेयरी का दूध-दही लेकर लौटते। इंस्टाग्राम, ट्वीटर और फ़ेसबुक ने उनकी जनप्रियता बुलन्द की। कामरेड ने ठान लिया था कि बनिया के ब्राह्मणवादी अख़बार में भले ही वे सरकार के ख़िलाफ़ कुछ ना लिख पायें, पर सोशल मीडिया पर ख़याली कुल्हाड़ा चलाते रहेंगे। हालाँकि

चन्द्रकेश ने इशारा कर दिया था कि कोई टिप्पणी करने से पहले विचार कर लेना, आजकल नौकरियाँ जल्दी मिलती नहीं...और यह सरकार रहम एक सीमा तक ही करेगी।

कामरेड ने उपहास में 'जी जनाब' कहकर बात टाल दी तो चन्द्रकेश समझ गया कि सरऊ जल्दी अपने पाँव में कुल्हाड़ी मारने वाले हैं।

अब कामरेड टिल्लन करते भी क्या। एक शेर उन्हें भी याद था–

आदत ही बना ली है तुमने तो मुनीर अपनी,
जिस शहर में भी रहना उकताए हुए रहना

चन्द्रकेश ने रागिनी को सही बताया था। सचमुच कामरेड टिल्लन जन्मजात क्रान्तिकारी थे। मिर्ज़ापुर में अपना अभावों भरा बचपन गुजारने के दौरान ही वे अपने समाज सुधारक, ट्रेड यूनियन वाले पिताजी रामआसरे (उपाध्याय) की विरासत में छोड़ी रूसी-चीनी किताबें (हिन्दी में) पढ़ने लगे। यहीं से क्रान्ति करने की इच्छा कुकुआने लगी। एकदम झिल्ला हो चुका 'चाँद का फाँसी अंक' उन्होंने कई बार पढ़ लिया और ख़ुदीराम बोस बनने की इच्छा इतनी फड़फड़ाती कि सपने में किसी ना किसी को बम मार देते। कल्पना करते कि लेनिन की जीवनी गले में लटकाकर तिहाड़ जेल में फाँसी पर चढ़ गये हैं।

अभी वे सिर्फ़ सोलह साल के थे। अख़बार में मुख्यमन्त्री के नगर आगमन की ख़बर पढ़ते ही उन्होंने ख़ुदीराम बनने की ठान ली। जमीलपुर के लौंडों से एक बम का जुगाड़ किया। सोमवार के दिन देवी दर्शन को आये मुख्यमन्त्री के काफ़िले पर दूर से देसी बम चला दिया था। बम फटा नहीं, क्योंकि अनाड़ी हाथों ने बनाया था। माल सही था नहीं। पर बम बम ही होता है। चाहे वह सुतली वाला ही क्यों ना हो। मौक़े पर ही छिटंकी से दिख रहे कामरेड को पुलिस ने पकड़ लिया। कामरेड होशियार था। उसने चिल्लाकर कह दिया, "हम नाबालिग हैं। चाहे मेडिकल करा ल्यो।" रिसियाई पुलिस तब तक नितम्ब भंजन कर चुकी थी। नाबालिग वाली बात पर दरोगा हूसेलाल यादव सँभल गया।

उसने सबसे क़ाबिल सिपाही से कहा, "अबे जात पूछो, नाम पूछो..."

सिपाही सिद्धनाथ मिश्रा ने पूछताछ शुरू की।

"क्या नाम है तुम्हारा?"

"आज़ाद !"

"अबे आगे पीछे कुछ और?"

"बस आज़ाद, कामरेड टिल्लन आज़ाद।"

हूसेलाल झल्लाया, "साला चन्द्रशेखर आज़ाद की आत्मकथा पढ़कर आया है।"

"बाप का नाम?"

"गुलामदीन" (वह झूठ बोला)

"रहवास?"

.............(चुप्पी)

"बम काहे फेंके?"

"क्रान्ति करनी है।"

"काहे?"

"देश बदलना है...।"

"क्रान्ति और बमबाज़ी से पेट भर जायेगा सरऊ?"

"हाँ, भर जायेगा। शोषकों का, फ़ासिस्टों का सर्वनाश ज़रूरी है।"

सिद्धनाथ चकराया, "यादव जी, शोषक तो सुने रहे, ई फासिस्ट कौन सी जाति है?"

यादव की भी खोपड़ी घूम गयी। कहने लगा, "इसकी मेडिकल जाँच ज़रूरी है। पर नाबालिग लगता नहीं। चल बे पेंट उतार। तेरी नुन्नी चेक करते हैं।"

कामरेड ने कहा, "उतार दूँगा, ध्यान रहे लौंडेबाज़ी का आरोप लगाकर नौकरी खा जाऊँगा। बोलो उतारें...।"

पुलिस वाले घबड़ा गये।

सिद्धनाथ ने खोपड़ी खुजाते हुए कहा, "सर कौन सी दफा लगेगी इस पर। 307 लगायें कि 323...। साला सुधारगृह जाकर दुई साल में छूट जायेगा।"

दरोगा को दया भी आयी क्योंकि कामरेड चिकना था। ठीक से रेख तक नहीं आयी थी। उसे पता था कि चार दिन जेल में रह गया तो छीछालेदर करवा के आयेगा। जेल में कौन पूछता है चिरकुट बमबाज़ों, लौंडियाबाज़ों को।

उसने सीओ भानुप्रताप सिंह से बात की। भानुप्रताप ने कप्तान साहब से। कप्तान साहब उदयवीर सहारन मेडिकल ग्राउंड वाले आईपीएस थे। उन्होंने बताया कि लखनऊ में गृह मन्त्रालय ने इस घटना को कोई तूल ही नहीं दिया है। उन्हें लग रहा है कि टायर फटने की घटना हुई है। ड्राइवर पर ही सारी बात आ गयी है, इसलिए बमकाण्ड नाम की चर्चा ही नहीं की जाये। शाम को विज्ञिप्त भेजकर अख़बारों को बता दें कि बम धमाके की कोई घटना ही नहीं हुई है।

इस तरह किशोर कामरेड से पुलिस ने मुक्ति पायी। सीओ साहब ख़ुद भी बरेली प्रवास के दौरान छात्र जीवन में नेशनल पब्लिशिंग हाउस से दस रुपये वाली 'दास कैपिटल' लेकर पढ़ चुके थे। पैसे जोड़कर, दैनिक जागरण और जनसत्ता की रद्दी बेचकर उन्होंने मार्क्स-एंगेल्स की रचनाएँ ख़रीदी थीं। उन्हें अन्दाज़ था कि ज़रा-सा मन रपट जाये तो क्रान्ति करने का मन करने लगता है। उन्होंने नवोदित किशोर कामरेड टिल्लन को बुलाकर कहा, "बउवा हमने पता कर लिया है कि कोई बम धमाका नहीं हुआ। किसी ने तुम्हें फँसाने के लिए नाम ले लिया था। तुम तो भले लग रहे हो। बाभन-ठाकुर लगते हो सकल से....। कौन जात के हो?" टिल्लन ने कहा, "जात ना पूछो क्रान्तिकारी की...हमने जाति लगाना छोड़ दिया है। बाबा हमारे उपधिया लिखते रहे....पिता जी ने छोड़ दिया था।"

सीओ साहब ने रहम दिखाते हुए कहा, "वैरी गुड लोहिया जी भी यही चाहते थे...पर जाँच से पता चल गया है कि एंबुलेंस का पिछला टायर फटने से धमाके हुआ। तुमको ग़लत पकड़े हैं...।"

इस बयान से कामरेड को झटका लगा, "क्या कह रहे हैं साहब। हम क्रान्ति की शुरुआत किये हैं। हमें जेल भेजो चाहे, चाहे बच्चों वाली जेल में डाल दो...। हमें क्रान्तिकारी बनना है। ख़ुदीराम बोस की तरह उन्नीस साल से पहले फाँसी पर चढ़ना है।"

सीओ साहब धीरे से यादव के कान में बोले, "यह पण्डितवा बड़ा जड़ीला साइक्लॉजिकल केस है। साला मंगल पाण्डे बनना चाहता है....मार-मार कर इसकी गुरिया-गुरिया ढीली करो और इसको जीप में बैठालकर रात में डाला सीमेंट फैक्टरी के आगे तक छोड़कर आओ। भुसड़िया वाला लँगड़ाते हुए पैदल लौटकर आयेगा तो सारी क्रान्ति गंड़िहाने में घुस जायेगी।"

इस फ़रमान पर बाक़ायदा अमल हुआ। नवोदित कामरेड टिल्लन जब घर पहुँचे तो अम्मा सुल्हर पण्डित को पतरा दिखाकर पूछ रही थीं कि लड़कऊ कौन दिशा की ओर गये हैं। पण्डित सबको चूतिया बनाते हुए बता रहा था, 'एक गौर वर्ण की सुन्दर, नाटी महिला, जिसने पीले वस्त्र पहन रखे हैं, उसे दक्खिन दिशा की ओर ले गयी है...।" लेकिन टिल्लन को देखते ही उसने झोला समेटा और कहा–बाक़ी यही बतायेंगे।

टिल्लन ने जो बताया, उसे सुनकर घर वालों के तो प्राण सूख गये। घर पर ही सेवा हुई। रात में पहरुआ का काम करने वाले भगवानदीन खटिक ने चुपचाप च्यवनप्राश के डिब्बे में भरकर सूअर की चर्बी लाकर दी। दिन में दो बार आँगन में

बैठकर मालिश करती थीं अम्मा। रोती जाती थीं, "पुलिस का नाश हुई जाय...।" चार महीने लग गये पुरानी काया पाने में। लेकिन चलते समय पउली अब भी किट्ट-किट्ट करती थी।

तो इस तरह कामरेड टिल्लन देश के सबसे युवा क्रान्तिकारी बनने से बच गये। वे चाहते थे सोलह साल की उम्र में दुनिया उन्हें चारू मजूमदार, कानू सान्याल और विनोद मिश्र जैसी हस्ती माने। पर भाग्य को कुछ और ही मंजूर था। वे कइयों को बताये कि मुख्यमन्त्री के काफ़िले पर उन्होंने ही देसी बम फेंका था। पर पुलिस मानी ही नहीं। बल्कि समझदार पड़ोसियों ने कहा, "बेटा बहुत बड़ी अलप कट गयी समझो, जो बच गये नहीं तो पुलिस ज़िन्दगी भर सड़वा देती। तुम ई नहीं सोचे कि इस घटना से अम्मा, भाई-बहन पर क्या बीत रही होगी।"

कामरेड टिल्लन को यह तो समझ में आ गया कि यह पाजी सिस्टम उसे ख़ुदीराम बोस नहीं बनने देगा। विचार बना, चलो पहले कम से कम बीए कर लेते हैं। इस बीच पूरा जनवादी साहित्य भी पढ़ लेंगे और अवसर मिला तो शरीर बनाकर, बन्दूक़ लेकर बिहार या छत्तीसगढ़ की तरफ़ निकल लेंगे...पर क्रान्ति तो करनी ही है। वैसे अभी उन्होंने घर वालों से यही वादा किया कि फ़िलहाल छह-सात साल तक कोई उत्पात नहीं करना।

तो ये कामरेड के किशोरावस्था के उथल-पुथल भरे दिन थे। लेकिन कुछ साल तक शान्त और अध्ययनरत रहने की उन्होंने जो शपथ ली, उससे उनकी विप्लवी लपट ठण्डी पड़ गयी थी। किसी बड़े नेता की हत्या कर पूरी दुनिया में मशहूर होने की महान तमन्ना भी दुबला गयी थी। एक दिन उन्हें लगा कि किशोरावस्था में उन्होंने जो हरकत की थी, सचमुच बड़ी ख़तरनाक थी। रूसी साहित्य पढ़ चुके सीओ साहब भले आदमी थे, जो सस्ते में निपटा दिये। सोचते-सोचते वह कई बार डर जाता। यहाँ वह भाग्य को मानने लगता, शायद क़िस्मत को यही मंजूर था।

यह तो अच्छा ही हुआ कि उनका चित्त शान्त हो गया और वे मानने लगे कि कच्ची उमर में ज़्यादा क्रान्तिकारी किताब पढ़ लो, तो भगत सिंह की तरह असेम्बली में बम फेंकने की इच्छा होने लगती है। ख़ैर, पचपन प्रतिशत नम्बर से वे इंटर पास हो गये और अपने पीएसी वाले मौसिया रामकृष्ण त्रिवेदी के प्रयास से इलाहाबाद के सीएमपी डिग्री कॉलेज में उन्हें एडमिशन मिल गया। यहीं से इतिहास, फिलासफ़ी, हिन्दी पढ़ते पहले बीए किया। एमए हिन्दी में किया। राहुल सांकृत्यायन पर पीएच. डी. करना चाहते थे, लेकिन पार्टी ने उन्हें नेतागीरी में उतार दिया और यहाँ भी फेल

हो गये। पीएसओ के मछन्दर सिंह के चेले बनकर प्रकाशन मन्त्री का चुनाव भी लड़े। लेकिन ब्राह्मण-ठाकुर राजनीति के कारण उन्हें सौ वोट भी नहीं मिल पाये। हारकर वे पत्रकारिता की ओर उन्मुख हो गये और कुछ दिन दैनिक आज में काम करने के बाद पार्टी के पत्र में काम करने लगे। वे समझ गये कि उनकी प्रतिभा पत्रकारिता में ही निखर सकती है। या कहें कि उनकी समझ में आ गया कि जो कहीं कुछ ना कर पाये वह हिन्दी पत्रकार तो बन ही जाता है।

बहरहाल विख्यात मोदी युग में कामरेड भले ही जनवाद, सामूहिकतावाद के उत्कट उपासक थे। पर मोहल्ले में वे नितान्त एकान्तवादी थे। समस्या यह भी थी कि उनके गली में सपनीले जनवाद ने प्रवेश ही नहीं किया था। ज़्यादातर घरों में केसरिया पताका दिखती थीं और सामने के नगर निगम वाले पार्क में शाखा लगती थी। शाखा बिहार के औरंगाबाद से आये आईटी इंजीनियर शरदेन्दु शांडिल्य नामक सज्जन लगवाते थे। किसी ना किसी आयोजन पर बूँदी के लड्डू बँट जाते, पर कामरेड टिल्लन के लिए शाखा वालों या मोदी भक्तों के लडडू खाना हराम था। उनका मानना था कि साम्प्रदायिक ताक़तों का अन्न क्या, नमक क्या, कुछ नहीं खाना चाहिए।

उन्हें सबसे ख़राब तब लगता, जब नाम पूछने वाला बनिया-कायस्थ पड़ोसी उनसे मिलते ही जिज्ञासु हो जाता, "टिल्लन आजाद के आगे तो कुछ होगा...।" वे चिढ़ जाते, "आधार कार्ड दिखा दें?"

"हमारा मतलब, पण्डित, ठाकुर, बनिया...?"

"जी नहीं, हम इन्सान हैं। जातिविहीन समाज बनाना है।" कामरेड की साँस फूलने लगती।

"वो तो ठीक है, पर पिता जी कुछ तो लिखते होंगे ?"

"अरे पिता जी गये सरग, उनको छोड़िए।" टिल्लन तिलमिला जाते।

बात यहीं ख़त्म हो जाती। पर मोहल्ले में यह मशहूर हो गया कि "यह कामरेड अलग ग्रह का प्राणी है। मौक़ा पड़ा तो कभी किसी की कटी छिंगुलिया पर नहीं मूतने वाला...।"

इसका अंजाम कामरेड को भुगतना भी पड़ा। एक दिन युक्ता को घर लौटने में देरी हो गयी। वे जल बिन मीन की तरह तड़पते हुए मोबाइल में घण्टी मारते रहे। हारकर रात बारह बजे चन्द्रकेश को फ़ोन करके रुआँसे से बोले, "युक्ता जी का कुछ पता नहीं चल रहा। मोबाइल भी नहीं उठ रहा, आप देख लीजिए।"

रागिनी की नज़र बचाकर चन्द्रकेश निकलने को हुआ कि लैपटाप छोड़ रागिनी

पीछे आ गयी, "इत्ती रात कहाँ निकल पड़े बाबा आमटे?"

डरते-डरते चन्द्रकेश ने कहा, "अरे भाई कामरेड टिल्लन का फ़ोन आया था। बीवी घर नहीं पहुँची...।"

"तो आप ढूँढ़ने जा रहे हो?"

"नहीं भाई, घर जाकर देख तो लूँ...।"

"चलिए मैं भी चलती हूँ।" भुनभुनाते हुए रागिनी ने कहा, "धरती पर बोझ ऐसे ही लोगों को कहा जाता है। अरे भाई, पहले पड़ोसी को फ़ोन करते...।"

"पड़ोसी से कोई वास्ता ही नहीं रखते ये लोग।"

"ओ माई गॉड....! कैसे जियेंगे ये संसार में...?"

ख़ैर, वही हुआ। खोदा पहाड़ निकली चुहिया। युक्ता आख़िरी मैट्रो से घर आ गयी थी। असल में रास्ते में किसी ने बटुआ मार दिया, मोबाइल, आधार कार्ड और दूसरे सारे कार्ड भी चले गये। किसी तरह घर पहुँची और मातम के मारे, रो-धोकर बिना खाये, कपड़े बदले सोफ़े पर पसर गयी। सोचा भी नहीं कि उधर उनके कामरेड पति विरह में घुल गये होंगे...।

समस्या का हल यह निकला कि चन्द्रकेश ने फ़ौरन मोबाइल से पति-पत्नी की बात करायी। कामरेड को जैसे नया जीवन मिल गया। पर काम इतना ही नहीं बचा था। अपने मोबाइल से युक्ता का नम्बर ब्लाक करवाया। बैंक के कार्ड ब्लाक करवाये। पुलिस में ऑनलाइन कम्प्लेन करायी। अपने क्राइम रिपोर्टर एके वर्मा को केस सौंपा। रागिनी ने बस इतना ही कहा, "अरे भाई एकआध पड़ोसी का नम्बर तो शेयर करो...पड़ोसी पहले ही काम आता है।" युक्ता 'जी-जी' कहकर ज्ञान को अंगीकार करती रही। ख़ैर इस घटना का असर यह हुआ कि कामरेड टिल्लन ने ऊपर वाले पंजाबी किरायेदार वरुण बधावन और उनकी पत्नी सुदेश से बात करनी शुरू कर दी। बल्कि युक्ता का उचका पेट देखकर सुदेश ने कह भी दिया, "सब ठीकठाक है ना...। कोई दिक्कत हो तो बतइयो....।"

ऐसे माहौल में कामरेड टिल्लन इतिहास में दर्ज होने वाले महान पिता बनने जा रहे थे। क्रान्ति की सारी किताबें पढ़ने के बाद आजकल वे उदय प्रकाश का कथा-संग्रह 'और अन्त में प्रार्थना' पढ़ रहे थे। लेकिन पत्नी ने फ्लिपकार्ट से बेबी केयर की किताबें मँगाकर उन्हें सलाह दी कि "कुछ दिन यह भी पढ़ लो मेरे प्रभु। हमें ही बच्चे को देखना है। अम्मा तुम्हारी गाँव से आने वाली नहीं और हमारी अम्मा कटक में बैठी हैं। उनका तो आने का सवाल ही नहीं उठता।"

वैसे तो कामरेड की दो बहनें भी थीं। मगर जब घर से चले थे तो यह कहकर कि "आजीवन अविवाहित रहूँगा।" बहनों ने थोड़ा हुसकाया भी, "भइया हमारी ज़रूरत तो पड़ेगी।" उन्होंने कहा, "रत्ती भर नहीं...। हम क्रान्ति के पुजारी हैं, ऐसे डिगने वाले नहीं कि कोई मोहनी चल जाये हम पर...। हमें बिस्मिल और आज़ाद समझो, कोई क्रान्तिकारी आत्मा भटक कर हमरे भीतर आ गयी है...।"

पुरानी बात सोचकर वे बड़ा शर्माये। एक दिन युक्ता ने कहा भी कि "बहनें कर क्या रही हैं। शादी-वादी तो हो नहीं रही, यहीं ले आइए एक को। थोड़ा केयर करेगी। यहीं उसे कोई कोर्स करवा देंगे।"

पर कामरेड नहीं माने। किस मुँह से बहनों को बुलाते। कभी राखी, भइया दूज पर याद नहीं किया। आज याद करेंगे तो हँसेंगी और।

फिर वही कहानी दोहराई गयी। कामरेड टिल्लन अपनी नयी नवेली स्कूटी के साथ, जिसमें शनि मन्दिर के अज्ञानी पण्डित ने केसरिया स्वस्तिक बना दिया था, चन्द्रकेश के घर आ धमके। रागिनी अपनी नयी कहानी के अन्त को लेकर चिन्तामग्न थी। कामरेड को देखते ही बुदबुदायी, "लो आ गये आपके समस्या प्रधान जी।" चन्द्रकेश ने परेशानहाल जीव को देखते ही पहले पानी पिलाया, फिर पूछा, "कोई खुशख़बरी!"

कामरेड बेहद धीमे स्वर में बोले, "युक्ता जी का थायरायड कंट्रोल हो गया है। अगले नवम्बर महीने की 15 तारीख़ बताई है डाक्टर ने।"

"वैरी गुड!" चन्द्रकेश ने आदतन हिम्मत बढ़ाई।

रागिनी फ़ौरन मुद्दे पर आ गयी, "हमारे लायक कोई सेवा हो बताइएगा।"

अब कामरेड शुरू हुए, "भाभी जी यहाँ बेबी सिटर कहाँ मिलेगा यानी मिलेगी...। समझ नहीं आता, युक्ताजी सर्विस कर पायेंगी कि नहीं..।"

रागिनी ने उन्हें टोका, "भाईसाहब अभी तो सेफ डिलिवरी की सोचिए, अच्छे नर्सिंग होम के बारे में सोचिए...आप तो काफ़ी आगे चले गये।"

"नहीं भाभी जी, सब पहले से ही सोचकर रखना पड़ता है...एडवांस प्लानिंग। वरवर राव जी हमेशा कहते रहे हमसे कि हर काम के लिए एडवांस प्लानिंग करनी चाहिए...।"

"ओह माइ गॉड, यह एडवांस प्लानिंग नहीं है, आपकी यूजलेस चिन्ता है...तो इसका मतलब आप बच्चे का नाम, स्कूल का नाम भी सोच लिए होंगे...।"

"हाँ, सोच लिए हैं, हम तथागत नाम सोच लिए हैं...।"

"क्या आप कन्फर्म हैं, लड़का होगा...? मतलब आपने टैस्ट कराया होगा...?"

कामरेड फँस गये। चश्मे से घुग्घू जैसी आँख नचाकर बोले, "नहीं, हमारी अन्तरात्मा कह रही है। बोले तो इलहाम हुआ है...।"

"आप तो आत्मा को मानते नहीं, तो अन्तरात्मा कहाँ से आ गयी? ये इलहाम और झंडूबाम अपने पास रखिए...कितनी दोहरी बात करते हैं आप लोग।"

कामरेड निरुत्तर।

"चलिए छोड़िए। लड़की होगी तो क्या उसका नाम रखेंगे।"

"यह तो अभी सोचे नहीं...पर आप सही कहे हैं। हर सम्भावना को लेकर चलना चाहिए।"

ख़ैर, उनको परेशान देखकर रागिनी ने कहा, आप परेशान मत हो। उन्हें अच्छी डाइट दो, मेहनत करने दो। डिलीवरी के दिन मैं रहूँगी आपके साथ।" कामरेड सन्तुष्ट होकर चले गये।

कामरेड टिल्लन भले ही युगान्तरकारी परिवर्तन के हिमायती थे। पर प्रसव के मामले में प्राचीनता के संग थे। वे सीजेरियन और बेबी मिल्क पाउडर के ख़िलाफ़ थे। स्तनपान पर तो उन्होंने कई लेख पढ़ डाले। कुदरती प्रसव के बारे में तो वे साफ़ कहते थे कि हमारी गभनी गइया-भैंसिया तो घूमते-घूमते जाती थीं, शाम को बियाँ जातीं। सीजेरियन तो एक अन्तरराष्ट्रीय साज़िश है। यह तो डॉक्टरों का धन्धा है...।

कामरेड की बात पूरी तरह सच्ची थी। पर जिस तरह लिंग निर्धारण और नर्सिंग होम का धन्धा चला, उसमें कोई क्रान्तिकारी भी कुछ नहीं कर सकता था। डॉक्टर ने समझा दिया था कि नार्मल डिलीवरी हो जाये इससे अच्छा तो कुछ भी नहीं। फिर भी, पचास-साठ हज़ार का इन्तज़ाम तो करके रखिए ही। मैक्स में जाकर देख लो, चीरकर रख देंगे...।

वे तन-मन से लग गये। बैंक से कैश भी निकाल लाये। नर्सिंग होम तय किया। उसका नाम था हिन्दुस्तान नर्सिंग होम। हालाँकि यह किसी जैनी का था। पर कामरेड को हिन्दुस्तान नाम ने आकर्षित किया। कामरेड को लगा, यह नर्सिंग होम अपने नाम की इज़्ज़त तो रख लेगा।

वह ऐतिहासिक तारीख़ भी आ गयी–पन्द्रह नवम्बर। चाचा नेहरू के जन्मदिन के एक दिन बाद। अब चूँकि वे नेहरू से चिढ़ते थे, इसलिए संसार की अनजानी ताकत को धन्यवाद दिया कि एक दिन बाद उनके लाल धरती पर प्रगटेंगे..।

रागिनी ने अपने दोनों बच्चों के पुराने कपड़े सँभालकर रखे थे। उन्हें धोकर रख लिया। दोनों लड़के वाले कपड़े। कामरेड की चलखुर बढ़ती जा रही थी। दिन में दो बार जूस निकलने के लिए घर से निकलते। रागिनी को फ़ोन करके पूछ लेते कि डिलीवरी के एक दिन पहले ख़ाली पेट होना चाहिए या भरा। वह हँसकर कहती, "सब नार्मल चलने दो...। बस टेंशन नहीं लेने का। उन्हें बढ़िया गाने सुनाओ। कोई अच्छी-सी धुन लगा दो। गायत्री मन्त्र लगा दो, वाइब्रेशन का असर होता है।" गायत्री मन्त्र नाम पर वे कुछ नहीं बोलते...। मन्त्र-सन्त्र पर उनकी कोई आस्था नहीं थी। इन्हें वे पण्डितों का धन्धा मानते थे।

लेकिन तक़दीर भी कई बार अजीबोग़रीब मज़ाक़ करती है। या कहें संयोग विचित्र होते हैं। उदाहरण के लिए उनके पिता रामआसरे गांधी जी को हमेशा गरियाते रहते थे। पर कामरेड टिल्लन का जन्म एकदम दो अक्तूबर को हुआ। अम्मा का पेट पिराए जा रहा था, पछाड़ें खा रही थीं और उपाध्याय जी कहे जा रहे थे, "बिनती जी कल तक कंट्रोल कर लो। आज रात बारह के बाद जन्म दे देना...।" अम्मा रोती जा रही थीं, "तोहार नाश होय...हमरे प्रान जा रहे हैं और...।" उपाध्याय जी हार गये और दो अक्तूबर को शाम सात बजे ढाई किलो के टिल्लन अवतरित हो गये। यानी गांधी जी और शास्त्री जी के बाद वे तीसरे महान प्राणी थे जिनका जन्म आर्यावर्त में दो अक्तूबर को हुआ। यह अलग बात कि पिताजी ने कभी मन से उनकी सालगिरह नहीं मनायी। अम्मा ज़रूर गुलगुले बना देती थीं।

वही कहानी फिर घटित होने जा रही थी। चौदह नवम्बर की सुबह से ही युक्ता की बेचैनी बढ़ गयी। उसने कहा, "हमें एडमिट करा दीजिए। नीचे से पानी छूटता सा लग रहा है...।"

कामरेड हिल गये, "अरे भाई ऐसा मत करो। कल की डेट तय है।"

युक्ता चीख़ पड़ी, "बेवकूफ़ हैं क्या आप... यह कोई टैस्ट मैच है जो डेट पहले से ही फिक्स थी....।"

कामरेड टिल्लन के सामने बड़ा धर्मसंकट। नेहरू वाले बाल दिवस पर बालक का जन्म...सोचा ही नहीं था। उन्हें लगा कि वक़्त भी उनके साथ साज़िश रच रहा है।

घबड़ाकर उन्होंने रागिनी को फ़ोन किया, "भाभी जी गाड़ी लेकर आ जाइए। युक्ता को लेकर अस्पताल जाना है।" आज रागिनी ने कोई प्रतिक्रिया नहीं जतायी। आज तो मदद के लिए वह पहले से तैयार थी।

उसने चन्द्रकेश को भी फ़ोन करके नर्सिंग होम पहुँचने को कहा। वह कामरेड

के घर पहुँची तो वे स्थायी उदासी के साथ हाथ बाँधे खड़े थे। युक्ता का चेहरा पीड़ा से भरा हुआ था। सहारा देकर उसे पहली मंज़िल से नीचे लाया गया। कामरेड अब भी इस बात पर टिके थे कि डेट तो पन्द्रह की दी गयी है।

रागिनी ने समझाया, "अरे भाई वह डेट तो नौ महीने के हिसाब से गिनकर दे दी जाती है। इसे पत्थर की लकीर क्यों मान रहे हो। बेबी तो प्रीमेच्योर भी पैदा हो जाते हैं।"

"मेरा मतलब है कि कल डिलेवरी होती तो अच्छा होता।"

"क्यों भई?"

कामरेड असली बात को गोल कर गये। चश्मे में छिपी अपनी छोटी आँखों को और छोटी करते हुए इतना ही कहा, "आज आने वाले को हम रोक थोड़ी लेंगे।"

"आप क्या कह रहे हैं, हमारी समझ में नहीं आ रहा।" रागिनी अबूझ होकर बोली।

दुनिया जानती है कि नर्सिंग होम की कहानी तो सेट होती है।

युक्ता को लेकर अन्दर ले जाने वाली स्थूल नर्स ने दस मिनट बाद ही लौटकर पेशेवर फ़िक्र के साथ कह दिया कि "नाल बच्चे के गले में फँस गयी है। सीजेरियन करना पड़ेगा...। और कोई ऑप्शन नहीं है...।"

इतना सुनते ही जन्मजात कामरेड ने बग़ावत कर दी, "गाँव में कहीं नाल फँसती है। हमारी अम्मा के भी चार बच्चे हुए, कहीं नाल नहीं फँसी। आप लूटते हो...पूरा सिस्टम ही चुरकट है...मन करता है बम फेंक दें...।"

हल्ला सुनकर मरदाने क़द वाली डॉक्टर मालती गर्ग बाहर आ गयी।

"बेबी की लाइफ का सवाल है, हम नेचुरल ही ट्राई कर रहे हैं। लेकिन टाइम गुजरने के साथ बच्चे की धड़कन कम पड़ती जा रही है। आपकी च्वाइस है...। एक घण्टे आप इन्तज़ार कर लो...। लेकिन लिखकर दे दीजिए कि किसी भी इंसीडेंट के लिए आप ही ज़िम्मेदार होंगे।"

कामरेड माथा पकड़कर रो पड़े, "अरे बपई रे... कैसी डेमोक्रेसी है...।" उनकी असहायता देखकर रागिनी ने कहा, "थोड़ा विश्वास करना पड़ेगा। वक़्त मत बरबाद कीजिए अपनी कंसेंट दीजिए।"

काउंटर में अदालती स्टाइल में उनकी पुकार हुई–"सर आप पैसे जमा कर दीजिए। कार्ड तो है ना...।"

हारे हुए योद्धा की तरह कामरेड टिल्लन ने कहा, काहे का कार्ड... और कलेजे

के टुकड़े जैसे चालीस हज़ार जमा किये। नैनों में नीर भरे, एक फार्म पर दस्तख़त किये। रागिनी ने उनकी हिम्मत बँधाते हुए कहा, "आप हिम्मत रखिए। डाक्टरों के आगे हम कुछ नहीं कर सकते...।"

इतने में चन्द्रकेश भी आ गया। कामरेड की रुआँसी सूरत देखकर वह भी थोड़ा उदास हो गया। पर रागिनी ने कहा, "डोंट वरी, इतना तो होता है। आप भी अपने को याद करो।"

इतिहास बनने में सिर्फ़ आधे घण्टे लगे। सबकी नज़रें उस बड़े से शीशे वाले दरवाज़े की ओर टिकी थीं, जहाँ से सिर्फ़ डाक्टर और नर्स ही जा रहे थे। कामरेड मन ही मन गिनती गिन रहे थे, जैसा कि अक्सर वे मैट्रो का इन्तज़ार करते हुए गिनते थे। एक से हज़ार तक वे गिन चुके थे। ग्यारह सौ के पहले ही हँसमुख-सी मलयाली नर्स सफ़ेद तौलिए में लिपटे बच्चे को लिए निकली। कामरेड की जान में जान आ गयी। नर्स ने कांग्रेचुलेशन कहते हुए बच्चा रागिनी की ओर बढ़ाया तो उसने कहा, "इनकी गोद में दो।" रागिनी ने हँसकर इतना ज़रूर पूछा, "लड़का है या लड़की?"

नर्स मुस्करायी "प्यारा सा जापानी गोलू है, ब्वाय...।"

कामरेड उत्साहित होकर बोले, 'हमें मालूम था लड़का होगा।'

रागिनी ने भौंहें चढ़ाईं, "कैसे मालूम था? आपने बेईमानी की इसका मतलब?"

कामरेड पकड़े गये। शर्माते हुए बोले, "एक ही बच्चा चाहिए था। तभी तो नाम भी तथागत पहले ही रख दिये थे।"

नर्स ने हँसकर कहा, "अब जाइए बच्चे को फीड करने का इन्तज़ाम कीजिए। मैम आप ही बता दीजिए इन्हें...।"

कामरेड चकराये से इधर-उधर देखने लगे, "बच्चे की माँ कैसी है...? वही ना फीड करायेगी...?"

रागिनी ने कहा, "माँ तो अभी एनेस्थीसिया के असर में है ना। टाँके लगे हैं...। जाइए बोतल वाले दूध का इन्तज़ाम कीजिए। अभी तो आपको ही माँ का रोल करना होगा...।"

दस मिनट पहले धरती पर आये तथागत को गोद में लिए कामरेड टिल्लन आज पहली बार पूरे सफ़ेद दाँत दिखाकर ऐसे मुस्कराये जैसे जीवन का पहला और सबसे बड़ा मोर्चा फतह करके आये हों।

❐❐